瀛奎律髓彙評

〔元〕方回 選評
李慶甲 集評校點

一

上海古籍出版社

圖書在版編目(CIP)數據

瀛奎律髓彙評 /（元）方回選評；李慶甲集評校點.
—上海：上海古籍出版社，2020.5 (2024.8重印)
（中國古典文學叢書）
ISBN 978-7-5325-9518-1

Ⅰ.①瀛…　Ⅱ.①方…　②李…　Ⅲ.①唐詩—詩歌研究②律詩—詩歌研究—中國—宋代　Ⅳ.①I207.22

中國版本圖書館 CIP 數據核字(2020)第 044383 號

封面題籤：朱東潤

中國古典文學叢書
瀛奎律髓彙評
（全五册）
［元］方　回　選評
李慶甲　集評校點
上海古籍出版社出版發行
（上海市閔行區號景路 159 弄 1-5 號 A 座 5F　郵政編碼 201101）
（1）網址：www.guji.com.cn
（2）E-mail：guji1@guji.com.cn
（3）易文網網址：www.ewen.co
常熟人民印刷有限公司印刷
開本 850×1168　1/32　印張 71.875　插頁 27　字數 1,208,000
2020 年 5 月第 1 版　2024 年 8 月第 4 次印刷
印数：2,451— 3,000
ISBN 978-7-5325-9518-1
I·3465　精裝定價：380.00 元

如有質量問題，請與承印公司聯繫

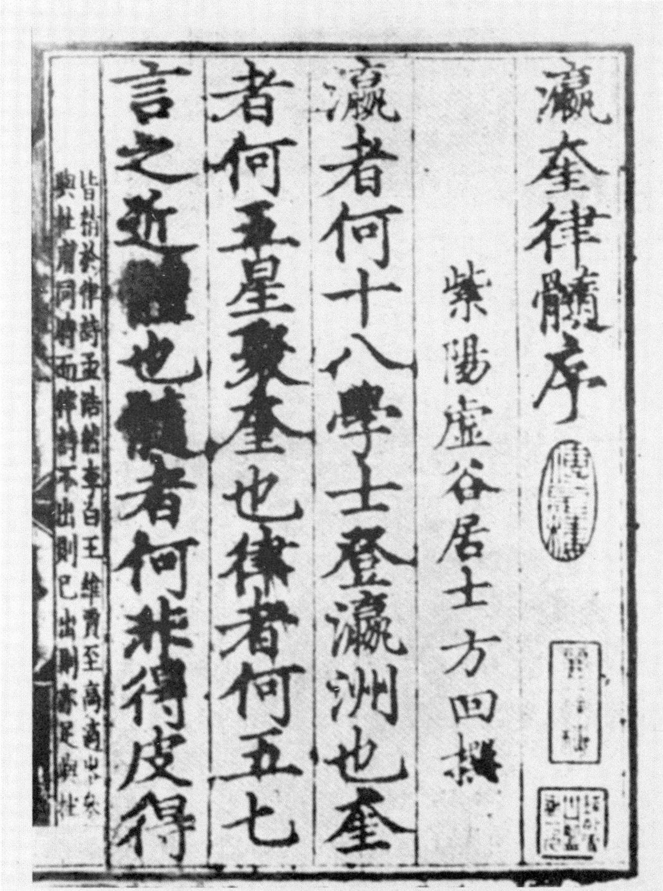

瀛奎律髓序

紫陽虛谷居士方回撰

瀛者何十八學士登瀛洲也奎者何五星聚奎也律者何五七言之近體也髓者何非得皮得

皆精於律詩孟浩然李白王維賈至高適岑參與杜甫同時而律詩不出則已出則亦足與杜

明成化刻本《瀛奎律髓》書影

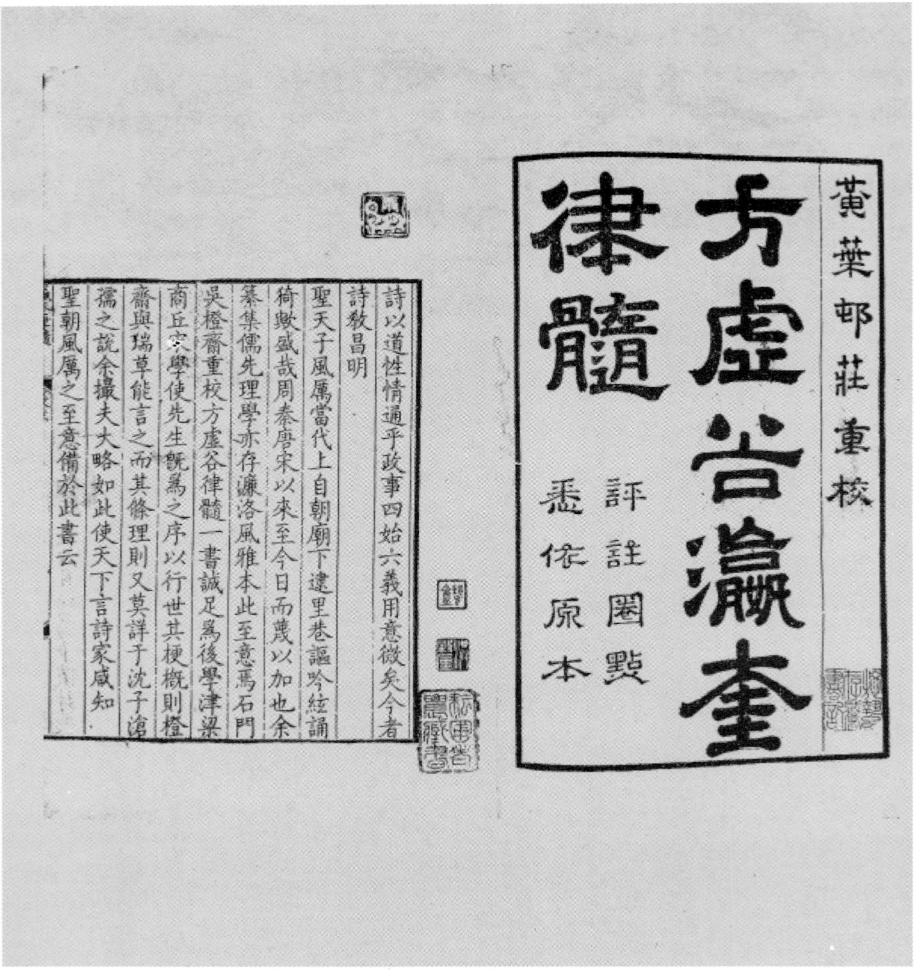

黄葉邨莊重校

方虛谷瀛奎律髓

評註圈點 悉依原本

詩以道性情通乎政事四始六義用意微矣今者
詩教昌明
聖天子風厲當代上自朝廟下逮里巷謳吟絃誦
猗歟盛哉周秦唐宋以來至今日而蔑以加也余
纂集儒先理學亦存濂洛風雅本此至意焉石門
吳橙齋重校方虛谷律髓一書誠足爲後學津梁
商丘宋學使先生旣爲之序以行世其梗概則橙
齋與瑞草能言之而其條理則又莫詳于沈子滄
濤之說余撮夫大略如此使天下言詩家咸知
聖朝風厲之至意備於此書云

清康熙吴之振刻本《瀛奎律髓》書影（之一）

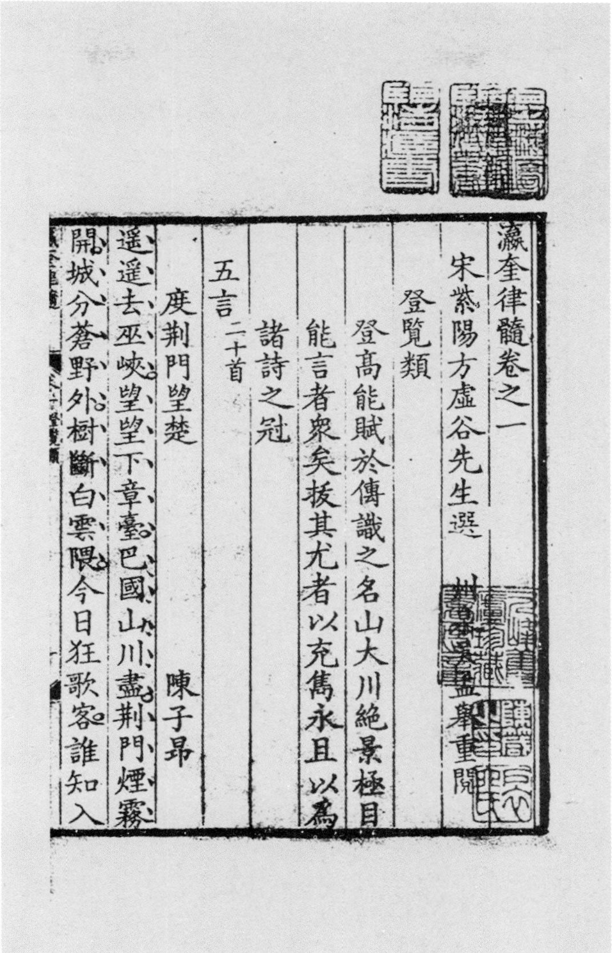
瀛奎律髓卷之一
宋紫陽方虛谷先生選
孟舉重閱
登覽類
登高能賦於傳識之名山大川絶景極目
能言者衆矣拔其尤者以充雋永且以爲
諸詩之冠
五言二十首
度荆門望楚
陳子昂
遥遥去巫峽望望下章臺巴國山川盡荆門煙霧
開城分蒼野外樹斷白雲隈今日狂歌客誰知入

清康熙吴之振刻本《瀛奎律髓》書影（之二）

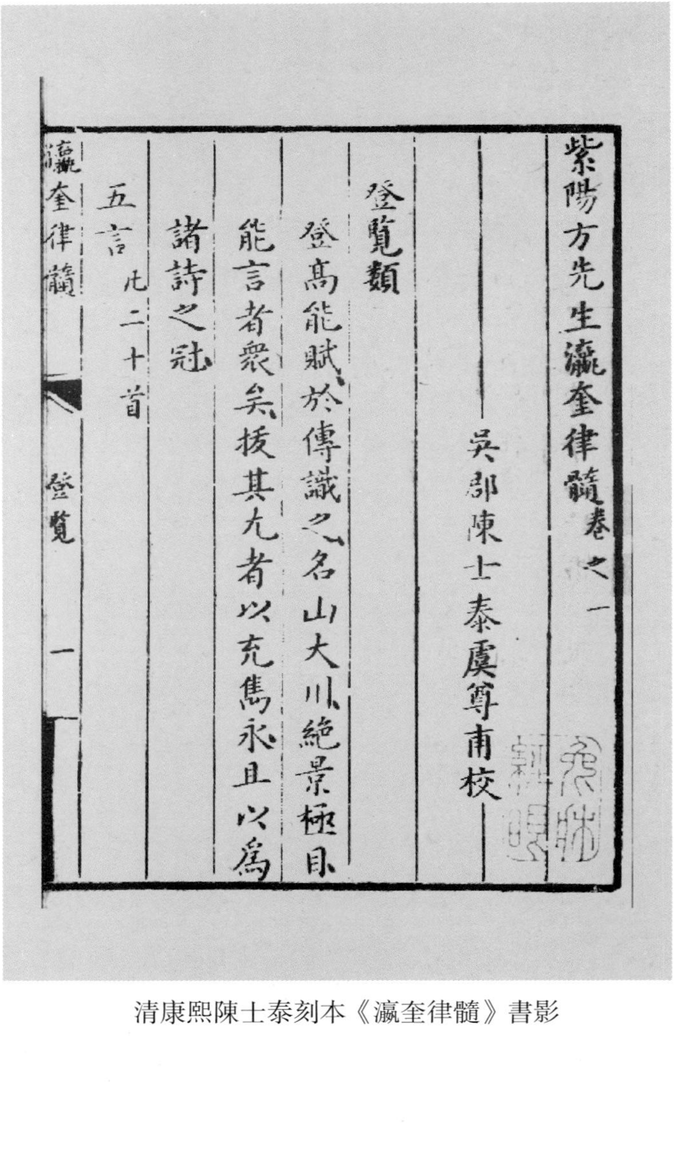
紫陽方先生瀛奎律髓卷之一

吳郡陳士泰虞尊甫校

登覽類

登高能賦於傳識之名山大川絕景極目能言者衆矣援其尤者以充雋永且以爲諸詩之冠

五言 凡二十首

瀛奎律髓 登覽 一

清康熙陳士泰刻本《瀛奎律髓》書影

前言

元初方回選評的瀛奎律髓，是一部比較全面地體現宋代「江西派」詩學觀點，並在歷史上曾經產生過一定影響的大型唐、宋律詩選集。

方回生於南宋寶慶三年（公元一二二七年），卒於元大德十一年（公元一三〇七年），字萬里，號虛谷，歙縣（今屬安徽）人。宋景定間别省登第，曾知嚴州。入元，授建德路總管，不久罷官。工詩文。其所爲文，四庫全書總目提要謂爲「學問議論，一尊朱子，崇正闢邪，不遺餘力，居然醇儒之言」。論詩宗奉「江西詩派」。有虛谷集，已佚。現存著述除本書以外，有桐江集、桐江續集、續古今考、文選顔鮑謝詩評。

我國古代詩歌藝術發展到唐代而形成最高的峯巒，名家輩出，流派紛繁，作品廣泛、深刻地反映了當時的社會現實生活，藝術技巧臻於成熟的境地。宋詩在繼承唐詩優秀傳統的基礎上，許多方面有所創造和發展，從内容到形式都呈現出自己的特色，成爲繼唐詩之後的又一座新的藝術高峯。歷來的研究者往往把唐詩、宋詩相提並論，視爲中國詩歌史上兩個重要的發展階段。格律謹嚴精密的律詩孕育於南北朝，成熟於唐初。唐、宋詩歌創作高度發展的標誌之一是各種詩歌體裁都取得了豐碩的成果，而其中以律體詩的成績尤爲突出。方回的瀛奎律髓專選唐、宋五、七言律詩，取材宏富，共選三千零十四首（其中重出二十二首，實爲二千九百九十二首），三百八十五家。全書按作品題材分爲四十九類，每類按時代先後爲次編爲一卷，共四十九卷。方回選詩側重於宋代，入選一千七百六十五首，二百二十一家，比重超過唐代；「江西派」重要作家入選的作品也較多。這反映了方回崇尚「江西詩派」的立場。然而從全書的情況來看，方回未完全爲宗派觀念所囿，選詩尚能根據作品的客觀藝術價值決定，所選作品以大家爲主，同時也注意到各種不同流派的作家和各種不同題材的作品，編排的體例又比較别致。因此，這部詩選還是能比較全面地展示出唐、五代、兩宋將近七百年間詩歌創作繁榮的盛況和律詩發展、流變的輪廓。

「江西詩派」是一個作家人數衆多、文學見解大體一致、作品風格基本相同的詩歌藝術流派，爲北宋黄庭堅所開創。黄庭堅的詩作，具有特殊的個性與風格；他還提出了一套作詩的主張，所論多言法度，强調規摹古人。其創作和理論在當時很有吸引力，爲一些士大夫文人所普遍喜愛，受到影響的作家無形中就演成一種流派。最先提出「江西詩派」這一名稱的是兩宋之際的吕本中，他的江西詩社宗派圖把黄庭堅作爲詩派的創始人，又把陳師道等二十四人作爲這一詩派的成員。「江西詩派」形成之後，經由師友的傳授，綿延發展，聲勢很大，影響深遠，在北宋末以及整個南宋時期，包括陸游、楊萬里、范成大等大詩人在内，幾乎没有一個作家不與之在創作上有過程度不同的聯繫。但是，到了南宋後期，宗尚晚唐的「四靈派」興起，「江湖派」風行，早已顯露出自身流弊的「江西詩派」相形之下日趨衰微。重振「江西」旗鼓，糾正其闕失，維護、發揚其創作主張和美學準則，以改革「四靈派」「江湖派」所造成的頹俗卑弱的詩風，是方回編選瀛奎律髓的根本宗旨。

方回在該書自序中説：「文之精者爲詩，詩之精者爲律。所選詩格也，所注詩話也。」依詩説話，論對詩發，將選詩和評詩結合起來，使詩選和詩話融爲一體，是瀛奎律髓的一個顯著特色。這部詩選對所選之詩多詳加圈點，標明句眼，指出寫作特點，還對唐、宋詩歌中各個流派和重要作家、作品的藝術風格、特徵作了十分細致的分析。方回評論入選作品，基本上以「江西詩派」之法爲法，吸取了「江西派」作家所總結的一套格律句法之學。「江西派」詩人對詩歌創作的命意、結構、格律、句法、對偶、用字等問題的意見往往發表於短札和談片，散見於有關文集、詩話、筆記等著作裏。瀛奎律髓把這些零碎的意見集中在一起，加以系統化，並且通過評點作品的方式把它們具體而明白地顯示出來。整個宋代，研究格律句法的詩學特别興盛。對「江西詩派」以外各家的意見，方回也廣爲吸取。在某種意義上講，瀛奎律髓這部律詩選集同時又是一部宋代的詩律學全書。

瀛奎律髓在吸取、運用「江西派」詩學理論的同時，對它進行了較爲全面的整理與總結，並作了必要的修正、補充，使之得到進一步的發展。值得注意的有下列幾點：

一

在「江西詩派」所提出的一系列作詩法則中，許多人奉「奪胎換骨」「點鐵成金」之説爲綱領，方回却特别注重「拗字」、「變體」等法則，在瀛奎律髓裏列出專類予以探討：卷二十五專論「拗字」，卷二十六專論「變體」，分析具體而微。「拗字」是作律詩時改變某些字的平仄格律，使作品骨格峻峭，語句渾成，氣勢頓挫。「變體」是作律詩時妥善處理情句和景句，實字和虚字，以及色彩的濃和淡，辭意的重和輕等對立而又統一的各對矛盾，使作品的體製富於變化。應該指出，「拗字」「變體」之法對於創作具有蒼勁瘦硬風格的律詩確實是重要的藝術手段，它們是「江西派」詩法體系中較有價值的精華。而所謂「奪胎換骨」「點鐵成金」，主要是要人在創作時規摹古人詩意、點竄古人詩句、搬弄典故、使用古語，實際上是以借鑑代創造，容易造成摹擬剽竊的惡習，南宋魏泰臨漢隱居詩話、金王若虚滹南詩話都曾對此提出過尖鋭的批評。方回雖不否定「奪胎換骨」、「點鐵成金」之説，有時在評詩時還加以運用，但突出「拗字」、「變體」之法，將之作爲「江西派」詩法的重點進行深入的研究與總結，改變了該派原先以「奪胎换骨」、「點鐵成金」的主張爲核心的做法，這對於「江西派」詩律學體系是一個改造與提高。

二

方回評詩，明確標舉「江西詩派」作家所一致注重的「格」作爲主要標準。他説：「詩以格高爲第一。」（桐江續集唐長孺藝圃小集序）又説：「詩先看格高而意又到、語又工爲上，意到、語工而格不高次之，無格、無意又無語下矣。」（瀛奎律髓卷二十一，以下引文僅注明卷數。）基於這樣的原則，方回高度贊揚了「江西詩派」的代表作家，評黄庭堅、陳師道云：「黄、陳特以詩格高爲宋第一。」（卷二十二）評陳與義云：「簡齋詩獨是格高，可及子美。」（卷十三）也是從「格高」的要求出發，方回批評了詩格卑弱的「四靈派」、「江湖派」以及他們所宗尚的晚唐的許渾、姚合等作家的詩風。

方回所説的「格高」是指詩歌蒼勁瘦硬的風格。「江西詩派」以具有這樣獨特的藝術風格而使自己成爲一個獨特的藝術流派。作爲「江西派」後起的中堅，方回所盡力維護和發揚的正是這一種風格。他對於「拗字」、「變體」等手法的總結，都是屬於經由鍛字煉句以達到這種風格的實踐途徑。但是，由於「江西派」詩人一味强調「格高」，流弊所及，反映到作品藝術風格上來，産生了明顯的缺陷，方回對此並不諱言，他說：「『江西』苦於粗而冗。」（卷十）「『江西』之弊，又或有太粗疎而失邯鄲之步，亦是以發文章與時高下之嘆也。」（卷十）爲了消除弊病，方回對「江西詩派」的美學準則進行了修正與補充。具體地講，就是主張在以「格高」爲基礎的前提之下，一要以「細潤」濟粗獷，他說：「大曆十才子以前，詩格壯麗悲感。元和以後，漸尚細潤。愈出愈新，而至晚唐。以老杜爲祖而又參此細潤者，時出用之，則詩之法盡矣。」（卷一）二要以「圓熟」濟生硬，他說：「熟也者，非腐爛陳故之謂，取之左右逢其源是也。」（卷二十）「平熟圓妥，視之似易，能作詩到此亦難也。」（卷十六）三要以「豐腴」濟枯澀，他說：「若五言律詩，則唐人之工者無數，宋人當以梅聖俞爲第一，平淡而豐腴；舍是則又有陳後山耳。此余選詩之條例，所謂正法眼藏也。」（卷一）

三

注意詩歌與現實的關係，强調詩歌的社會作用，是方回文學思想的一個重要方面。表現在對杜甫作品的評價上，除了講求其格律句法外，方回還一再提示要注意其中所表現的憂世憫生的懷抱：「明皇、妃子之酣淫，林甫、國忠之狡賊，養成漁陽之變。史思明繼之，回紇掎之，吐蕃踵之，四方藩鎮不臣，盜賊蠭起。老杜卒於大曆五年庚戌，自天寶十四年乙未始亂，流離十六年。唐中葉衰矣，却只成就得老杜一部詩也。」（卷二十九）「老杜平生雖流離，多在郊野，而目擊兵戈盜賊之變，與朝廷郡國不平之事，心常不忘君父，故哀憤之辭不一，不獨爲一身發也。」（卷二十三）「他人對雪，必豪飲低唱，極其樂。唯老杜不然，每極天下之憂。」（卷二十一）瀛奎律髓忠憤類選録了不少反映唐、宋各動亂時期歷史現實的優秀詩篇，以杜甫春望冠於卷首，批語云：「此第一等好詩。想天寶、至德以至大曆之亂，不忍讀也。」（卷三十二）該卷中其它一些作品後的批語也常常流露出這樣的感慨。昇平類中對那些粉飾現實的作品，頗多微辭。朝省類批評賈至等四人在「京師喋血之後，瘡痍未復」的情勢下寫「誇美朝儀」的大明宮早朝詩是「不已泰乎」。（卷二）懷古類小序更正面指出：「有仁心者，必爲世道計。」認爲即使寫懷弔古迹之作，也不應一味流連光景，而要從「興亡賢愚」中探求歷史的經驗教訓以「爲法」、「爲戒」，使創作有益於社會。（卷三）「江西詩派」創始者黃庭堅本人就是偏重形式技巧而輕視作品社會內容、迴避政治鬬争的，造成了極大的不良影響。方回的上述主張，在一定程度上彌補了「江西派」在詩歌創作的這個至關重要的理論問題上的嚴重闕失。

四

方回不但系統地總結了「江西詩派」的詩學理論，而且通徹源流地重新整理這一個詩歌流派的組織體系，提出了著名的「一祖三宗」的論點。他指出黄庭堅、陳師道「號『江西派』，非自爲一家也，老杜實初祖也」(卷一)，並宣稱説：「古今詩人，當以老杜、山谷、後山、簡齋四家爲一祖三宗，餘可配饗者有數焉。」(卷二十六)黄庭堅詩學原是推尊杜甫的；其他的「江西派」詩人也都以杜甫爲標榜，視黄庭堅爲杜甫的直接繼承者。但是，黄庭堅學杜，只注意從形式技巧中尋求經驗和規律，存在很大的片面性；而「江西派」的末流，心目裏只有黄庭堅，連杜甫的作品都棄而不讀。在這種情況下，方回明確揭示本源，推尊杜甫爲「初祖」，對於號召後學直接學習杜甫，在與杜甫作品的實際接觸中真正體會杜甫的精神和成就，克服片面性，具有重要的意義。陳與義是宋朝南渡之際的傑出詩人。他目睹北宋之亡，親身經歷時代的動亂，後期作品多感憤沉鬱之音，表現出憂國傷時的思想。和黄庭堅、陳師道一樣，陳與義也尊杜學杜，對蘇軾、黄庭堅亦很推重，然而他又説：「要必識蘇、黄之所不爲，然後可以涉老杜之涯涘。」(簡齋詩集引)儘管陳與義對蘇、黄有一定的保留，而嚴羽滄浪詩話也認爲「簡齋體」是「亦『江西』之派而小異」，但方回把他列爲「三宗」之一，其目的顯然是爲了壯大「江西詩派」的陣營，從而借以擴大後學者的眼界。清吴寶芝説：「一祖三宗之説，論詩家每用相訴病，謂其不應獨宗『江西』也。夫訾其爲偏，誠所難辭；然觀其論詩小序云：『立志必高，讀書必多，用力必勤，師傅必真。四者不備，不可言詩。』可知其於此事，煞費工夫來。蓋從三折九變之餘而始奉此爲歸宿，其中甘苦得失之數，必有獨喻其微者，非漫然奉一先生之號，傍人門户以自標榜也。」（重刻律髓記言）指出方回重新整理「江西詩派」的組織體系與其文學思想之間的密切關聯，真可謂是深得其用心了。

上面所講的四個問題，是方回對「江西派」詩學的重要發展。如果説，「江西派」的詩學理論是瑕瑜互見；那麽，方回對它的整理與總結，則是使之朝着克服消極面、發揚積極面的方向前進了一大步。在宋代詩壇流行了二百年之久的「江西詩派」雖然存在較大的局限性，但是它在創作、理論上的建樹及其在文學史、文學理論批評史上的地位是不容抹煞的。因此，方回對「江西派」詩學理論的改造與提高，對古代詩歌理論的發展，也是一個積極的貢獻。

「江西詩派」的主要弊病是以「流」爲「源」，靠前人的書本去做詩，脱離廣闊的現實生活。儘管在詩歌的現實性和社會作用問題上，方回的見解是值得重視的，然而這並不意味着他對「江西詩派」脱離社會生活和脱離作品内容而孤立地講求藝術技巧的錯誤傾向，有正確的認識。從根本上説，瀛奎律髓所指示的一條創作道路，仍是「江西詩派」的老路，方回自己的創作就打着這樣的烙印。此外，由於方回宗奉「江西詩派」的立場，特别是由於其時代和階級的局限，在選詩和論藝方面存在的問題很多，應予分析、批判，這裏不一一細説。

瀛奎律髓成書於元至元二十年（公元一二八二年），當時即已刊刻流行。明成化三年（公元一四六七年）皆春居士重刻該書，爲之作序説：「先生自序謂：『詩之精者爲律。』今觀其所選之精嚴，所評之當切，涵泳而雋永之，古人作詩之法，詎復有餘藴哉！誠所謂『律髓』也。」評價甚高，反映了在詩歌創作崇尚盛唐的明代，這部爲宋代「江西詩派」張目的詩選仍然有人在推重。到了清代，詩壇上出現了宗唐、宗宋的激烈的門户之爭，論者的立足點不同，對瀛奎律髓的評價也就大相徑庭。清代初期，取法晚唐温庭筠、李商隱的馮舒、馮班對該書持徹底否定的態度，如馮班批評説：「至於方公之議論，全是執己見以强縛古人。以古人無礙之才，圓通因變之學，曲合於拘方板腐之輩，吾見其愈議論而愈多其戾耳。」（本書卷一）康熙、雍正時期，宋詩派學者吴之振的看法與二馮針鋒相對，稱譽該書説：「其論世則考其時地，逆其意志，使作者之心，千載猶見；其評詩，則標點眼目，辨別體製，使風雅之軌，後學可尋。斯固詩林之指南，而藝圃之侯鯖也。」（瀛奎律髓序）宋詩派詩人查慎行也説：「詩以氣格爲主，字句抑末矣。然必句針字砭，方可進而語上。虚谷先生評詩之意以此，余之丹黄亦以此。」（見本書卷一）乾隆、嘉慶時期，論詩主張「根柢乎八代，三唐而兼涉乎『江西』」的紀昀則以折衷的姿態出現，在瀛奎律髓刊誤序中一方面指摘「左袒『江西』」的方回，説他選詩有「矯語古淡」、「標題句眼」、「好尚生新」之弊，評詩有「黨援」、「攀附」、「矯激」之失；另一方面，又批評「左袒晚唐」的二馮，説他們「負氣詬爭，遂併其精確之論，無不深文以詆之。矯枉過正，亦未免轉惑後人」。爲了糾正「方氏之僻，馮氏之激」，特地作了瀛奎律髓刊誤一書。圍繞着瀛奎律髓所展開的關於詩歌創作領域裏許多問題的不同意見的争論，一直延續到晚清以後。清代兩百多年之中，評點瀛奎律髓的竟然有十多家。總之，在整個清代，對方回的這部詩選褒貶紛紜，正説明了它在當時的歷史地位和作用，其影響是很大的。

鑒於瀛奎律髓以及後人通過對它的再評點以發表的各種見解，對於研究中國文學史和中國文學理論批評史有一定的參考價值，我以方回原書爲基礎，彙集了馮舒、馮班、陸貽典、查慎行、何義門、紀昀、無名氏（甲）、許印芳、無名氏（乙）等十多家評語，編成瀛奎律髓彙評出版，以饗讀者。至於本書中資料的輯集與編排，不當之處在所難免，歡迎同志們提出寶貴意見，以便今後改正。

朱東潤師爲本書題簽。元至元本瀛奎律髓是本書的重要參校本之一，原書現藏北京首都圖書館，陳子展師一九七九年去北京開會，專程去首圖聯繫，拍回了縮微膠卷。吕貞白師對本書的編纂關懷備至，提出過許多寶貴意見，並看過部份原稿。顧易生同志看過本書的部份原稿。本書以明成化三年刻本爲底本，原書現藏北京圖書館，其縮微膠卷是由劉德權同志聯繫拍來的。本書附録之二方回文選顔鮑謝詩評的縮微影片由上海古籍出版社提供。過録有錢陸燦評語的清康熙五十二年石門吴之振刻本瀛奎律髓，現藏吉林省圖書館，錢陸燦評語是吉林大學中文系張連第同志抄寄給我的。復旦大學圖書館劉琦同志爲本書輯集資料和抄寫工作付出了辛勤的勞動。編纂本書之初，爲了弄清楚過去有哪些人評點過瀛奎律髓以及該書有哪幾種版本，我曾向全國二十九所省、市、高校圖書館作調查，得到過他們熱情幫助。借此書出版的機會，謹向上述師友及有關圖書館的同志們致以衷心的謝忱！

李慶甲

一九八三年春節於復旦大學

例略

（一）本書正文及方回原評，以明成化三年紫陽書院刻本瀛奎律髓爲底本。參校版本有：元至元二十年刻巾箱本瀛奎律髓，清康熙五十二年石門吴之振黄葉村莊刻本瀛奎律髓，清嘉慶五年侯官李光垣校刻本瀛奎律髓刊誤。少數地方的錯字、脱字，則是據其它有關書籍補正的。前人校勘瀛奎律髓正文、方回原評的成果，分別標明原校者姓氏，與這次新加的校記一起録入本書校勘記中，附於本書各卷之末。這次新加的校記，則冠一「按」字，以示區別。

（二）本書所録方回以外諸家評語的作者姓氏以及所根據的版本，略依作者生卒年次排列於後：

馮舒（公元一五九三年——一六四九年）評語未刊刻過。本書所録，以過録有馮舒、馮班、查慎行、何義門評語的清康熙五十二年石門吴之振黄葉村莊刻本瀛奎律髓爲底本，參校了另外三種過録有馮舒、馮班評語的清康熙四十九年陳士泰刻本瀛奎律髓。

馮班（公元一六〇二年——一六七一年）　評語未刊刻過。本書徵引評語所依據的底本及參校本與馮舒相同。

錢湘靈（公元一六一二年——一六九八年）　評語未刊刻過。本書所録，以過録有馮舒、馮班、錢湘靈評語的清康熙五十二年石門吴之振刻本瀛奎律髓爲底本。

陸貽典（公元一六一七年——？）　評語未刊刻過。本書所録，以過録有馮舒、馮班、陸貽典評語的清康熙五十二年石門吴之振黄葉村莊刻本瀛奎律髓爲底本，參校了過録有陸貽典、無名氏（乙）評語的清康熙四十九年陳士泰刻本瀛奎律髓。

查慎行（公元一六五〇年——一七二七年）　本書所録，以上海六藝書局石印本查初白十二種詩評爲底本，參校了過録有馮舒、馮班、查慎行、何義門評語的清康熙五十二年石門吴之振黄葉村莊刻本瀛奎律髓。

何義門（公元一六六一年——一七二二年）　評語未刊刻過。本書所録，以過録有馮舒、馮班、查慎行、何義門評語的清康熙五十二年石門吴之振黄葉村莊刻本瀛奎律髓爲底本，參校了過録有馮舒、馮班、何義門評語的清康熙四十九年陳士泰刻本瀛奎律髓。

紀昀（公元一七二四年——一八〇五年）　本書所録，以清嘉慶五年侯官李光垣校刻本瀛奎律髓刊誤爲底本。

無名氏（甲）（姓氏及生卒年俱不可考，評語可能作於清嘉慶、道光之間。）　評語未刊刻過。

本書所録，以無名氏（甲）評閲清康熙五十二年石門吴之振黄葉村莊刻本瀛奎律髓爲底本。

許印芳（公元一八三二年——一九〇一年）本書所録，以雲南叢書本律髓輯要爲底本。

無名氏（乙）（姓氏及生卒年俱不可考，評語寫作時間似較晚，姑列於許印芳之後。）評語未刊刻過。本書所録，以過録有陸貽典、無名氏（乙）評語的清康熙四十九年陳士泰刻本瀛奎律髓爲底本。

趙熙（公元一八六七年——一九四八年）評語未刊刻過。本書所録，以民國十七年郭季吾手抄本瀛奎律髓抄爲底本。

附録於二馮評語之後的韓弼元以及署名爲淇的等人的零星評語（見過録有馮舒、馮班評語的清康熙四十九年陳士泰刻本瀛奎律髓），附録於查慎行評語之後的張載華、李天生、俞犀月、陸庠齋、吴星叟等人的零星評語（見查初白十二種詩評），附録於紀昀評語之後的李光垣的零星評語（見瀛奎律髓刊誤），本書全部予以收録。

本書彙集上述諸家之評語，凡有參校本的都進行了校勘。底本與參校本之間文字上有異同者，則擇善而從；爲避免繁瑣，這方面一律不出校記。

（三）本書所彙集的諸家評語，多數是對入選的詩歌而發，有一部份是對前人的評語而發。關於詩歌的評語，較正文低兩格排於所評作品之後；同一首作品有兩家以上評語的，排列時以時代先後爲次。關於評語的評語，較正文低四格排於所評評語之後；有兩家以上者，排列時亦以時代先後爲次。

（四）方回、馮舒、馮班、查愼行、何義門、紀昀、許印芳諸家，對於入選的作品，不僅有評語，而且詳加圈點。這些圈點是表現評論家藝術見解的手段之一，對我們深入理解所批點的作品本身具有一定的參考價值。原擬選取方回、紀昀兩家的圈點刊行，但是因爲受客觀條件的限制，在排印方面確實存在着種種實際困難，所以只得暫付闕如。書中有些地方的圈點與評語結合比較緊密，删去了圈點則評語就無法理解。爲了解决這一矛盾，只得在有關評語之下加按語說明。例如卷一於杜甫登岳陽樓中「吴楚東南坼，乾坤日夜浮」兩句的「坼」及「浮」字之旁，方回俱加圈，並在評語中說：「凡圈處是句中眼。」「坼」、「浮」字旁的圈，排印時未克照排，故於方回評語下加按語云：「方回在『吴楚東南坼，乾坤日夜浮』二句之末『坼』、『浮』字旁加圈。」

（五）正如清代的一些評點者所指出的那樣，方回原書在編選方面存在很多問題，現分别舉例說明於後：

作品重出。如梅聖俞送高判官和唐店夜飲，既見於宴集類卷八的五律中，又見酒類卷十九的五律中。

作品誤屬。如春日類卷十的七律中題爲陸放翁作的暖甚去綿衣一詩，實爲趙昌父所作。

排列失序。如風懷類卷七的七律中，把宋張宛丘的次韻張公遠二首置於唐劉賓客、韓偓、李商隱等人的作品之前。

評語重出。如登覽類卷一的五律第一首陳子昂度荆門望楚後之評語，又見於懷古類卷三的五律中陳子昂白帝懷古之後，二者僅字句有異，内容基本相同。

歸類不當。邊塞類卷三十柳中庸愁怨是一首閨情詩，不應收入邊塞類。

體例不純。該書體例，對所録作家倣文選體例書字或官爵而不書名，但書中前後不統一，如登覽類卷一的五律第一首度荆門望楚下作者名按文選例當署爲「陳伯玉」，不應作「陳子昂」。此外，該書每類之首有方回寫的一篇小序，絶大多數不標自己的名字，但卷十三冬日類小序、卷二十梅花類小序於序文開頭處寫作「虚谷曰」，這也是體例不純之一例。

爲了保持該書原貌，對於上述種種問題，基本上未作改動。這次整理，僅對某些誤屬作品的作者姓氏作了更正，其它都一仍其舊；但無論改正或保持原狀，在校記中均有説明。

（六）明清以來刊刻和評點瀛奎律髓時諸家所寫的序、跋，有助於讀者對該書之了解，故悉載其原文，是爲附録一。

（七）方回所著文選顔鮑謝詩評對於研究方回的文學思想和瀛奎律髓都非常重要，故亦載其全文，是爲附録二。此書共四卷，向無刻本。今以四庫全書本爲底本，參校了一九七七年中華書局影印胡克家刻本李善注昭明文選的有關文字，對底本中明顯的錯誤和闕漏之處作了修改、訂正，並出校記説明。校記附於此書各卷之末。

（八）元史方回無傳。現從曾廉元書和顧嗣立元詩選徵引方回的傳記資料兩則，是爲附錄三。

（九）編者在編纂本書過程中，對瀛奎律髓的版本、評點及收藏情況作過一番調查，兹將所得編成情況一覽表載於書末，是爲附録四。

（十）各種版本的瀛奎律髓均無細目，只有標明卷次及類别的總目。現在編製了作品目録代替原先的總目，置於本書起首之處。更爲了便於讀者檢索瀛奎律髓所選録的作者及其作品，特編製了一個作者篇目彙檢，印在書後。

李慶甲

一九八三年二月

瀛奎律髓序

紫陽虛谷居士方回撰

「瀛」者何？十八學士登瀛洲也。「奎」者何？五星聚奎也。「律」者何？五、七言之近體也。「髓」者何？非得皮得骨之謂也。斯登也，斯聚也，而後八代、五季之文弊革也。文之精者爲詩，詩之精者爲律。所選，詩格也。所注，詩話也。學者求之，髓由是可得也。方回者誰？家於歙，嘗守睦，其字萬里也。至元癸未良月旦日。

吴寶芝：右序相傳謂虛谷所作，然詞義淺鄙，且亦非當時文體，即與虛谷他文亦不甚相類，疑是後人贋作。吕晚村、曹叔則兩先生本俱不載，然舊本有之，今亦未敢遽芟，録存以俟識者辨之可也。

紀昀：「詩之精者爲律」句太套，古體豈詩之粗者？「右」字上應加「吴瑞草曰」四字。○此篇筆意與此書小序、評語皆相類，未必不出於虛谷，吴氏亦曲爲解脱耳。○甲午五月於四庫官書中檢得虛谷桐江續集，中有此序，非贋作也。○或題曰「宋紫陽虛谷居士方回撰」。虛谷終於元，不應仍題曰「宋」，其人亦非淵明比，不得援晉徵士例，宜改題曰「元方回」。

目録

七言 二十四首

卷之三 懷古類

五言 三十二首

七言 七十八首

卷之四 風土類

五言四十二首

七　言　三十首

卷之五 昇平類

卷之六　宦情類

五言四十三首

卷之七 風懷類

卷之八 宴集類

卷之九　老壽類

七言　八首

卷之十　春日類

五　言　六十首

卷之十一 夏日類

五言二十九首

七言二十首

七言三十首

卷之十三　冬日類

五言　三十四首

七言二十首

卷之十四 晨朝類

五言 三十二首

卷之十五 暮夜類

卷之十六 節序類

卷之十七　晴雨類

五言九十五首

七言四十首

卷之十八　茶類

五言　十三首

七言　八首

卷之十九　酒類

五言　十九首

七　言　十六首

卷之二十　梅花類

五言六十一首

七言 一百四十八首

卷之二十一　雪類

五言四十首

卷之二十二　月類

五言　三十首

七　言　十首

卷之二十三 閒適類

五言 一百八首

卷之二十四　送別類

五言八十七首

七言七十一首

卷之二十五　拗字類

五言　十首

七言　十八首

卷之二十六　變體類

五言　十首

七言　十九首

卷之二十七　着題類

五言　三十首

七　言　六十九首

卷之二十八　陵廟類

五言二十首

七言　三十二首

卷之二十九　旅況類

五言　五十七首

七言二十二首

卷之三十 邊塞類

五言 五十一首

卷之三十一　宫閫類

卷之三十二　忠憤類

卷之三十三　山巖類

五言　十二首

七言　六首

卷之三十四　川泉類

五言　三十二首

卷之三十五　庭宇類

七言　三十首

卷之三十八 遠外類

五言 十二首

七言 四首

卷之三十九 消遣類

五言 四首

卷之四十　兄弟類

七言　七首

卷之四十一　子息類

五言　六首

七言　六首

卷之四十二 寄贈類

五言 三十八首

七言 五十八首

卷之四十三　遷謫類

五言二十首

七　言　三十九首

卷之四十四　疾病類

五言　二十五首

卷之四十五　感舊類

七言　七首

卷之四十六　俠少類

五言　八首

七言 九首

卷之四十七 釋梵類

五言 二百五首

七言四十六首

卷之四十八　仙逸類

五　言　四十二首

卷之四十九　傷悼類

附録一　題跋

附録二 文選顔鮑謝詩評

卷三

卷　四

附録三　傳記

附録四　版本、評點及收藏

瀛奎律髓彙評卷之一　登覽類

登高能賦，於傳識之。名山大川，絶景極目，能言者衆矣。拔其尤者，以充雋永，且以爲諸詩之冠。

馮班：方君敘宋末事甚詳，多可據。

查慎行：詩以氣格爲主，字句抑末矣。然必句針字砭，方可進而語上，虚谷先生評詩之意以此，余之丹黄亦以此。

五言　二十首

度荆門望楚

陳子昂

遥遥去巫峽，望望下章臺。巴國山川盡，荆門煙霧開。城分蒼野外，樹斷白雲限。今日狂歌客，誰知入楚來。

方回：陳拾遺子昂，唐之詩祖也。不但感遇詩三十八首爲古體之祖，其律詩亦近體之祖也。白帝、峴山二首極佳，已入「懷古類」，今揭此一詩爲諸選之冠〔一〕。陳子昂、杜審言、宋之問、沈佺期俱同時，而皆精於律詩。孟浩然、李白、王維、賈至、高適、岑參與杜甫同時，而律詩不出則已，出則亦足與杜甫相上下。唐詩一時之盛，有如此十一人，偉哉！

馮舒：必謂子美高於數公，亦不服。

紀昀：以賈至入諸公之間，殊爲不倫。太白所長不在律詩，十一人之説未確。

馮舒：如此出題，如此貼題，後人高不到此。

馮班：如此方是「度荆門望楚」，一團元氣成文。

陸貽典：蔣西谷云：首句是「度荆門」，二句是「望楚」。然「遥遥」二字即帶「望」字，「下」字回顧「度」字，古人法律之細如此。落句挽合「度」字有力。

查慎行：初唐人新創格律，即陳、杜、沈、宋，亦未能出奇盡變，不過情景相生，取其工穩而已。

紀昀：連用四地名不覺堆垛，得力在以「度」字、「望」字分出次第，使境界有虚有實，有遠有近，故雖排而不板。五、六寫足「望」字。以上六句寫得山川形勝滿眼，已伏「狂歌」之根。結二句借「狂歌」逗出「楚」字，用筆變化，再一挨敍正點，則通體板滯矣。

李光垣：是書例不書作者之名，伯玉書名，例不畫一。

無名氏（甲）：荆門，湖廣荆州。

無名氏（乙）：峻整遒勁，看去仍生動。此不可及。

登襄陽城

杜審言

旅客三秋至，層城一作「樓」〔二〕。四望開。楚山横地出，漢水接天回。冠蓋非新里，章華即舊臺。習池風景異，歸路滿塵埃。

方回：此杜子美乃祖詩也。「楚山」、「漢水」一聯，子美家法。中四句似皆言景，然後聯寓感慨，不但張大形勢，舉里、臺二名，而錯以「新」、「舊」二字，無刻削痕。末句又傷時俗不古，無習池山公之事，尤有味也。晚唐家多不肯如此作，必搜索細碎以求新。然審言詩有工密處，如「淑景〔三〕催黄鳥，晴光照緑萍〔四〕」，「風光新柳報，宴賞落花催」，「下釣看魚躍，探巢畏鳥飛」。「葉疎荷已晚，枝亞果新肥」，「鹿麛銜妓席，鶴子曳童衣」。園果嘗難遍，池蓮摘未稀」，「日氣含殘雨，雲陰送晚雷」，皆有味。壯語如「雨雪關山暗，風雷草木稀」，「據鞍雄劍動，插檄羽書飛」，「不宰神功運，無爲大化懸」。八荒平物土，四海接人烟」，「文物驅三統，聲名走百神」，「禹食傳中使，堯樽遍下人」，則晚唐所無。此等句若置之子美集，無大相遠也。欲述杜詩源流，故詳及之。

馮舒：言景言情，前人不如此，只是大曆以後體，「江西」遂刊定詩法矣。

馮班：審言詩不必如此論，此蓋後世詩法耳。

紀昀：子美詩上薄風騷，下羅八代，所謂「讀書破萬卷，下筆如有神」者，蓋非虛語，非區區守一家之法者。以此數聯爲杜詩家法，所見殊陋。○山公習池，留連宴飲，非後世難爲之事，未可云「傷時俗之不古」，蓋慨想山公之意。初唐語意猶質，無用深解也。

馮班：破題未有「襄陽」。次聯緊接。

陸貽典：一氣虛涵清景。

紀昀：子美登兗州城詩與此如一板印出。此種初出本佳，至今日輾轉相承，已成窠臼，但隨處改換地名，即可題徧天下，殊屬捷便法門。學盛唐者，先須破此一關，方不入空腔滑調。

無名氏(甲)：襄陽，湖北今府。

無名氏(乙)：不呆使事，開無限法門。

許印芳：杜審言，字必簡，襄陽人，甫之祖也。官修文館學士，卒贈著作郎。生平善五言詩，兼工書翰。而恃才謇傲，爲世所嫉云。

臨洞庭湖 一作「岳陽樓」

孟浩然

八月湖水平，含〔五〕虛混太清。氣蒸雲夢澤，波動〔六〕岳陽城。欲濟無舟楫，端居恥聖明。坐看〔七〕垂釣者，徒有羨魚情。

方回：予登岳陽樓。此詩大書左序毬門壁間，右書杜詩，後人自不敢復題也。劉長卿有句云：「疊浪浮元氣，中流没太陽。」世不甚傳，他可知也。

查慎行：二篇並列，優劣已見，無論後人矣。

載華按：「二篇並列」云云及後劉得仁夏晚一則，手批本無。然語意精當，確是先生口氣。聞律髓批點，敬業家塾過本最多，疑係先生偶爾增入者。蒿廬夫子於友人案頭記録，另用黄筆別之。今仍録以俟再考。

紀昀：「疊浪」二句似海詩，不似洞庭。工部「乾坤日夜浮」句，亦似海詩，賴「吴楚」句清出洞庭耳，此工部律細於隨州處。

馮舒：「混」字無關妙處。舉世看此詩，只曉得次聯。〇通篇出「臨」字，無起爐造竈之煩，但見雄渾而兼瀟灑。後四句似但言情，却是實做「臨」字。此詩家之淺深虚實法。

紀昀曰：馮批曰：「通篇出『臨』字，無起爐造竈之煩，但見雄渾而兼瀟灑。後四句似但言情，却是實做『臨』字。此詩家之淺深虚實法。」所論似是而非。首四句若不臨湖，如何看出？何待另出「臨」字？後四句求薦，正是言情，如何云實做「臨」字？

馮班：次聯畢竟妙，與尋常作壯語者不同。皎然議之，亦近太刻。〇只是次聯妙。

陸貽典：只「含虚混太清」一句，洞庭湖正面已完。三、四不得不推借雲夢、岳陽，以「氣蒸」、

「波動」四字形容之也。
查慎行：孟作前半首，由遠説到近。後半首，全無魄力。第六句尤不着題。
何義門：後四句全是洗發「臨」字。○張平子應閒云：「學非所用，術有所仰；故臨川將濟，而舟楫不存焉。」第五本此。
紀昀：此襄陽求薦之作。原題下有「獻張相公」四字，後四句方有着落，去之非是。作「岳陽樓」，更非是。○前半望洞庭湖，後半贈張相公，只以望洞庭託意，不露干乞之痕。
無名氏（甲）：洞庭湖，湖廣岳州。
許印芳：孟浩然，名浩，以字行，襄陽人，隱鹿門山。○起用拗調，「北闕休上書」亦然，盛唐人有此拗法，蓋三、四字平仄互換耳。亦有用作中聯者，王右丞詩「勝事空自知」是也。此外尚多，不可枚舉。
無名氏（乙）：三、四雄奇，五、六遒渾又過之。起結都含象外之意景，當與杜詩俱爲有唐五律之冠。

登岳陽樓

杜工部

昔聞洞庭水，今上岳陽樓。吴楚東南坼，乾坤日夜浮。親朋無一字，老病有孤舟。戎馬關山北，憑軒涕泗流。

方回：岳陽樓天下壯觀，孟、杜二詩盡之矣。中兩聯，前言景，後言情，乃詩之一體也。凡圈處是句中眼。

〔按：方回在「吳楚東南坼，乾坤日夜浮」二句之末「坼」、「浮」字旁加圈。〕

馮班：小兒家見解。○杜子美上承漢、魏、六朝，下開唐、宋諸大家，固所云集大成者也。元、白、温、李，自能上推杜之所學，故學杜而得其神似。即宋之蘇公亦然，陸放翁、范石湖又其亞也。若陳簡齋、曾茶山豈無神似之作，但專學杜詩，不欲推原見本，上下前後有所不究，粗硬之病未免，曲折之致全無，生吞活剥，見誚來者。雖有相肖，亦無異叔敖之衣冠，中郎之虎賁矣。至於方公之議論，全是執己見以强縛古人。以古人無礙之才，圓通因變之學，曲合於拘方板腐之輩，吾見其愈議論而愈多其戾耳。嗚呼！嗚呼！

紀昀：鍊字之法，古人不廢。若以所圈句眼，標爲宗旨，則逐末流而失其本原，睹一斑而遺其全體矣。

馮舒：因登樓而望洞庭，乃云「昔聞洞庭水，今上岳陽樓」，是倒入法。三、四「吳楚」、「乾坤」，則目之所見，心之所思，已不在岳陽矣，故直接「親朋」、「老病」云云。落句五字總收上七句，筆力千鈞。

馮班：次聯力破萬鈞。

查慎行：杜作前半首由近説到遠，闊大沉雄，千古絕唱。孟作亦在下風，無論後人矣。

何義門：破題筆力千鈞。○洞庭天下壯觀，此樓誠不可負，故有前四句。然我何緣至此哉？故後四句又不禁仲宣之感也。詩至此，面面到矣。

李天生：八句似各一意，全篇仍自渾然，相貫相承，故爲絕調。

俞犀月：三、四極開闊，五、六極黯淡，正於開曠處俯仰一身，凄然欲絕。○岳陽之勝在洞庭，第一句安頓極好。

無名氏（甲）：岳陽樓，岳州。

許印芳：杜甫字子美，襄陽人，官工部員外郎，元順帝時，追謚文貞。○一、二點題。三、四承「聞水」寫景，「乾坤」句已爲五、六伏脈。五、六承「上樓」言情，與「乾坤」句消息相通，神不外散。七句申明五、六傷感之故，亦倒點法。八句扣住登樓，總收上文。法律精細如此，學者宜細心研究，勿徒誇其氣象雄渾也。

無名氏（乙）：中四句與孟工力悉敵，而頸聯尤老，起結辣豁。孟只身世之感，而此抱家國無窮之悲，事境尤大云。

登兖州城樓

東郡趨庭日，南樓縱目初。浮雲連海岱，平野入青徐。孤嶂秦碑在，荒城魯殿餘。從來多古意，臨眺獨躊躇。

方回：此詩中兩聯似皆言景，然後聯感慨，言秦、魯俱亡，以「古意」二字結之，即東坡用蘭亭意也。

紀昀：晚唐詩多以中四句言景，而首尾言情，虛谷欲力破此習，故屢提唱此説。馮氏譏之，未嘗不是。但未悉其矯枉之苦心，而徒與莊論耳。

馮班：不讓乃祖。

陸貽典：此與審言登襄城一律。

查慎行：此杜陵少作也，深穩已若此。五、六每句首尾下字極工密，所謂「詩律細」也。

何義門：三、四「縱目」，五、六「古意」。○落句言思以述作繼之也。

紀昀：此工部少年之作，句句謹嚴。中年以後，神明變化，不可方物矣。○以「縱目」領起中四句，即從「秦碑」「魯殿」脱卸出，「古意」作結，運法細而無迹。

無名氏（甲）：兗州，今山東府。

無名氏（乙）：盛唐精壯，妙含餘韻則初唐矣。

登牛頭山亭子

路出雙林上，亭窺萬井中。江城孤照日，山一作「春」。谷遠含風。兵革身將老，關河信不通。猶殘數行淚，忍對百花叢。

方回：牛頭山在梓州郪縣西南二里，高一里。寶應元年壬寅秋，廣德元年癸卯春，公並在梓州，依李刺史，有上牛頭山、望牛頭寺詩。寰宇記謂「樓閣烟花，爲一方之冠」。「路出雙林上」，言亭在樹之頂。「亭窺萬井中」，則可見城市皆環之也。癸卯春作，公年五十二歲。

陸貽典：「猶殘」，「猶」字跟上「身將老」來。言身雖將老而君國之念，不忍對好景而忘之也。

查慎行：與登岳陽樓作，同一章法。

何義門：春和景麗，忽若悲風颯至，真深如也。上句亦非身至江河之濱，不見其佳。

紀昀：「猶殘」二字，緊跟上二句說下。却於上二句内，隱隱藏得淚已流盡，此流殘之數行耳。用筆最深曲。若如二馮所説，則當云「忍將數行淚，來對百花叢」，意味淺矣。

無名氏（甲）：牛頭山亭子，在四川。

許印芳：八句皆對，杜律多此。

無名氏（乙）：言景之後，大手必抒寫真性情一聯，晚唐則一味雕琢而已。宋專寫意，又嫌直致。

秋登宣城謝脁北樓

李太白

江城如畫裏，山色〔八〕望晴空。兩水夾明鏡，雙橋落彩虹。人烟寒橘柚，秋色老梧桐。誰念北樓上，臨風憶〔九〕謝公。

方回：太白亦有登岳陽八句，未及孟、杜。此詩起句似晚唐，中二聯言景而豪壯，則晚唐所無也。宣州有雙溪、叠嶂，乃此州勝景也。所以云「兩水」，惟有「兩水」所以有「雙橋」。王荆公虎圖行「目光夾鏡當座隅」，虎兩目如夾兩鏡，得非倣謫僊「兩水夾明鏡」之意乎？此聯妙絶。起句所謂「江城如畫裏」者，即指此三、四一聯之景，與五、六皆是也。謝脁爲宣城賢太守，人呼爲謝宣城，得太白表章之，其名踰千古不朽焉。

馮舒：宣城大名，恐不因太白始著。

馮班：倒見太白規模玄暉，大名豈假太白表章耶？○方君云荆公虎圖行倣太白「兩水夾明鏡」之意，不是。

錢湘靈：不通至此。

陸貽典：方評得之。

紀昀：小謝不籍太白而始彰，此語殊爲憒憒。

馮舒：看第二聯何嘗分景與情？○直作宣城語，幾不可辨。

馮班：謝句也。太白酷學謝。

何義門：中二聯是秋霖新霽絶景。○落句以謝脁驚人語自負耳。

紀昀：五、六佳句，人所共知。結在當時不妨，在後來則爲窠臼語，爲淺率語，爲太現成語。故論詩者，當論其世。

無名氏（甲）：宣城，在江南寧國府。

無名氏（乙）：襄陽「微雲」、「疎雨」一聯澹逸，此蒼深，並千古名句。

漢江臨眺

王右丞

楚塞三江〔一〇〕接，荆門九派通。江流天地外，山色有無中。郡邑浮前浦，波瀾動遠空。襄陽好風日，留醉與山公。「江」一作「湘」。

方回：右丞此詩，中兩聯皆言景，而前聯尤壯，足敵孟、杜岳陽之作。

馮舒：澄之使清矣，「壯」字不足以盡之。

陸貽典：順題做去，落句推開。

查慎行：第一、第三句中兩用「江」字。不但此也，「三江」、「九派」、「前浦」、「波瀾」，篇中説水處太多，終是詩病。

紀昀：三、四好，五、六撐不起，六句尤少味，複衍三句故也。

無名氏（甲）：漢江，在襄陽。

無名氏（乙）：壯句仍沖雅，見右丞本色。

登蒲澗寺後二巖

李羣玉

五仙騎五羊，何代降兹鄉。澗有堯時韭，山餘禹日糧。樓臺籠海色，草樹發天香。浩笑煙波裏，浮溟興甚長。

方回：寺在廣州。「堯時韭」、「禹日糧」之對工矣。詩忌太工，工而無味，如近人四六及小學答對，則不可兼。必拘此式，又爲「崑體」。善爲詩者備衆體，亦不可無此也。如老杜能變化，爲善之善者。五、六一聯亦精神。

馮班：宋人四六，工而無味，果然。工而有味，「西崑」也；工而無味，「江西」也。

陸貽典：對句更勝。

紀昀：此評最好。

紀昀：起太率易，結尤不成語。

無名氏（甲）：蒲澗寺，在廣東。陸艮澈云：「廣州蒲澗之巖，相傳有五仙人騎五羊而下。」

勝果寺

僧處默

路自中峯上，盤迴出薜蘿。到江吴地盡，隔岸越山多。古木蘘青靄，遥天浸白波。下方城郭近，鐘磬雜笙歌。

方回：寺在錢塘，故有「吴地」、「越山」之聯。或以田莊牙人譏之，似不害寫物之妙。后山縮爲一句「吴越到江分」，高矣。譬之「共君一夜話，勝讀十年書」，山谷縮爲一句，曰「話勝十年書」是也。因書諸此，以見詩法之無窮。

馮舒：詩意在「一夕」及「讀」字。若僅存一「話」字，安知不話「十年」？山谷再生，我決不服。〇「十年書」，意不足爲工也。二句力在「一夕」字與「讀」字。然山谷亦直是古語耳，若方公之論，則是偷句拙賊耳。

馮班：二句意在「一夜」、「十年」作對，不可縮也。次句去「讀」字，意亦不完。后山句却妙。

查慎行：「吴越到江分」，字字意足。若「話勝十年書」，「書」字欠「讀」字意，幾不成句，勿爲山谷所欺也。

馮班：落句與承吉金山同格，語意轉勝。

陸貽典：題只「勝果寺」，無「登」、「望」、「臨」、「眺」等字，故但寫景親切，便是合作。

紀昀：三、四自佳，後四句無味。

無名氏（甲）：勝果寺，在杭州。

許印芳：詩家原有偷意之例。偷而變化字句，不襲其語者，上品。如：古詩「人生不滿百，常懷千歲憂」，陶公化爲「世短意常多」五字，此化多爲少者也。常盱眙詩「曲徑通幽處，禪房花木深」，東坡化爲「微雨止還作，小窗幽更妍；盆山不見日，草木自蒼然」四句，此化少爲多者也。若偷意而用其語，能縮多爲少者爲中品：虚谷前評所引二句是也。衍少爲多者爲下品：如王右丞詩「孤客親童僕」，崔禮山用之而衍爲「漸與骨肉遠，轉於童僕親」是也。上中二品可學，下品則不可效尤矣。又按：此詩後四句雖不出色，而前後相稱，曉嵐斥爲無味，亦是苛論。

無名氏(乙)：接出第四句，自然縹渺。

金山寺(一)

張祜

一宿金山寺，微茫水國分。僧歸夜船月，龍出曉堂雲。樹影中流見，鐘聲兩岸聞。因悲在城市，終日醉醺醺。

方回：此詩金山絶唱，孫魴者努力繼之，有云：「天多剩得月，地少不生塵。過櫓妨僧定，歸濤(二)濺佛身。誰言張處士，詩後更無人？」其言矜誇自大，然「濺佛」之句，或者則謂金山豈如此其低耶？

馮班：著一「驚」字，何見得浪頭不高？○江大，故形容山低耳。

查愼行：「驚濤」句措詞太粗狠，未免近俗則有之。若論作詩法，則形容模寫處，往往有過其實者。執此論，天下無詩境矣。

紀昀：「或者」四字可去。

方回：大曆十才子以前，詩格壯麗悲感。元和以後，漸尚細潤，愈出愈新。而至晚唐，以老杜爲祖，而又參此細潤者，時出用之，則詩之法盡矣。

馮班：好論。今人學杜者，只欠細潤。

紀昀：此豈足以盡詩法？出語太易。

馮舒：中二聯極重難結，故以「一宿」結之，非凑語也。

馮班：第七句緊應「一宿」。落句直似换不得，然格調頗俗。

陸貽典：五、六更切景，「因悲」二句遥映「一宿」句。言非此一宿，則終日城市耳，安能得此情景乎？

查慎行：妙處在自然，他人未免有意鋪張。

何義門：破題「一宿」，中二聯一昏一曉，細甚。

紀昀：沈歸愚謂此詩庸下，所見最高。末二句殆不成語。

無名氏（甲）：金山，大江中。

無名氏（乙）：次句尤發露金山之勝。

金山寺

梅聖俞

吴客獨來後，楚橈歸夕曛。山形無地接，寺界與波分。巢鶻寧窺物，馴鷗自作羣。老僧忘歲月，石上看江雲。

方回：三、四絶妙，尾句自然有味。「誰言張處士，詩後更無人？」然則有梅聖俞可也。

馮班：非張敞也，落句湊在「忘歲月」三字。頷聯雖佳，不如張之遒拔。

錢湘靈：次聯稍勝孫魴耳。「巢鶻」、「馴鷗」，金、焦實有此景，不到便知。獨「寧窺物」三字不妥。

無名氏（乙）：後來苦難居上。

馮舒：「吴」、「楚」便造作，「寧窺物」不成句，結句無處不可移去。只三、四好，結亦寬。第七句不緊切。

紀昀：馮云『吴』、『楚』便造作，『寧窺物』不成句」，皆是。至謂「結句無處不可移」，又謂「湊在『忘歲月』三字」，則有意吹求矣。大抵二馮純尚「西崑」，一見宋詩，先含怒意，亦是習氣。

陸貽典：三、四妙，遠勝荆公「水底有天行日月，山中無地着塵埃」之句。

查慎行：宛陵詩極爲歐陽公所推重，其古淡高潔，洵在歐上。○結有餘味。

紀昀：聖俞集「巢鵲」句下有自注，虛谷删去，令讀者不得其本事，此句遂近雜湊。○高於承吉作，然似焦山。或當日金山不似今日之惡俗。

登鵲山

陳後山

小試登山脚，今年不用扶。微微交濟濼，歷歷數青徐。朴俗猶虞力，安流尚禹謨。終年聊一快，吾病失醫盧。

方回：元注：「山因扁鵲而名。」○予按此詩，後山年四十八爲棣州教授時所作，明年下世。詩暗合老杜，今注本無之。細味句律，謂後山學山谷，其實學老杜，與之俱化也，故書此以示學者。

查慎行：後山詩朴老孤峭，在「江西派」中自當首出，只讓涪翁一頭地耳。然謂其學杜則可，謂其學杜而與之俱化，竊恐未安。

紀昀：「今注本」謂任淵注。

馮舒：第三句接不得，第五句「朴俗」二字板。

馮班：家兄看詩，遇不接處多畫斷。予每謂不然，至此詩不得不畫矣。

陸貽典：五、六分承上二句。

查慎行：第三聯，出句用「猶」字，對句復用「尚」字，便是合掌，老杜無此法也。

何義門：陳後山師道，字無已。〇後山以蘇東坡、孫莘老薦，得官正字，人品極高。古詩亦有佳者，律體不逮也。

紀昀：三、四有神致，虛字煉得好。五、六以近歷山、濟水，故及虞、禹，然太廓。末句言病不遇盧醫，生硬晦澀，是「江西派」過求瘦硬之病。注本無之，想後山所自删也。〇山谷、後山、簡齋皆學杜而得其一體者也。故謂三家學杜可，謂學杜當從三家入則不可。

無名氏（甲）：鵲山，在山東。

無名氏（乙）：變壯麗形模而得生動，五、六老氣。

登快哉亭

城與清江曲，泉流亂石間。夕陽初隱地，暮靄已依山。度鳥欲何向，奔雲亦自閑。登臨興不盡，稚子故須還。

方回：亭在徐州城東南隅提刑廨，熙寧末李邦直持憲節，構亭城隅之上，郡守蘇子瞻名曰「快哉」，唐人薛能陽春亭故址也。子由時在彭城，亦同邦直賦詩。任淵注此詩，謂亭在黄州，不知此詩屬何處，蓋川人不見中原圖志。予讀賀鑄集，得其説。任淵所謂亭在黄州者，乃東坡爲清河張夢得命名，子由作記，非徐州之快哉亭也。予選此詩，懼學者讀處默、張祜詩，知工巧而不知超悟，如「度鳥」、「奔雲」之句，有無窮之味。全篇勁健清瘦，尾句尤幽邃，此其所以逼老杜也。

紀昀：尾句却有做作態，是宋派，絶非老杜。動引杜以張其軍，是虚谷習氣。

馮舒：如此詩，亦不辨其爲宋。

陸貽典：五、六寫「快哉」二字，寄託亦遠。

查慎行：五、六取境别。

紀昀：刻意陶洗，氣格老健。○第四句「依」字微嫩，五、六挺拔，此後山神力大處。晚唐人到此，平平拖下矣。

無名氏（甲）：快哉亭，徐、黄二州。

許印芳：陳師道，字無已，一字履常，號後山。○亭有三：一在徐州，李邦直所構；一在黄州，張夢得所構；一在密州，東坡所構。皆東坡題名。此題乃徐州之亭。後山家徐州，故有此亭。

無名氏（乙）：有清氣味。

甘露寺　晁君成

元注：「山〔三〕有石，如卧羊，謂之狠石。」

北固山頭寺，風煙昔縱觀。卧亭秋石狠，環舍海濤寒。越舶樓前聚，江楓户外丹。最宜清夜月，虚閣憶盤桓。

方回：寺在京口，多景樓在寺中，天下絶景也。晁君成名端友，無咎之父。第進士，仕至新城令，東坡爲其詩集引。予取此篇者，以人或〔一四〕尚晚唐詩，則盛唐且不取，亦不取宋。殊不知宋詩有數體：有九僧體，即晚唐體也；有香山體者，學白樂天；有「西崑體」者，祖李義山。如蘇子美、梅聖俞並出歐公之門，蘇近老杜，梅過王維，而歐公直擬昌黎，東坡暗合太白。惟山谷法老杜，後山棄其舊而學焉，遂名黄、陳，號「江西派」，非自爲一家也，老杜實初祖也。如君成詩，當黄、陳未出之前，自爲元和間唐詩，不可不拈出，使世人知之也。

馮舒：梅僅五律耳。餘體宋氣逼人，乃曰「過王維」，非也。

馮班：「過王維」、「合太白」，夢語也。

紀昀：梅不能過王維。東坡與太白似近而非，太白恣逸而飄忽，純任自然；東坡恣逸而靈敏，時露巧妙。

無名氏（乙）：「崑體」祖義山而不能得義山之佳處，義山不願有此子孫也。數語比擬，似未神合，而「梅過王維」一語，尤未敢以爲然。

馮舒：題下所注二語以「昔」字出之。○「越舶樓前聚」，所聚豈止越？○尾句少力。

馮班：第三句「秋」字何説？○第四句江濤耳。○第五句「越」字又不妥，「楚舶聚」有何不可？

陸貽典：此題疑有脱字，觀二句云「風煙昔縱觀」，結句云「虚閣憶盤桓」，當是追憶之作。

查慎行：晁氏一門詩文之傳者多矣，獨君成集失傳，惜哉！

紀昀：亦無佳處，亦無惡處，此種詩可不作。

無名氏（乙）：格律完整。

登定王臺　有廟　　朱文公

寂寞番君後，光華帝子來。千年遺一作「餘」。故國，萬事只空臺。日月東西見，湖山表裏開。從知爽鳩樂，莫作雍門哀。

方回：朱文公詩追近後山，此詩尾句，雖後山亦只如此。乾道二年丁亥，文公訪南軒於長沙所賦。用事命意，定格下字，悉如律令，雜老杜、後山集中可也。「爽鳩」出左傳昭公二十年。

馮舒：杜、陳並語，寃哉！

馮班：陳與杜如何並稱？

紀昀：以大儒故有意推尊，論詩不當如此。詩法、道統，截然二事，不必援引，借以爲重。

馮班：文公筆端頗高，其諸詩在詞句聲調之間，淺狹不近古人，方君不解也。

陸貽典：文公五言律全學老杜。如此詩，結句得杜之神，寧止近於後山也？

查慎行：第三聯軒豁呈露。

紀昀：中四句有古跡山川處便可用，最爲濫套。○末二句是唐、宋分界。

無名氏（甲）：定王臺，在長沙。長沙原封番君，吴芮既絶，乃封定王發，景帝子也。

無名氏（乙）：公詩瘦健，有沖和之氣，由涵養而成，非詩人可踰，而公實留心於詩，非不學而徑詣此，其所以遠也。

渡江

陳簡齋

江南非不好，楚客自生哀。摇檝天平渡，迎人樹欲來。雨餘吴岫立，日照海門開。雖異中原險，方隅亦壯哉！

方回：此謂渡浙江也。簡齋紹興初避地廣南，赴召由閩入越。行在時寓會稽，過錢塘。簡齋，洛陽人。詩逼老杜，於渡浙江所題如此，可謂亦壯矣哉。

馮舒：第四句是好句，然亦何必是「江」？「立」字欠自然。到落句應結出「楚客生哀」意。第七句硬駁。

馮班：至結尾不見「生哀」意，何也？

陸貽典：一起脱。中四句用意妙絶。所見者東南半壁，不堪回望中原矣。末句反言之而愈不勝其哀也。

查慎行：簡齋與後山才力相近，而烹煉不及後山，觀其全集自見。○結語微含諷意。

何義門：與義是去非。○簡齋詩名頗重，容齋四筆載其以墨梅詩召見，擢置館閣，自此仕至參政，然墨梅二絶乃惡詩也。

紀昀：頗見風格。○末言雖屬偏安，然形勝如是，天下事尚可爲，而惜當時之無能爲也。馮氏譏其與「自生哀」意不合，失其旨矣。

無名氏（甲）：浙江，在杭州。

無名氏（乙）：有深致。

登越臺〔一五〕　宋之問

江上越王臺，升高望幾回。南溟天外合，北户日邊開。地濕煙常起，山晴雨半來。冬花掃盧橘，夏果摘楊梅。跡類虞翻枉，人非賈誼才。歸心不可度，白髮重相催。

方回：宋之問，唐律詩之祖。詩未嘗不佳，論其爲人，則初附張易之。事敗，謫隴州參軍，逃歸洛陽。告王同皎事，附武三思，天下醜之。爲鴻臚簿考功郎，又附太平、安樂。中宗時貶越州長史，亦大藩郡也。此詩怨望，謂如虞翻可乎？尋流欽州賜死。詩則未嘗不佳，字字細密。

〔按：方回在「地濕煙常起，山晴雨半來。冬花掃盧橘，夏果摘楊梅」四句之「常」、「半」、「盧」、

「楊」字旁加圈。」

馮班：不足盡之。

紀昀：「盧」、「楊」二字，有何可圈？當以二姓爲巧耳。以此立制，詩法掃地矣。初唐詩格渾朴，用二姓爲對，本自無心，虛谷以細碎求之，殊失古人之意。

馮舒：不必景，不必情，而情景兼在其中，句句説下，並不必如元、白輩以片言居要見警策也。沈、宋之不可及如此。

陸貽典：陳簡齋心哀中原，而所咏者唯吴岫。宋考功身留越地，而所望者乃日邊。時異、人異，而情一也。知此則樵歌巷曲，可與「三百」同觀，何唐、宋之別乎？

查慎行：中二聯可謂佳處，領其要。

紀昀：以長律另編，已開高棅別名排律之漸。「跡類」句太露，無論比擬不倫也。

無名氏（甲）：越臺，在廣東，此越王尉佗之臺。

無名氏（乙）：人各有情，烏能禁其感嘆！

陪章留後侍御宴南樓得風字

杜工部

絶域長夏晚，兹樓清宴同。朝廷燒棧北，鼓角滿天東〔一六〕。屢食將軍第，仍騎御史驄。本無丹竈術，那免白頭翁。寇盜狂歌外，形骸痛飲中。野雲低渡水，簷雨細隨風。出號江城黑，題詩蠟炬紅。此身醒復醉，不擬哭途窮。

方回：老杜「登覽」詩最多，此演至八韻者，整齊工密，而開闔抑揚。他如此者尚衆，當自於集中求之。

紀昀：八字評此詩不錯，然杜之真精神、真力量不止於此八字，當求其凌跨百代處。

馮舒：何等門閥！何等態度！

陸貽典：老杜律詩，不當觀其整齊，應知其流麗工緻處可學，轉折處不能學也。

查慎行：時蜀中屢叛，節帥屢易，章梓州亦非乃心王室者，故少陵與之酬贈，往往多警動語，此其一也。

紀昀：此種猶他人所可及，非杜公之極筆。「燒棧」者，已燒之棧。「漏天」者，所謂大漏天、小漏天也。前人已辨正之。

無名氏（甲）：南樓，在四川。

無名氏（乙）：淺語激昂。

登多景樓

晁君成

樓上無窮景，樓前正落暉。開軒跨寥廓，覽物極纖微。雲破孤峯出，潮平兩槳飛。東溟看月上，西渡認僧歸。木落吴天遠，江寒越舶稀。魚龍鄰海窟，雞犬隔淮圻。草色迷千古，波聲蕩四圍。廢興懷霸業，融結想天機。浩浩羣流會，沉沉百怪依。登臨真偉觀，回首重歔欷。

方回：此詩無一字一句不工，孰謂宋詩非唐詩乎？五言律八句内一聯而工，可名世矣。此乃頓有數聯，曲盡多景之妙。南渡後詩牌充塞，如劉改之之長律，阮秀實之大篇，皆徒虚喝耳。夫以天下之形勝無窮，而所選五言止此二十首，猶時文之有格不在多也。

無名氏（乙）：誠然。

馮舒：日光照耀，往往不能極目，落日後則纖悉俱見矣。二句承「落暉」來，故妙。○全似樂天江州諸詩，目之所見，則成一聯，似乎語無倫次，不知題是多景樓故也。○筆力自好，以爲無一字一句不工，則過矣。○「融結想天機」，笨句。○結無力。

馮班：前四句即太白謝朓北樓「江城如畫裏，山晚望晴空」起法。○亦有怯句。

陸貽典：第四句眼前景，人道不出。

查慎行：有「開軒」句之宏大，不可少「覽物」句之細膩，以下觸手皆靈，得力在此耳。○「廢興懷霸業，融結想天機」，一句説人事，一句説江山，搏捖有力。○律以工部之開闔抑揚，此詩瞠乎後矣。有鋪排，無轉折故也，即此二詩，味之自見。

紀昀：「廢興」四句删去，覺緊健潔浄。元次山篋中集有删句之例。

無名氏（甲）：多景樓，在鎮江。

許印芳：晁端友，字君成。〇今之删本果是無句不工。原本「波聲」句下有兩聯云：「廢興懷霸業，融結想天機。浩浩羣流會，沈沈百怪依。」「融結」句腐，「沈沈」句惡，曉嵐皆抹之，又批云：「廢興四句删去，覺緊健潔淨。」元次山篋中集有删句之例。」今從之。

無名氏（乙）：當境寫，快甚。〇「融結想天機」接次句不意。通篇警，是僅有之作。

七言 二十首

登黄鶴樓

崔顥

昔人已乘白雲〔一七〕去，此地空餘黄鶴樓。黄鶴一去不復返，白雲千載空悠悠。晴川歷歷漢陽樹，芳草萋萋鸚鵡洲。日暮鄉關何處是，煙波江上使人愁。

方回：此詩前四句不拘對偶，氣勢雄大。李白讀之，不敢再題此樓，乃去而賦登金陵鳳凰臺也。

紀昀：此詩不可及者，在意境寬然有餘，此評最是。

馮舒：但有聲病，即是律詩，且不拘平仄，何況對偶？

馮班：真奇。上半有千里之勢。〇起四句宕開，有萬鈞之勢。

查慎行：此詩爲後來七律之祖，取其氣局開展。

紀昀：偶爾得之，自成絶調。然不可無一，不可有二。再一臨摹，便成窠臼。〇改首句「黄鶴」爲「白雲」，則三句「黄鶴」無根，飴山老人批唐詩鼓吹論之詳矣。

許印芳：飴山老人，趙秋谷也。唐詩鼓吹，皆唐人七言律詩，係元人選本嫁名元遺山者。

無名氏（甲）：黄鶴樓，在武昌。〇此詩超邁奇崛，所謂時文中之古文。至太白鳳凰臺，近時而格不及，鸚鵡洲近古而氣不及，所以皆出其下。

許印芳：前六句叠字皆不爲複，惟末句「人」字與首句複。〇此篇乃變體律詩，前半是古詩體，以古筆爲律詩，盛唐人有此格。中唐以後，格調漸卑，用此格者鮮矣。間有用者，氣魄筆力又遠不及盛唐。此風會使然，作者不能自主也。此詩前半雖屬古體，卻是古律參半。律詩無拗字者爲平調，有拗字者爲拗調。五律拗第一字第三字，七律拗第三字第五字，總名拗律。崔詩首聯、次聯上句皆用古調，下句皆配以拗調。古律相配，方合拗律體裁。前半古律參半，格調甚高。後半若遽接以平調，不能相稱，是以三聯仍配以拗調。律詩多用拗調，又參用古調，是爲變體。作變體詩，須束歸正格，變而不失其正，方合體裁，故尾聯以平調作收。唐人變體律詩，古法如是，讀者講解未通，心目迷眩。有志師古，從何下手？兹特詳細剖析，以示初學。若欲效法此詩，但當學其筆意之奇縱，不可摹其詞調之複疊。太白争勝，賦鳳凰臺、鸚鵡洲二詩，未能自出機杼，反襲崔詩格調，東施效顰，貽笑大方，後學當以爲戒矣。○二馮批才調集，評此詩云：氣勢闊宕。紀批云：二字確評，「宕」字尤妙。愚謂虚谷求之形貌，評爲雄大。雄者貌也，大者形也。以此學古人即成僞體。馮氏求之神意，評爲闊宕。闊者意也，宕者神也。曉嵐謂「宕」字尤妙，又歸重神理一邊。以此學古人，方是真詩。同一評詩教人，而有淺深真僞之分，學者能明辨之，庶不爲淺説所誤耳。

無名氏（乙）：疊寫三黄鶴，接出白雲始奇，予讀之數十年，乃有定本。○前六句神興溢涌，結二語藴含無窮，千秋第一絶唱。

趙熙：特參古調。○此詩萬難嗣響，其妙則殷璠所謂「神來，氣來，情來」者也。

登金陵鳳凰臺

李太白

鳳凰臺上鳳凰游，鳳去臺空江自流。吴宫一作「時」。花草埋幽徑，晉代一作「國」。衣冠成古丘。三山半落青天外，二水中分白鷺洲。總爲浮雲能蔽日，長安不見使人愁。

方回：太白此詩與崔顥黄鶴樓相似，格律氣勢未易甲乙。此詩以鳳凰臺爲名，而詠鳳凰臺不過起語兩句已盡之矣，下六句乃登臺而觀望之景也，三、四懷古人之不見也，五、六、七、八詠今日之景而慨帝都之不可見也。登臺而望，所感深矣。金陵建都自吴始，三山、二水、白鷺洲，皆金陵山水名。金陵可以北望中原，唐都長安，故太白以浮雲遮蔽，不見長安爲愁焉。

馮舒：何見第二句不是觀望之景？

馮班：登鳳凰臺便知此句之妙，今人但登清涼臺，故多不然此聯也。

紀昀：原是登鳳凰臺，不是咏凰鳳臺，首二句只算引起。虚谷此評，以鳳凰臺爲正文，謬矣。○氣魄遠遜崔詩，云「未易甲乙」，誤也。

馮舒：第三聯絶唱。

馮班：窮敵矣，不如崔自然。○極擬矣，然氣力相敵，非床上安床也。次聯定過崔語。

陸貽典：起二句即崔顥黄鶴樓四句意也，太白縮爲二句，更覺雄偉。

查慎行：太白不工七律，摩詰不工七古，才分固有所限邪。○此詩昔人論之詳矣，即末用「舉頭見日不見長安」成語，東坡雪詩用「不道鹽」三字所自來也。

紀昀：太白不以七律見長，如此種俱非佳處。

無名氏（甲）：鳳凰臺，在江寧。

無名氏（乙）：五、六雄駿，太白本色。餘頗似落摹擬，轉成崔顥之名耳。

鸚鵡洲

鸚鵡東過吴江水，江上洲傳鸚鵡名。鸚鵡西飛隴山去，芳洲之樹何青青！烟開蘭葉香風暖，岸夾桃花錦浪生。遷客此時徒極目，長洲孤月向誰明。

方回：鸚鵡洲在今鄂州城南，對南樓；黄鶴樓在城西，向漢陽。太白此詩，乃是效崔顥體，皆於五、六加工，尾句寓感歎，是時律詩猶未甚拘偶也。

紀昀：崔是偶然得之，自然流出。此是有意爲之，語多襯貼，雖效之而實不及。

陸貽典：此語謬。

無名氏（乙）：效之並不似。五、六亦平。

馮舒：極擬崔，幾同印板。

馮班：此首較弱。○與崔語一例，而詞勢不及，似稍遜鳳凰臺。○不及崔。

陸貽典：起四句雖與崔作一意，而體格自殊，崔作乃金針體，此作乃扇對格也。

何義門：畫筆不到。義山安敢望此？

紀昀：白雲悠悠，不覺添出芳洲之樹，却明露湊泊，此故可思。○五、六二句，亦未免走俗。

無名氏（甲）：鸚鵡洲，在漢陽。

登樓

杜工部

花近高樓傷客心，萬方多難此登臨。錦江春色來天地，玉壘浮雲變古今。北極朝廷終不改，西山寇盜莫相侵。可憐後主還祠廟，日暮聊爲梁甫吟。

方回：老杜七言律詩一百五十九首，當寫以常玩，不可暫廢。今於「登覽」中選此爲式。「錦江」、「玉壘」一聯，景中寓情；後聯却明説破，道理如此，豈徒模寫江山而已哉。

馮班：拘情景便非高手。

紀昀：杜詩亦有佳有不佳，一百五十九首皆「不可暫廢」，是何言歟？此徒爲大耳。

馮舒：後六句皆從第二句生出。

查慎行：發端悲壯，得籠罩之勢。

紀昀：何等氣象！何等寄託！如此種詩，如日月終古常見而光景常新。○沈歸愚謂首二句若倒裝，其論甚微。

許印芳：引歸愚評語有訛謬處，愚爲正之。沈歸愚謂：「首二句妙在倒裝，若一掉轉，便是近人詩。」

無名氏（甲）：樓在四川成都。

無名氏（乙）：起情景悲轃，三、四壯麗不板，五六忠赤生動，結蒼深，一字不懈，殆亦可冠長句。

閣夜

歲暮陰陽催短景，天涯霜雪霽寒宵。五更鼓角聲悲壯，三峽星河影動摇。野哭千家〔一八〕聞戰伐，夷歌幾處〔一九〕起漁樵。卧龍躍馬終黄土，人事音書漫寂寥〔二〇〕。

方回：此老杜夔州詩，所謂「閣夜」，蓋西閣也。「悲壯」、「動摇」一聯，詩勢如之。「卧龍躍馬俱黄土〔二一〕」謂諸葛、公孫，賢愚共盡。「孔丘、盜跖俱塵埃」、「玉環、飛燕皆塵土」一意，感慨豪蕩，他人所無。

馮舒：無首無尾，自成首尾，無轉無接，自成轉接，但見悲壯動人，詩至此而律髓之選法於是乎窮。

陸貽典：五、六妙絶，蓋言天下皆干戈，唯此一隅尚有安穩漁樵耳。

查慎行：對起極警拔，三、四尤壯闊。

紀昀：前路凌跨一切，結句費解。凡費解便非詩之至者。○三、四只是現景，宋人詩話穿鑿可笑。

李光垣：此首又見後「暮夜類」中，以詩情斷之，入彼爲是。

無名氏（甲）：閣在夔州。

無名氏（乙）：大名獨步，何可比肩。

登大茅山頂

王介甫

一峯高出衆山巔，疑隔塵沙道里千。俯視雲煙來不極，仰攀蘿蔦去無前。人間已換嘉平帝，地下誰通句曲天？陳迹是非今草莽，紛紛流俗尚師仙。

方回：建康句容縣茅山，初名句曲山，象形也。漢時三茅君來居，曰茅盈、茅固、茅衷，俱得道。先是秦始皇三十一年，更名臘曰「嘉平」，嘗自會稽登此山。史注引太原真人茅盈内紀，謂盈曾祖父濛，於始皇三十一年於華山乘雲駕龍，白日昇天。其邑謡曰：「神仙得者茅初成，繼世而往在我盈，帝若學之臘嘉平。」故始皇改是名。介甫此詩不信神仙之説，故有後四句。「人間已換嘉平帝」，言始皇終於長往也。「地下誰通句曲天」，謂此句曲山之穴名曰華陽洞天，誰能入乎？本是次韻其弟平甫三詩。平甫詩曰王校理集，李雁湖殆未見也。

查慎行：李雁湖，注荆公詩集者。○始皇改臘名「嘉平」，此詩稱「嘉平帝」，亦强對「句曲天」耳。

馮舒：不勞作史斷。

紀昀：前半「登」字、「頂」字俱寫得出，後半切茅山生情，方非浮響。二馮譏此詩爲「史斷」，太刻。必不容着議論，則唐人犯此者多矣。○宋人以議論爲詩，漸流粗獷，故馮氏有史論之譏，然古人亦不廢議論，但不着色相耳。此詩純以指點出之，尚不至於史論。

許印芳：此説最平允。

馮班：第二句「道里千」不成句。○唐人不作此結，然不害爲儒者之言也，但「尚師仙」三字不渾成。

陸貽典：五、六似義山。

查慎行：半山詩無體不工，宋人學唐者斷推第一手。○第三聯典雅。

紀昀：其言有物，必如是乃非空腔。凡初學爲詩，須先有把握，稍涉論宗亦未妨，久而興象深微，自能融化痕迹。若入手但流連光景，自詑王、孟清音，韋、柳嫡派，成一種滑調，即終身不可救藥矣。

許印芳：此説蓋爲近代學漁洋「神韻」，流爲空滑者痛下針砭，雖爲一時流弊而發，實至當不易之論，學詩者宜書諸紳。

無名氏（甲）：山在句容。

許印芳：「句」音溝。

登中茅山

翛然杖屨出塵囂，雞犬無聲到泬寥。欲見五芝莖葉老，尚攀三鶴羽翰遥。容溪路轉迷横彴，仙几風來得墮樵。興罷日斜歸亦懶，更磨蒼蘚認前朝。

方回：「五芝」見茅君傳，食四節隱芝者爲真卿，如此五種金闕帝君，謂茅君盡食之矣。此道家妄誕，不足信。「三鶴」，謂三茅君得道，各乘白鶴據一山頭也。容溪在茅山，仙几亦山名，在句容縣。此詩律精語妙。

紀昀：但妥帖耳，以爲精妙，未然。

查慎行：末句「蒼蘚」，「蒼」字不如用「碑」字，蓋「蒼」字於詩意無關，而「碑」字於語氣必不可無。否則豈遍磨山中蒼蘚即可認前朝耶？

無名氏（甲）：山在句容。

登小茅山

捫蘿路到半天窮，下視淮洲杳靄中。物外真游來几席，人間榮願付苓通。白雲生處龍池杳，明月歸時鶴馭空。回首三君誰更似，子房家世有高風。

方回：馬矢爲「通」，猪矢爲「苓」。山以高而羣仙易於接近，故云「物外真游來几席」。身登絶境，視世之榮利如糞土，故云「人間榮願付苓通」。此一韻自公作古，前此未有人用，三詩皆絶妙。

馮舒：結得牽扯。

馮班：落句又欲學仙，如首篇何？

陸貽典：三詩全摹玉溪生。

紀昀：「苓通」字新而穩，然此是宋人字法。○末二句乃自寓退居金陵之意。

無名氏（甲）：山在句容。

無名氏（乙）：有議論。

平山堂

城北横岡走翠虬，一堂高視兩三州。淮岑日對朱欄出，江岫雲齊碧瓦浮。墟落耕桑公愷悌，杯觴談笑客風流。不知峴首登臨處，誰覩〔三〕當時有此不。

方回：慶曆八年二月，歐陽公以起居舍人知制誥守揚州，作是堂於蜀岡之大明寺，江南諸山拱列簷下，故名曰平山堂。「淮岑」、「江岫」，皆言山也。「日出對朱欄，雲浮齊碧瓦」，則所謂平山而堂字又在其中也，其精如此。他人泥於題則巧而反拙，半山斂高才於小篇，包藏萬象至矣。

五、六亦閒雅，末句不諛而善頌。

馮舒：結句末爲陡峰。

陸貽典：五、六刻畫無痕。
查慎行：三、四聯一南一北。
紀昀：氣象自好。○末句辭意微嫌太盡，出手亦微滑，是白璧之瑕。
無名氏（甲）：堂在揚州。
許印芳：覰，讀去聲。不，音浮，否也。○五句「愷悌」字腐氣，以對句瀟灑不覺耳。
無名氏（乙）：變化恰合情事，後半似六一蹊徑。

次韻平甫金山會宿寄親友

天末海雲横北固，煙中沙岸似西興。已無〔三〕船舫猶聞笛，遠有樓臺祇見燈。山月入松金破碎，江風吹水雪崩騰。飄然欲作乘桴計，一到扶桑恨未能。

方回：介甫有金山寺五言律詩，未爲極致。此和其弟平甫者。遯齋閑覽謂「金山寺佳句絶少，張祜『樹影中流見，鐘聲兩岸聞』、孫魴『天多剩得月，地少不生塵』，亦未爲工。熙寧中荆公有『北固』、『西興』之句，始爲中的。」予謂孫魴詩「過櫓妨僧定，驚濤濺佛身」，下一句，金山何其卑也？前輩已能議之，今不以入選。張祜詩，無可議矣。荆公此詩，恐亦未能壓倒張處士也。

馮班：方君謂「『天多剩得月，地少不生塵』，亦未爲工」，胡説。○又謂「荆公此詩，恐亦未能壓倒張處士也」，此處宜參。用力之極。腹聯佳句也，何以抹之？〔案：方回於「已無船舫猶聞笛」句首四字抹黑槓。〕○第二句亦妙。

紀昀：張詩未至「無可議」。

無名氏（乙）：紛紛詩話皆病在太着題，未盡取題之奇變。

馮舒：第三句未穩。第五句宋句。

陸貽典：此義山學杜也。

查慎行：第二聯善寫夜景，又切江天，移易他處不得，可以壓倒原唱。

紀昀：不見妙處，三句意工而語拙。

許印芳：張、孫二詩優劣，詳後集張祜金山詩下。荆公此詩，三、四工於寫景，不讓張祜「樹影中流見，鐘聲兩岸聞」之句，而通體穩稱，實勝張詩。虛谷癖好張詩，曉嵐苛責王詩，皆非也。學者平心静氣細讀二詩，當以愚言爲然。

無名氏（乙）：出語便高迥，一結俯仰激昂，何等胸次！

金山同正之吉甫會宿作寄城中二三子

王平甫

寺壓蒼厓勢欲傾，歡然西度爲誰興？雲隨草樹縈羣岫，江浸樓臺點萬燈。坐久不知身寂寞，夢回猶覺氣軒騰。思君城郭塵埃滿，相逐尋閑亦未能。

方回：此詩只第四句佳，看來被乃兄壓倒也。平甫自和有云：「檻外風吹前渡語，江邊影落萬山燈。半空月上方清徹，萬里潮來自沸騰。」又較親切。乃皇祐中少作，荆公時未達。前謂熙寧，亦非也。

馮班：第四句儘佳，但未必切金山耳。

紀昀：「前謂」句指遯齋閒覽。

陸貽典：不如介甫遠矣。

查慎行：「點萬燈」微有俗韻。

紀昀：次句不貫上文。

陪潤州裴如晦學士游金山回作

楊公濟

試上〔二四〕蓬萊第幾洲，長雲漠漠鳥飛愁。海山亂點當軒出，江水中分遶檻流。天遠樓臺橫北固，夜深燈火見揚州。迴船却望金陵月，獨倚牙旗坐浪頭。

方回：前輩詩話或譏此五、六爲莊宅牙人語。若如此論，介甫亦犯此戒。其實自是佳句。公濟「燈火見揚州」，介甫「沙岸似西興」，孰勝？細味公濟尤勝，尤切題，非外來也。

馮班：「似西興」，新簇有致，尚不如「北固」、「揚州」，移去別用不得。

許印芳：此評欠當。

無名氏（乙）：然半山却似超，謂以西興推宕北固也。

馮舒：五、六必是名句。

陸貽典：此首及甘露上方作，極似浣花集。

查慎行：楊公濟，名蟠，宋哲宗時人。○第四句脱不得張處士境界。

紀昀：氣象雄闊，到底不懈。○隨手帶起，「回」字無痕。○「游」字、「回」字俱分明，語亦遒上，惟陪裴學士意未周到。

許印芳：題中事理但可視輕重爲多寡，若有脱漏，便不合法，此詩漏却裴學士，末句又着一「獨」字，據詩而論，題目上八字直須删去。

無名氏（甲）：潤州，即鎮江。

無名氏（乙）：佳在依約，不在親切。

甘露上方

滄江萬景對朱欄，白鳥羣飛去復還。雲捧樓臺出天上，風飄鐘磬落人間。銀河倒瀉分雙一作「明」。月，錦水西來轉幾山。今古冥冥難借問，且持玉爵破愁顔。

方回：歐陽公有云：「卧讀楊蟠一千首，乞渠秋月與春風。」公濟詩葩藻流麗，與王平甫相似。「雲捧樓臺出天上」，佳句也。下句亦稱。

馮舒：唐人若用玉爵，便换不得磁甌、金盞，所以爲高。

馮班：結句弱。

陸貽典：秀麗過平甫，蕭散不如也。

查慎行：起句補湊，結亦少力。

紀昀：第二聯對句自然勝出句。

無名氏（甲）：寺在北固山。

游廬山宿棲賢寺

王平甫

古屋蕭蕭卧不周，弊裘起坐興綢繆。千山月午乾坤晝，一壑泉鳴風雨秋。跡入塵中慚有累，心期物外欲何求。明朝松路須惆悵，忍更無詩向此留。

方回：王安國平甫，年四十七而卒，其詩陳後山亟稱之，當時諸公歐、蘇莫不敬歎欽獎。或謂其得於天才，不學而能。然其人胸次耿介，非其兄荆公新法之所爲，詆吕惠卿爲佞人，天下尤高之也。南渡後，其曾孫燁始刊王校理集於臨安郡學。詩佳者不可勝算，而富於風月。此詩三、四壯浪而清灑。登覽詩極難得絶高者，取此參入其間，亦快人心目也。

馮舒：三、四是好語，却不必是廬山。○第六句淡湊之句。

馮班：第八句更湊。

陸貽典：「一壑」句確是夜間泉聲，體物入妙。

查慎行：東坡嘗稱平甫爲「謫仙人」。

紀昀：起二句俱不妥。○亦對句勝出句。不曰「萬壑」，避「千巖萬壑」成語也。

許印芳：此評的當。紀批云首聯二句俱不妥，故爲易之：「古屋蕭蕭夜色幽，寒生枕簟起披裘。」

無名氏（甲）：廬山，江西南康府。

無名氏（乙）：次聯對句清雋，上句亦稱。

登快閣〔二五〕　黄山谷

癡兒了却公家事，快閣東西倚晚晴。落木千山天遠大，澄江一道月分明。朱絃已爲佳人絶，青眼聊因美酒横。萬里歸船弄長笛，此心吾與白鷗盟。

方回：此詩見山谷外集，爲太和宰時作，吕居仁謂「山谷妙年詩已氣骨成就」是也。山谷生於慶曆五年乙酉，至元豐四年辛酉作邑，三十七矣。

陸貽典：大雅。○山谷天分絶高，學力不如陳。

查慎行：三、四句極似杜家氣象。

何義門：次聯亦自寫得「快」字意出。

紀昀：起句山谷習氣，後六句意境殊闊。○此「佳人」乃指知意之人，非婦人也。

無名氏(甲)：閣在江西吉安府。

許印芳：首句在本集爲習氣，在選本中却無妨礙。第三句亦無疵纇。曉嵐抹「遠大」二字，〔按：紀昀在「落木千山天遠大」句末「遠大」二字旁加抹。〕亦不可解。第五句用伯牙絶絃事，必有所指，此須小注標明，方見分曉，此等處未免鶻突。○史氏注晉書傅咸傳云：「生子癡，了官事，官事未易了也。了事正作癡，復爲快耳。」○姚姬傳云：「豪而有韻，是能移太白歌行於七律内者。」○閣在江西太和縣。

無名氏(乙)：有風趣，結亦老。

和寇十一晚登白門　一本云：「庚辰三月晚登白門閒望。」　陳後山

重門傑觀屹相望，表裏山河自一方。小市張燈歸意動，輕衫當户晚風長。孤臣

白首逢新政，游子青春見故鄉。富貴本非吾輩事，江湖安得便相忘。

方回：白門在徐州，亦曰白下，地近狹邪。寇國寶，後山鄉人，屢引白下事戲之，「小市」「輕衫」之句，亦所以寓戲也。元符庚辰三月，以徽廟登極，湔滌南遷諸人，故有云「白首逢新政」。尾句又謂吾輩如蘇、黄本非有意富貴，但不能恝然忘情，俾脱遷謫而北還，亦私誼之所許也。詞意深婉，豈徒詩而已哉。如許渾登凌歊臺「湘潭雲浄暮山出，巴蜀雪消春水來」，不過砌疊形模，而晚唐家以爲句法，今不敢取。蓋老杜自有此等句，但不如是之太偶而不活耳。

馮舒：「湘潭」句何得斥爲「砌疊形模」？

馮班：許渾詩自是名句，若以爲譏，則南朝何仲言、謝玄暉可廢矣。方君多拘忌，立論太苛。

紀昀：末句指文酒相聚之樂，注意是而語不了了。○論許渾二句最是。

馮舒：次聯亦可謂清新，然處處用得。

馮班：末句太犯。

陸貽典：此題是和作，自宜情多於景，不得以丁卯集登凌歊臺詩比例。

紀昀：首尾二「相」字複，第四句清出「晚」字，五、六措語深至，詩人之筆。

無名氏（甲）：白門在江南徐州，即彭城。

許印芳：「相」字複。「觀」，去聲。○此詩複字，曉嵐指出。他詩複字，都不檢點，是其疎處。

無名氏(乙):後半老成。

登岳陽樓

陳簡齋

洞庭之東江水西,簾旌不動夕陽遲。登臨吳蜀横分地,徙倚湖山欲暮時。萬里來游還望遠,三年多難更憑危。白頭弔古風霜裏,老木滄波無限悲。

方回:簡齋登岳陽樓凡三詩,又有巴丘書事一詩,皆悲壯激烈,如:「晚木聲酣洞庭野,晴天影抱岳陽樓。四年風露侵游子,十月江湖吐亂洲。」又如:「乾坤萬事集雙鬢,臣子一謫今五年。」近逼山谷,遠詣老杜。今全取此首,乃建炎中避地時詩也。白樂天有此樓詩云:「春岸緑時連夢澤,夕波紅處近長安。」下一句好,上一句涉粧點。

紀昀:尚未涉粧點。

馮舒:第二句不接,無着落。

馮班:起句好。第二句瑣碎,氣勢不接。

紀昀:「簾旌不動」,乃樓上闃寂之景。馮氏以爲上下不接,非是。

陸貽典:登岳陽樓佳篇甚多,紫陽選此首以備一體可也。若云合作,吾未之見。

紀昀:意境宏深,真逼老杜。

許印芳：首句借對。○首句用古調，唐人每有此格。五、六乃折腰句，意味深厚。虛谷批語中所引皆警句，此篇則通體警策，句句可加密圈。曉嵐但密圈後四句，未免苛刻。〔按：紀昀在「萬里來游還望遠」至「老木滄波無限悲」四句旁加密圈。〕

與大光同登封州小閣

去程欲數莽難知，三日封州更作遲。青嶂足稽天下士，錦囊今有嶠南詩。共登小閣春風裏，回望中原夕靄時。萬本梅花爲我壽，一杯相屬未全癡。

方回：老杜詩爲唐詩之冠。黃、陳詩爲宋詩之冠。黃、陳學老杜者也。嗣黃、陳而恢張悲壯者，陳簡齋也。流動圓活者，吕居仁也。清勁潔雅者，曾茶山也。七言律，他人皆不敢望此六公矣。若五言律詩，則唐人之工者無數。宋人當以梅聖俞爲第一，平淡而豐腴。捨是，則又有陳後山耳。此余選詩之條例，所謂正法眼藏也。

馮班：茶山欠雅。○未必「正法眼藏」。

馮舒：黃、陳爲宋詩之冠，誤盡一生，此老所娓娓者只是「江西」一派耳。

陸貽典：三人皆「江西派」。

紀昀：此一段是「江西」宗旨，其自成一家處在此，其局於一家處亦在此。

陸貽典：五、六有含蓄。

紀昀：格不甚高，讀之只似近人詩，三句、八句亦太露，江西習氣。

無名氏（甲）：閣在廣西梧州府。

鄂州南樓

范石湖

誰將玉笛弄中秋，黄鶴飛來識舊游。漢樹有情横北渚，蜀江無語抱南樓。燭天燈火三更市，摇月旌旗萬里舟。却要鱸鄉垂釣叟，武昌魚好便淹留。

方回：石湖名成大，字致能。嘗使燕，帥西廣、成都、四明、金陵，參大政。乾、淳間詩巨擘稱尤、楊、范、陸，謂遂初、誠齋、放翁及公也。此出蜀時詩。「燭天燈火三更市」，承平時鄂渚之盛如此！

馮班：第四句「蜀江無語」，蜀江何曾有語？○末句「武昌魚」，此事如何用？

陸貽典：「語」字有病，五、六有氣勢。

查慎行：誠齋集中稱尤、蕭、范、陸爲四詩將。蕭名德藻，字東夫。詩集舊有刊本，今失傳，後遂以楊易蕭。

紀昀：聲調自好，然而浮聲多於切響矣。

無名氏（甲）：樓在武昌府。

過揚子江

楊誠齋

祇有清霜凍太空，更無半點荻花風。天開雲霧東南碧，日射波濤上下紅。千古英雄鴻去外，六朝形勝雪晴中。攜瓶自汲江心水，要試煎茶第一功。

方回：楊誠齋詩一官一集，每一集必一變，此朝天續集詩也。其子長孺舉似於范石湖、尤梁溪，二公以爲誠齋詩又變，而誠齋謂不自知。詩不變不進。此本二詩，今選其一。中兩聯俱爽快，且詩格尤高。

馮舒：末句，宋結。

馮班：宋氣厭人。石湖、誠齋詩只是氣味不好。○首聯，村夫子。○末句，惡氣味。

陸貽典：誠齋集中之最平正者。

紀昀：五、六極雄闊，自是高唱，結乃謂人代不留，江山空在，悟紛紛擾擾之無益，且汲水煎茶，領略現在耳。用意頗深，但出手稍率，乍看似不接續。「功」字亦押得勉强些，故爲馮氏所譏。

無名氏（甲）：結含感慨意，言英雄雖往，形勝依然，奈何只自汲水煎茶，而功業不彰乎。

無名氏（乙）：五、六清利，若前聯則熟矣。

趙熙：首句率。第八句「功」韻生。

校勘記

〔一〕李光垣：「冠」字下「陳」字上宜空一格，刊本訛連。〔二〕樓　紀昀：「樓」字與「開」字有情，作「樓」爲是。〔三〕淑景　李光垣：「氣」誤「景」。〔四〕照緑萍　李光垣：「轉」誤「照」，「蘋」誤「萍」。〔五〕含虚　李光垣：「涵」訛「含」。〔六〕波動　查慎行：「動」，襄陽集作「撼」，「撼」字較有力。李光垣：「撼」訛「動」。〔七〕坐看　許印芳：「看」，一作「觀」。〔八〕山色　查慎行：一本作「山曉」，當改此以避第六句。李光垣：「曉」訛「色」。〔九〕臨風憶　許印芳：「憶」，一作「懷」，「懷」字較諧，今從之。〔一〇〕三江　馮舒、紀昀：「江」一作「湘」，「湘」字是。〔一一〕金山寺　馮班：「寺」當作「頂」。何義門：「頂」字涵蓋無際。〔一二〕歸濤　查慎行：「歸」當作「驚」。〔一三〕山有石　按：「山」字原缺，據元至元本校補。〔一四〕人或　按：原作「或人」，據清康熙五十二年本、紀昀刊誤本校改。〔一五〕登越臺　李光垣：「越」下脱「王」字。〔一六〕滿天東　紀昀：一作「漏天東」。「漏」訛「滿」，別本作「漏」。〔一七〕白雲　紀昀：「白雲」當作「黄鶴」。〔一八〕哭千家　馮班：一作「哭幾家」。〔一九〕歌幾處　馮班：一作「歌是處」。〔二〇〕人事音書　馮班：一作「人事依依」。〔二一〕俱黄土　馮班：當作「終黄土」。〔二二〕誰覩　李光垣：本集作「壯觀」。許印芳：「壯觀」或作「誰覩」，非是。〔二三〕已無　許印芳：「已」當作「近」，作「已」非是。〔二四〕試上　李光垣：「世」訛「試」，據宋文鑑改。〔二五〕快閣　許印芳：當爲「快閣」。

瀛奎律髓彙評卷之二　朝省類

公槐卿棘，序鷺班鴛，人臣豈惡此而欲逃之？進思盡忠，退思補過，可以榮而無所愧，則聲詩亦所以言志也。

紀昀：字法俗惡。

五言 十四首

酬蘇味道夏晚寓直省中

沈佺期

並命登仙閣，通宵〔一〕直禮闈。大官供宿膳，侍史護朝衣。卷幔天河入，開窗〔二〕月露微。小池殘暑退，高樹早涼歸。冠劍無時釋，軒車待漏飛。明朝題漢柱，三署有光輝。

方回：此詩三聯緊峭精神，尾句亦善用郎署事，即田鳳季宗「堂堂乎張，京兆田郎」者也。出三輔録。

紀昀：此種典故，在今日爲腐爛語矣。因後來用濫而併議古人，此不論其世之過；因古人嘗用而據以藉口，又不通其變之過也。

許印芳：此論允當。

馮舒：登閶闔，謁紫宸，所見所聞無人間氣息，詩至沈、宋，人巧極而天工錯矣。

陸貽典：三、四是晚夏直省正面。

查慎行：中二聯寫夏晚景物佳。

何義門：中二聯敍夏景極灑脱，「冠劍」一聯轉結到寓直，落句收員外，應起處「並命」，又轉出題柱一層，皆以君恩裹結，意味深厚，盛世之文。

紀昀：初唐諸作多骨有餘而氣不足，肉有餘而神不足。此作最有格韻，非復板重之習矣。

李光垣：此長律，又不另編，例不畫一。

無名氏（乙）：七、八是夏晚佳句。

許印芳：沈佺期，字雲卿，内黄人。官太子詹事。律詩與宋之問齊名，時人語曰：「蘇、李居前，沈、宋比肩。」皆唐初人也。

在廣州聞崔馬二御史並拜臺郎

蘇味道

振鷺齊飛日，遷鶯遠客聞。明光共待漏，清覽各披雲。喜得廊廟舉，嗟爲臺閣分。故林懷柏帨〔三〕，新渥阻蘭薰。冠去神羊影，車迎瑞雉羣。遠從南斗外，遥仰列星文。

方回：唐人自御史除省郎，至以爲榮，柳子厚以御史得禮部，自謂過分是也。此詩於御史除省郎，曲盡體貼。

馮舒：所謂大手筆，自應在李、杜上。○「柏帨」初學記作「柏悦」，未解。

馮班：莊麗之極。

陸貽典：通篇莊麗。一起包括得盡。

查慎行：「柏帨」未詳。

紀昀：「柏悦」用潘岳「松茂柏悦」語，與柏臺串爲一事用。

紀昀：用意頗細切，而通體乏渾灝之氣，亦從太細切來。

無名氏(乙)：風格完竣。

春夜寓直鳳閣懷羣公

魏知古

拜門傳漏晚，寓省索居時。昔重安仁賦，今稱伯玉詩。鴛池滿不溢，雞樹久逾滋。夙夜懷山甫，清風詠所思。

方回：西漢中書有令、僕射、丞、郎。魏置中書通事郎，晉改爲中書侍郎，東晉改爲通事郎，尋改爲中書郎。隋改中書郎省爲内侍省，又改爲内書監。唐初改爲内史省，龍朔二年改爲西臺，光宅初改爲鳳閣，開元改爲紫薇。世稱鳳閣鸞臺者，即古中書門下省也。知古爲鳳閣侍郎，故引潘賦、卞詩。卞伯玉赴中書郎詩有云：「大方信包含，優渥遂不已。濯鱗龍鳳池，揮翰紫宸裏。」雞棲樹事出郭頒魏晉世語。

紀昀：此二首忽不論詩，但作箋釋，所謂爲例不純。

馮舒：句句高貴。

紀昀：五、六但填鳳閣故事，與春夜寓直懷人俱無涉。五句措語尤拙。

無名氏（甲）：漢朝夕郎望青瑣門而拜。

同崔員外秋宵寓直

王右丞

建禮高秋夜，承明候曉過。九門寒漏徹，萬井曙鐘多。月迴藏珠斗，雲消出絳河。更慚衰朽質，南陌共鳴珂。

方回：蔡質漢官典職曰：「尚書郎晝夜更直五日於建禮門外。」承明者，殿廬也。珂石，次玉、瑪瑙，色白如雪；或云螺屬，生海中。通典：「老鷗入海爲珖，可作馬勒，謂之珂。」唐儀衛志：「一品至五品官有象輅、革輅、木輅、軺車。三品以上珂九子，四品七子，五品五子。車輅藏於太僕，制册大事則給，餘皆以騎代車。」珂則馬御也，又五品以上有珂傘。

紀昀：注「珂」字太曼衍。

何義門：清華。

紀昀：了無深意，而氣體自然高潔。○「藏」字、「出」字鍊得自然，不似晚唐、宋人之尖巧。末二句入崔員外，却突兀。

無名氏（乙）：去沈、宋不遠。

寄左省杜拾遺

岑參

聯步趨丹陛，分曹限紫薇〔四〕。曉隨天仗入，暮惹御香歸。白髮悲花落，青雲羨鳥飛。聖朝無闕事，自覺諫書稀。

方回：岑參爲右補闕，屬中書省，故云「分曹限紫薇」。

陸貽典：落句有含蓄。

何義門：第七反言之，末句自省之詞，「自覺」者問心常有所負也，故是少陵同調語。○「花落」則君子漸消，「鳥飛」則智士先去，是皆諫臣所不容坐視者也。句中有兩層。○落句温厚，爲長者之言，盡直臣之節可也。

紀昀：子美以建言獲譴，平時必多露圭角，此詩有規之之意，而但言自甘衰朽，浮沉時世，則詩人温厚之旨也。○五、六寓意深微，末二句語尤婉至。聖朝既以爲無闕，則諫書不得不稀矣。非頌語，乃憤語也。或乃縷陳天寶闕事駁此句，殆不足與言詩。

無名氏（乙）：腹聯鍊沉思於五字，情景俱到。

奉答岑參補闕見贈

杜工部

窈窕清禁闥，罷朝歸不同。君隨丞相後，我往日華東。冉冉柳枝碧，娟娟花蕊紅。故人得佳句，獨贈白頭翁。

方回：老杜爲左拾遺，屬門下省，故退朝之後，所往治事之地各異。唐宫省多植花柳。子美是年乾元元年戊戌春四十七歲，已云「白頭翁」，則老杜早衰，亦可見也。

馮舒：無可指摘，只是典貴。

馮班：律詩出於南北朝，排偶須藻麗瑰奇，方爲作手。若擺落膏艷，直爲古體可矣，何事區區於聲律之間耶？余論律詩以沈、宋爲正始，老杜爲變格。然杜詩殊工整，不似黄、陳輩粗硬也。杜詩要是唐第一人，沈、宋自屬蘭苕翡翠，老杜則碧海鯨魚也。

陸貽典：典貴。〇華美不及嘉州，而蒼老過之。

查慎行：前三句即上所云「分曹」也。

張載華：前首即岑嘉州寄左省杜拾遺詩第二句云「分曹限紫薇」，故先生云然。

查慎行：起二句「罷朝歸不同」，三、四即緊接「不同」，視岑詩法脈更爲嚴謹，工部尚爾，何況學步。

紀昀：杜自勝岑，此詩乃不敵岑，意思亦了不相答。

春宿左省

花隱掖垣暮，啾啾棲鳥過。星臨萬户動，月傍九霄多。不寢聽金鑰，因風想玉珂。明朝有封事，數問夜如何。

陸貽典：盡忠補過之意，溢於言表。

查慎行：靈武即位以後闕事多矣。岑嘉州云「聖朝無闕事」，不如老杜「明朝有封事」爲紀實也。

何義門：「金鑰」自内出，「玉珂」外入。

紀昀：平正妥帖，但無深味。○三、四實賦現景，詩話穿鑿無理。結二句是五、六注脚。

無名氏（甲）：因星月而撫民之愛，事主之忠，具見於此，所謂文章有神也。

無名氏（乙）：神彩貫古，五、六展拓虚空。

晚出左掖

晝刻傳呼淺，春旗簇仗齊。退朝花底散，歸院柳邊迷。樓雪融城濕，宫雲去殿低。避人焚諫草，騎馬欲雞棲。

方回：老杜天寶十四年乙未年四十四矣，始得爲河西尉，不赴，改帥府胄曹。十一月而禄山反，公如奉天。明年七月，肅宗即位靈武。公在鄜州奔行在，爲賊所得，留長安。或謂亦囚至東都。十月，房琯敗於陳濤斜，即至德元年丙申也。明年丁酉夏五月，間道走鳳翔，除左拾遺。閏八月詔放至鄜州省妻子。九月復長安，十月肅宗還京，公亦歸班。此二詩皆答岑參詩，並乾元元年戊戌正、二月間詩也。六月移華州司功，去國終不復入。公平生僅爲朝士一年許耳。所謂「封事」、「諫草」，人不盡知，史不詳書。夜不寢而待曉，晝治事而晚出，於此二詩並見之。

其年已四十七矣。山谷評公詩，猶必以夔州後詩爲準。然則不變不進，愈變愈進。老杜且然，況他人乎？

查慎行：余獨謂少陵夔後詩漸近衰颯，非進境也。

紀昀：「愈變愈進」，自是一定之理，然老手亦有變而頹唐者，必以夔州以後爲準，非通方之論也。

馮舒：吳若本杜詩末句注「車如雞棲馬如狗」之句，牧齋因「晚出」，遂改注「雞棲於塒」。予以爲此詩以「於塒」二字應日夕，只是用「雞棲」二字文義未透。

陸貽典：用雞棲於塒，不過日夕之義，六朝人用字多如此，不得云文義未足。

查慎行：中二聯全是寫景，杜集中修整詩也。

何義門：自午朝敍起，便伏晚出之根，末句足晚字。○避人焚草，所以晚出之故，是一篇之眼。

李天生：通前首皆賦省掖之景，諫官意只結語及之。

紀昀：殊無佳處，五句、八句尤累。

無名氏（乙）：寫景直超象外，次句尤峻絶不可攀結。敦厚。

早朝

耿湋

鐘鼓餘聲裏，千官向紫薇〔五〕。冒寒人語少，乘月燭來稀。清漏聞馳道，輕霞〔六〕

映瑣闈。猶看嘶馬處，未啓掖垣扉。

方回：湋大曆中左拾遺，詩平正。

馮舒：較岑、杜，次聯便覺寒儉。

陸貽典：三、四佳句也，然較之嘉州、工部，便覺氣象寒儉。○落句好，與「迴看射雕處，千里暮雲平」一列。

何義門：尚未入朝，故只敍「早」字。題無大明宫字樣，不得執賈、杜、王、岑譏其寒儉也。○末二句鈎勒甚清。

紀昀：後四句頗有晏朝之諷，非寫景也。

許印芳：此評是。妙在渾含不露。

許印芳：耿湋字洪源，河東人，官左拾遺。

無名氏（乙）：清映無蒙氣。

大饗明堂慶成　王岐公

皇祐更秋律，明堂奉帝禋。粢盛雖薦德，霜露本懷親。於赫朝三后，無文秩百神。九筵交玉幣，重屋近星辰。邃幄留飇御，清壇墮月津。衣冠漢儀舊，金石舜韶新。受胙開宣室，鳴鐘降紫宸。羣陰光復旦，叶氣斗迴春。靈貺叢千祝，豐恩滲四垠。慚非老辭筆，徒學焕堯文。

方回：禹玉爲詞臣，則擒藻細潤，典雅勁健，未有後來全句長句之病。詩號爲「至寶丹」，以多用金玉珠璣錦繡之類。然亦有不全然者，此詩豈不謂之細潤典雅？

馮班：不細潤則不能作壯語。○全句長句，極中宋之病，南渡後更甚。

馮舒：盛世之文。此等皆世運爲之，非關學力。

馮班：「崑體」，壯麗，宋之沈、宋也。○開國之文必須典重。徐、庾化爲沈、宋，温、李化爲楊、劉，去其傾仄，存其整贍，自然一團元氣渾成。李、杜、歐、蘇出而唐、宋漸衰矣，文章之變，可徵氣運。○整贍。

紀昀：應制之作，無可見長之處，然氣味尚厚。

許印芳：王珪字禹玉，封岐國公。○應制詩有許多拘忌處，故難見長。古人頌不忘規，語無泛設。後世專尚頌揚，附會夸張，滿紙浮華而已。此詩雖非出色之作。然典切處可學，故録之。

無名氏(乙)：典貴。

依韻恭和聖製龍圖天章閣觀三聖御書

半夜傳君召，西清閱帝文。筆回丹穴鳳，書法要録：「有丹穴鳳舞，清泉龍躍之勢。」歌起沛中雲，御幄金虯轉。仙墀羽仗分，君王自天縱，況復睿心勤。

方回：「君王自天縱」，用老杜「君王自神武」也。自天縱又加學力，故有尾句。

馮班：尾句欠壯。

錢湘靈：太犯。

馮班：篇中「君召」、「帝文」、「君王」等字，太犯，亦是詩家小病。○落句似寒儉。

陸貽典：三句便減燕、許。定遠云落句寒儉，殊不然。

紀昀：「御幄」三句，上下脈俱不相貫。末句只是勤學泛語，不見是觀書，尤不見是觀祖宗之書，於律皆疎。

依韻和吳相公從駕至開寶寺慶壽崇因閣

崇因開寶構，金碧晝相輝。禁蹕隨曦馭，層城轉斗機。梵音獅子吼，妙相鴿王歸。洛水浮神篆，天花滿御衣。塔疑從地湧，棟擬入雲飛。上行乘今果，羣超悟昨非。慧珠常自照，法雨徧成霏。但起真如念，梯梁即可幾。

馮舒：清華。

馮班：下沈、宋一格。

錢湘靈：去沈、宋遠矣。
陸貽典：清華典雅，亦復堂皇，宋詩至岐公極矣。定遠云「下沈、宋一格」，此世運爲之，非關學力也。
紀昀：莊重而不板滯，尚近初唐應制體裁，自是一種文字，但學詩則不宜從此入手耳。

依韻和王原叔内翰有懷

暮鑰嚴温省，宵鈴静浴堂。銀花無奈冷，劉夢得詩：「銀花懸院榜。」瑶草又還芳。夢久聞仙吹，班清犯曉霜。帝閽何所扣，一炷祝堯香。

馮舒：天然清貴。
馮班：落句亦佳。
陸貽典：平平無指摘處，而天然清貴。
紀昀：題不了了，或有脱誤，詩遂亦不知所云。

歲暮直舍感懷

姜梅山

歲暮坐公館，永懷時序遷。雪消殘臘外，春到早梅邊。夜色侵烏鵲，年光送管絃。無人同晤語，輸寫賴詩篇。

陸貽典：五、六兩句妙在閑坐無聊景象。

紀昀：清淺之作，不失雅飭，但「直舍」意未免太脱。

七言　二十四首

早朝大明宫呈兩省僚友　門下省、中書省　賈至

銀燭朝天〔七〕紫陌長，禁城春色曉蒼蒼。千條弱柳垂青瑣，百囀流鶯繞建章。劍佩聲隨玉墀步，衣冠身染御爐香。共沐恩波鳳池裏〔八〕，朝朝染翰侍君王〔九〕。

方回：用兩「染」字，上字合改爲「惹」。

馮舒：「惹」字不佳。

陸貽典：「惹」字不如「染」字。

紀昀：今本上句皆作「惹」字，不知爲虚谷改本矣。

馮班：此首當居第四。

何義門：第四句「百囀流鶯」含「僚友」。第五句拈「大明宮」。

紀昀：四公皆盛唐巨手，同時唱和，世所艷稱。然此種題目無性情風旨之可言，仍是初唐應制之體。但色較鮮明，氣較生動，各能不失本質耳。後人拈爲公案，評議紛紛，殊可不必。

許印芳：賈詩平平，誠如此評。杜、王、岑三詩實佳，曉嵐一概不取，好高之過也。

無名氏（甲）：此公華，然亦平，不爲佳作。

許印芳：賈至字幼鄰，洛陽人，官散騎常侍。○尾聯與三聯不黏。

無名氏（乙）：嘗早朝，轉出正陽門馳道，烟月籠城樓，車燈銜接。謂首二句豁然，五、六句有神。四詩予定原唱爲冠。

和賈至舍人早朝大明宮

杜子美

五夜漏聲催曉箭，九重春色醉仙桃。旌旗日暖龍蛇動，宮殿風微燕雀高。朝罷香煙携滿袖，詩成珠玉在揮毫。欲知世掌絲綸美，池上於今有鳳毛。

方回：賈至之父亦嘗爲中書舍人，故云。「超宗殊有鳳毛」，出南史、宋書：「謝鳳子超宗，有文辭，補新安王常侍。王母殷淑儀卒，超宗作誄奏之，帝大嗟賞，謂謝莊曰：『超宗殊有鳳毛。』」

紀昀：此段文殊顛倒，應改曰宋書云云，賈至之父云云方順。大抵此書但隨手批出，未經細檢，故往往語不成文。

馮班：頷聯壯氣直掩王、岑。○此首當居第二。

何義門：前四句將早朝打疊，後半詳敍和賈，較之王、岑，綽有餘裕，此筆力之高。他人但切舍人，此更切賈。

紀昀：西河詆此詩太甚，然要非杜之佳處。

無名氏(甲)：老健獨出。

許印芳：西河才高學博，不愧名家，而好詆毁前賢，朱子一代大儒，且遭其齮齕，況子美哉！此詩東坡極賞「旌旗」一聯，稱爲偉麗，而曉嵐不取，亦因西河之説有以中之耳。

無名氏(乙)：或謂此詩脱盡窠臼，爲公用意處，未免好奇之病。衆不謂然。或問予，予曰：吾從衆。

同前

王右丞

絳幘雞人送曉籌〔一〇〕，尚衣方進翠雲裘。九天閶闔開宫殿〔一一〕，萬國衣冠拜冕旒。日影〔一二〕纔臨仙掌動，香煙欲傍衮龍浮。朝罷須裁五色詔，佩聲歸到鳳池頭。

馮舒：盛麗極矣，字面太雜。

馮班：才氣駕馭，何嘗覺雜？畢竟右丞第一。○末句太犯，然名句相接便不覺。

陸貽典：右丞才氣駕馭，名句相接，故不覺雜，他人若此，但見瑕疵矣，已蒼之言不謬。

查慎行：王麟州譏此詩説冠服太多，亦善摘瑕者也。

何義門：次聯君臣兩面都寫到，所謂有體要也。

許印芳：「衣」字複。動，上聲。○姚姬傳云：「右丞七律，意興超遠，能備三十二相。盛唐諸公，老杜外，當以右丞爲冠。」斯言當矣。虚谷此選，但收此篇。愚謂早朝詩右丞正大，嘉州明秀，有魯、衛之目，而曉嵐不取。虚谷既譏陋，曉嵐亦苛刻。前人棄取，往往不愜人意，亦文章一大憾事。又按：此詩無甚疵纇，惟篇中衣服字樣太多，前人有病之者，却是眼明心細，後學當以爲戒。尾聯與三聯不黏。唐人七律上下聯不忌失黏，後人七律聲律加密，始忌之。若以後人之法繩唐人而病其失黏，則非矣。

無名氏（乙）：精彩飛動，雖疊用衣佩字面，位置當在第二。

同前

岑參

雞鳴紫陌曙光寒，鶯囀皇州春色闌。金闕曉鐘開萬户，玉階仙仗擁千官。花迎劍佩星初落，柳拂旌旗露未乾。獨有鳳凰池上客，陽春一曲和皆難。

方回：按此四詩倡和在乾元元年戊戌之春。唐肅宗至德二載丁酉九月，廣平王復長安。子美以是年夏間道奔鳳翔，六月除左拾遺。十月肅宗入京師，居大明宮。賈至爲中書舍人，岑參爲右補闕。十二月六等定罪，王維降授太子中允。〇四人早朝之作，俱偉麗可喜，不但東坡所賞子美「龍蛇」、「燕雀」一聯也。然京師喋血之後，瘡痍未復，四人雖誇美朝儀，不已泰乎！

查慎行：余亦曾持此論。

紀昀：此説似是而迂，文章各有體裁，即喪亂之餘，亦無不論是何題目，首首皆新亭對泣之理。

許印芳：此論極當。

馮班：此首當居第三。

查慎行：首聯對句不覺。五、六兩句不脱早朝。

何義門：倡和諸篇，斯爲稍弱。

紀昀：五、六句力説曉景，末二句如何突接？究覺倉皇少緒。

許印芳：此評甚是，中四句原佳，曉嵐不取，未免苛刻。

無名氏(甲)：此首雖不及杜，然較之於王，又覺通利，無夾雜之病。

無名氏(乙)：精工着題，論者推此爲四詩之弁，然人工則躋極，天峻不可羈，當遜賈、王。

許印芳：首聯對起，借「皇」爲黄也。末句「春」字複次句。

西掖省即事

西掖重雲開曙暉，北山疎雨點朝衣。千門柳色連青瑣，三殿花香入紫薇〔一三〕。平明端笏陪鵷列，薄暮垂鞭信馬歸。官拙自悲頭盡白，不如巖下掩柴扉。

方回：亞於前所和賈至者。

無名氏(乙)：未能如前，故云「亞」。

陸貽典：前半楚雅有致，後半少力。

紀昀：用筆輕婉，嘉州所少。○結稍直遂。

許印芳：三聯與次聯不黏。○三、四全套賈幼鄰大明宮詩，上句直用其語，尤可鄙。同時人如此勦襲，亦異事也。

宣政殿退朝晚出左掖

杜工部

天門日射黄金榜，春殿晴薰赤羽旗。宮草微微承委珮，爐烟細細駐游絲。雲近蓬萊常五色，雪殘鳷鵲亦多時。侍臣緩步歸青瑣，退食從容出每遲。

方回：唐明皇以來，朔望朝臣顓用常服。今云「委珮」，未詳。

馮舒：或非朔望。不必注。

紀昀：著力寫禁庭景象，却不見十分精采。虚谷所圈四句句眼，亦是小家見解，盛唐人詩不在此種用力。〔按：方回在「天門日射黄金榜」至「爐烟細細駐游絲」四句「射」、「薰」、「承」、「駐」字旁皆加圈。〕

許印芳：虚谷圈「射」、「熏」、「承」、「駐」四字，故論及之。

無名氏（甲）：雄古不凡。

許印芳：三聯與次聯不黏。

無名氏（乙）：晚出彌陳，不知此何以歷劫常新？

紫宸殿退朝口號

户外昭容紫袖垂，雙瞻御座引朝儀。香飄合殿春風轉，花覆千官淑景移。晝漏稀聞高閣報，天顔有喜近臣知。宫中每出歸東省，會送夔龍集鳳池。

陸貽典：五、六有諷刺。

何義門：首聯如畫。

紀昀：情景宛然，似此寫皇家富貴，乃是真從氣象上寫出。又在「龍蛇」、「燕雀」一聯上，無論

「宫草」、「爐烟」也。

無名氏（甲）：流麗端莊，兩居其勝。

無名氏（乙）：濃麗如許，格律不卑，何減雅、頌？

聞楊十二新拜省郎遥以詩賀　白樂天

文昌新入有光輝，紫界宫牆白粉闈。曉日雞人傳漏箭，春風侍女護朝衣。雪飄歌句高難和，鶴拂煙霄老慣飛。官職聲名俱入手，近來詩客似君稀。

方回：元注：「向曾有贈楊詩，落句云：『不用更教詩句好，折君官職是聲名。』今故云『俱入手』。」此楊巨源也。

錢湘靈：次聯好。

查慎行：五、六即切官職聲名，故第七句接得緊。誰謂詩無法脈耶？

紀昀：樂天律詩亦自有一種佳處，而學之易入淺滑，初學不可從此入手。根柢既深之後，胸有主裁，能别白其野俚率易，而獨取其真樸天然，亦不爲無益。

許印芳：此論最平允，「初學不可從此入手」一語，尤中要害。

無名氏（乙）：新蒨。

許印芳：「入」字複。

喜張十八博士除水部員外郎

老何殁後吟聲絶，雖有郎官不愛詩。無復篇章傳道路，空餘風月在曹司。長嗟博士官猶屈，亦恐騷人道漸衰。今日聞君除水部，喜於身得省郎時。

方回：何遜以詩名，老杜頌之曰：「能詩何水曹。」張籍是除，樂天賀之，五十六字如一直説話，自然條暢。

馮班：白體如此。　無名氏（乙）：方批盡此詩之妙。

陸貽典：以議論作起承轉合，元、白爲然。

查慎行：八句一氣呵成，章法亦本於杜。○「今日聞君除水部」二句，足見交誼真切。

紀昀：此詩便嫌薄弱。虛谷評白詩「似一直説話，自然條暢」，白詩好處在此，病處亦在此。○首句稱呼杜撰，次句及中二聯凡五用虛字裝頭，未免犯複。且氣格亦因之不健，凡七律須有健句撐住。○三、四承次句而衍之，殊爲支綴。此處自應拍合文昌，乃緊健。

無名氏（甲）：香山詩筆健而神遠者爲貴，此其一也。

無名氏（乙）：踴躍善寫喜意，古人之真摯如此。

新除水曹郎答白舍人

張司業

年過五十到南宫，章句無名荷至公。黄紙開呈丞相後，朱衣引入謝班中。諸曹縱許爲仙侶，羣吏多嫌是老翁。幸有紫薇〔一四〕郎見愛，獨稱官與古人同。

方回：長慶元年九月，樂天自中書舍人出爲杭州刺史，張之除水部當在元和、長慶間。

馮舒：妥貼。

陸貽典：妥適。

紀昀：和白便純是白格，古人往往如此，後來東坡和山谷亦全似山谷。

無名氏（甲）：意境頗平，不及樂天遠矣。

無名氏（乙）：着此第六句轉落，分外生色。

早朝

楊巨源

鐘傳清禁纔應徹，漏報仙闈儼已開。雙闕薄煙籠菡萏，九城初日照蓬萊。朝時但向丹墀拜，仗下方從碧落迴。聖代逍遥更何事，願將巴曲贊康哉。

方回：平正。

紀昀：賈、杜、王、岑早朝之作，在諸公集中原非佳處。而觀此尚覺氣象萬千，風會所趨，漸漓漸薄，非傑出一代之才，不能自振也。

無名氏（甲）：不爲精能。

無名氏（乙）：結入古樸。

雨後月中玉堂閒坐

韓致堯〔一五〕

銀臺直北金鑾外，暑雨初晴皓月中。惟對松篁聽刻漏，更無塵土翳虚空。綠香熨齒冰盤果，清冷侵肌水殿風。夜久忽聞鈴索動，玉堂西畔響丁東。

馮舒：次聯説閑坐，五、六更佳，末再醒「月中」。

陸貽典：是雨後玉堂景，第七句再醒「月中」。

何義門：落句收足「閑坐」。「松篁」比君子，「塵土」比小人。○第七句反結「閒」字。

紀昀：八句皆景，便無意味。

無名氏（甲）：晚唐詩庸，有勝中唐者，此三首是也。

無名氏（乙）：清曠，瑩人眼，沁人心。

許印芳：韓偓，字致堯，小字冬郎，又號玉山樵人。萬年人。官翰林承旨。

中秋禁直

星斗疎明禁漏殘，紫泥封後獨凭闌。露和玉屑金盤冷，月射珠光貝闕寒。天襯樓臺籠苑外，風吹歌管下雲端。長卿祗爲長門賦，未識君臣際會難。

方回：以上二詩，俱端重有體。

無名氏（乙）：前詩不僅如所評。

陸貽典：中四句是中秋禁中，那移不得。

何義門：陳后廢，以相如一賦復得召幸。昭宗幽於東内，身爲内相，不能建復辟之績，豈不負此際會乎？當於言外求之。

紀昀：致堯詩或纖或俚，此獨深穩。第五句「襯」字鍊得穩，以新巧論之，則勝下句，而下句却以天然勝。○勝前篇處，在結句深摯。

無名氏（乙）：最渾成。

六月十七日召對自辰及申方歸本院

清暑簾開散異香，恩深咫尺對龍章。花應洞裏常時發，日向壺中特地長。坐久忽疑槎犯斗，歸來兼恐海生桑。如今冷笑東方朔，唯用詼諧侍漢皇。

方回：三、四真有仙家之意，五、六用事變陳爲新，末句詆東方朔尤有味。

馮舒：清麗著人。

查慎行：中二聯只形容召對之久而妙義叠出。

何義門：落句翻伏日早歸之案，言他人但顧妻子，不念國家也。

紀昀：格不高而風度思致可觀。○致堯參機務，故有是言。然其詞太露太佻，不稱通篇。

無名氏（乙）：三、四實，五、六虛，虛故超。結占地步。

卧病逾月請郡不許復直玉堂十一月一日鎖院是日苦寒詔賜官燭法酒書呈同院

蘇東坡

微霰疎疎〔二六〕點玉堂，詞頭夜下攬衣忙。分光御燭星辰爛，拜賜宫壺雨露香。醉眼有花書字大，老人無睡漏聲長。何時却逐桑榆暖，社酒寒燈樂未央。

方回：中四句氣燄逼人。

馮舒：此時世局將變，故落句如此。

查慎行：通首氣味好。○結句不脱「酒」與「燭」，是何等法脈！

何義門：此篇不減夢得。○渾厚。○第一句「苦寒」。第二句「鎖院」。第五句「詞頭」。第六句「玉堂」。第七句顧「請郡」。

紀昀：七律亦非東坡長技，頗以氣格勝耳。古體自妙絶一時，獨有千古。可惜結入習徑。閲其全集，方知此是東坡口病，所謂好曲不禁三回唱。

無名氏(乙)：椽筆春容，此公獨步。

許印芳：東坡天才豪放，學殖富有，發爲文章，非大篇長句不足供其揮洒。故其詩七言最爲擅場，七古較七律尤出色，七律雖不及七古，而氣格超勝。全集佳篇甚夥，在宋人七律中儘可獨樹一幟。曉嵐謂非長技，此謬説也。其批律髓於此詩句句着圈，惟結句稍不滿意。〔按：紀昀在此八句詩的每一句末一字旁，皆加圈。〕蓋仕宦而懷退休之志，亦是本分。東坡好作此等語，未免數見不鮮。然在本集爲口病，在選本中却無妨礙。全詩老成，中四句尤佳。曉嵐斥爲頹唐，亦是苛論。○本集紀批云：「老手恃老，往往頽唐。工部晚年，亦不免此。」

夜直玉堂攜李之儀端叔詩百餘首讀至夜半書其後

玉堂清冷不成眠，伴直難呼孟浩然。暫借好詩消永夜，每逢佳處輒參禪。愁侵硯滴初含凍，喜入燈花欲鬭妍。寄語君家好兒子〔一七〕，他時此句一時編。

方回：李之儀詩得意趣頗深晦，非東坡不之察，故有是佳句。以孟浩然待之，非誇也。

何義門：玉堂豈可談禪耶？正言其詩晦耳。

紀昀：浩然伴直，實有此事，非但比其詩也。

陸貽典：東坡才學自是宋人中杰出，然無老杜深沉之韻，不耐咀味，此其病也。此數首皆然。

紀昀：五句是沉思光景，六句是領悟光景，寫得有神。

許印芳：曉嵐批律髓，此詩每句着圈，批本集五、六句密圈，今從本集。〔按：紀昀在此八句詩的每一句末一字旁皆加圈。〕〇本集批云：「氣機流暢，然非五、六句着實撑得住，則太滑矣。」

又曰：「五句言詩境之苦，六句言賞心之樂。」

無名氏（乙）：每於對句超絕，六尤冰署生春。

次韻子由五月一日同轉對

跪奉新書笏在腰，談王正欲伴耕樵。晉陽豈爲一門事，宣政聊同五月朝。憂患半生聯出處，歸休上策早招要。後生可畏吾衰矣，刀筆從來錯料堯。

方回：兄弟一門，用温大雅事，唐高祖語，極切。尾句又似不平執政者之驟進，此乃東坡平生口病也。

紀昀：此評最確。

馮班：次聯坡體好語。第八宋句，但有味。

陸貽典：次聯是坡體。

何義門：第三切子由「同」。第四用貞元中詔語，切「轉對」並「五月一日」。

無名氏(甲)：温大雅兄弟貴顯，高祖謂之曰：「吾起兵晉陽，只爲卿一門耳。」漢書：「趙堯爲刀筆吏，周昌輕之，後竟代昌爲御史大夫。」

無名氏(乙)：起伏合節，夷猶赴韻。

次韻蔣穎叔錢穆父從駕景靈宫

歸來病鶴記城闉，舊踏松枝雨露新。半白不羞垂領髮，軟紅猶戀屬車塵。雨收九陌豐登後，日麗三元下降辰。粗識君王爲民意，不才何以助精禋。

方回：此元祐七年壬申南郊時事。

查慎行：公初自登州還朝，故前半云云。○「闉」字險韻，又連「新」字，難押，必鍊意出之，方得穩老貫串，此詩起二句，何等用意！

紀昀：東坡館閣唱和諸七律，皆不爲佳，此首固不失局度。

無名氏（甲）：玉燭寶典云：「『三元』謂歲之元、時之元、月之元也。」

殿後書事和范純仁

梅聖俞

天子尋常幸直廬，裹頭宫女捧雕輿。紅泥已賜春醅酒，黄帕曾經御覽書。林果鳥應啣去後，燕窠蟲有落來餘。禁中事事能傳詠，播在人間不是虚。

方回：老杜云「户外昭容紫袖垂」，則知唐之外庭以宫女引朝儀。聖俞云「裹頭宫女捧雕輿」，則知宋之内庭以宫女直輿事，不惟詩好，可備故事作一對也。

馮舒：宫詞自爲一體，不必如此論。

方回：此乃和范景仁殿中雜題，三十九首取其一，且如前聯「紅泥已賜春醅酒，黄帕曾經御覽書」，豈不勝王建「黄帕蓋鞍呈了馬，紅羅纏項鬬回雞」乎？建詩卑弱，今不取。

馮舒：未見勝。梅作較卑弱。

紀昀：梅詩自勝王，此一句却不相上下。虚谷抑彼揚此，門户之見耳。

陸貽典：宫詞自爲一體，非卑弱也。

馮舒：第三聯倒句未工。第八句凑韻。

馮班：腹聯瑣弱。
紀昀：五、六只似廢落山居。

較藝和王禹玉内翰

分庭答拜士傾心，却下朱簾絶語一作「好」。音。萬蟻戰來一作「酣」。春日永一作「煖」。五星明聚一作「處」。夜堂深。力槌頑石方逢玉，盡撥寒沙始見金。淡墨榜名何日出，金明池苑一作「館」。可能尋。

方回：詩話以前聯爲「萬蟻戰酣春晝永，五星明聚夜堂深」，承平時省試諸公，例有倡和，於考校兩不相妨。是年歐陽公知舉，王岐公以翰學與聖俞俱在院，得二蘇與南豐之年也。元祐三年，東坡爲知舉，黄山谷、李伯時俱爲屬，唱和尤盛。張宛丘集後有同文館倡和數卷，晁無咎、曹子方、蔡天啓、鄧忠臣皆與，佳句無算，亦考試時作。南渡以後，此風頽落，知舉監試官，用從官言路之長，小試官四十餘人。雖宜鎖四十餘日，未有一篇詩傳於世者。於熟爛時文之中，求天下之士，賦必有一定之説，經必拘破題四句小巧，以此爲了事癡兒，世道日以衰矣。歐、蘇大老，昔司文衡，賦詩校藝，兩用其至，綽綽有餘。蓋不可復見矣，悲夫！

紀昀：三、四句宜從詩話本。

馮舒：末聯湊韻。○蟻比士子可乎？

馮班：此詩若在唐人則爲笑話矣，宋人便可作一故事用。○第三句，以士人爲蟻何也？可惡。

〔按：馮班在「力槌頑石方逢玉，盡撥寒沙始見金」二句旁加抹。〕

陸貽典：按以蟻比人，本灌頂經。二詩亦可證宋時試士故事。○五、六佳句，何以抹之？

無名氏（乙）：五、六合掌。

查慎行：出榜後主司例游金明池，故有落句。○「酣」字有力，且與「永」字有關會。

紀昀：「力槌」二字俚，此一聯宋詩中之劣調，二句亦合掌。

無名氏（乙）：焕朗深秀。

謝永叔答述舊之作和禹玉

天下才名罕有雙，今逢陸海與潘江。筆生造化多多辦，聲滿華夷一一降。金帶繫袍迴禁署，翠娥持燭侍吟窗。人間榮貴無如此，誰愛區區擁節幢。

方回：此亦試院作，謂永叔、禹玉二學士大才也。前聯壯哉，次聯麗甚。

馮舒：決不及唐，時世爲之也。

紀昀：諸詩皆牽率應酬，謂之盛事則可，謂之佳作則未然。○結太淺，亦是爲仄韻所牽。

較藝贈永叔和禹玉

今看座主與門生，事事相同舉世榮。並直禁林司詔令，又來西省選豪英。飛龍借馬天邊下，光禄供醪月底傾。食葉蠶聲句偏美，當時曾記賦將成。

方回：「食葉蠶聲」，謂歐公句也。王岐公乃歐公十五年前所取門生。

查慎行：「無譁戰士啣枚勇，下筆春蠶食葉聲」，六一居士試院舊句。

紀昀：三、四太率易。

呈永叔書事

華陽集第四卷元注：「嘉祐二年禮部倡和。」

王禹玉

詔書初捧下西廂，重棘連催暮鑰忙。緑繡珥貂留帝詔，元注：「元夕有緑衣中使傳宣。」紫衣鋪案拜宸香。卷如驟雨收聲急，筆似飛泉落勢長。十五年前出門下，最榮今日預東堂。

紀昀：何必注本集卷數？恐注不勝注矣。

方回：禹玉弱冠甲科，出歐公門，至是十五年，亦可謂榮進速矣。許光凝撰集序謂「不出都城，致位宰相」，予謂岐公詩多富貴語，惟如此富貴人能爲之。

馮舒：岐公總是盛世之音。

查慎行：字呼座主可乎？○三句中着兩「詔」字，亦檢點不到處。

紀昀：此首頗有氣格，惟三、四稍冗。

次韻景彝赴省直宿馬上

梅聖俞

烏紗帽底青眸轉，朱雀街頭玉轡摇。燈火高樓吹短笛，簾櫳斜巷隘初宵。身歸蘭省惟看月，心在天津欲倚橋。枕上夜深應不寐，羨他年少酒微銷。

方回：曲盡京師承平市井繁盛之狀，又見赴省直宿，於馬上或有所睹而不能忘情之意，流麗圓活，自然有味。景彝，王景彝也。

紀昀：起二句笨，起句尤突，二馮不加指摘，以其體近才調集，平心之難如此。○五、六對法活，措語亦工。

校勘記

〔一〕通宵　馮舒：「通」，初學記作「分」爲是。　馮班：「分宵」一作「當階」。　〔二〕開窗

馮舒：初學記作「掖庭」爲是。　〔三〕柏帨　紀昀：「帨」當作「悦」，刻本誤。　〔四〕紫

薇　李光垣：「微」訛「薇」。〔五〕紫薇　李光垣：「微」訛「薇」。〔六〕輕霞　馮班：當作「紅霞」。〔七〕朝天　何義門：一作「熏天」。〔八〕池裏　李光垣：「上」訛「裏」。〔九〕朝朝染翰侍君王　何義門：英華作「終朝默默侍君王」，如此方是賈生胸臆。〔一〇〕送曉籌　李光垣：本集「送」作「報」。〔一一〕宫殿　李光垣：本集「殿」作「扇」。〔一二〕日影　李光垣：本集「影」作「色」。〔一三〕紫薇　李光垣：「微」訛「薇」。〔一四〕紫薇　李光垣：「微」訛「薇」。〔一五〕韓致堯　紀昀：「堯」訛「光」，後倣此。偓佺，堯時仙人，堯問道焉，故名偓而字致堯。諸本或作「光」，以形近而訛耳。〔一六〕踈踈　許印芳：一作「霏霏」。〔一七〕好兒子　許印芳：「好」與三句複，當作「小」。

瀛奎律髓彙評卷之三　懷古類

懷古者，見古迹，思古人，其事無他，興亡賢愚而已。可以爲法而不之法，可以爲戒而不之戒，則又以悲夫後之人也。齊彭殤之修短，忘堯桀之是非，則異端之説也。有仁心者必爲世道計，故不能自默於斯焉。

紀昀：此序見解頗高，可破近人流連光景、自矜神韻之習。

五言　三十二首

白帝懷古

陳子昂

日落滄江晚，停橈問土風。城臨巴子國，臺没漢王宫。荒服猶周甸，深山尚禹功。巖懸青壁斷，地險碧流通。古木生雲際，歸帆出霧中。川途去無限，客坐思何窮〔一〕。

方回：律詩自徐陵、庾信以來，亹亹尚工，然猶時拗平仄。唐太宗時，多見初學記中，漸成近體，亦未脱陳、隋間氣習。至沈佺期、宋之問，而律詩整整矣。陳子昂感遇古詩三十八首，極爲朱文公所稱。天下皆知其能爲古詩，一掃南、北綺靡，殊不知律詩極精。此一篇置之老杜集中，亦恐難别，乃唐人律詩之祖。如沈，如宋，如老杜之大父審言，併子昂四家觀之可也，蓋皆未有老杜以前律詩。

紀昀：此評已見「登覽類」伯玉詩下矣，此隔一卷又重出。大都虚谷此書，非一時所批，故前後都不檢點。

紀昀：「問土風」三字領下四句。○與下峴山一首俱以氣格壓一切。

無名氏（甲）：白帝城在夔州。○氣格渾融，而才鋒溢出，真奇作也。

峴山懷古

秣馬臨荒甸，登高覽舊都。猶悲墮淚碣，尚想卧龍圖。城邑遥分楚，山川半入吴。丘陵徒自出，賢聖已凋枯〔二〕。野樹〔三〕蒼烟斷，津樓晚氣孤。誰知萬里客，懷古正踟躕。

方回：此老杜以前律詩，悲壯感慨，即無纖巧砌甃。「丘陵徒自出」一句，疑有誤字。

馮班：虚谷不知「丘陵」句出穆天子傳，殊可怪。

紀昀：「丘陵自出」，語本穆天子傳西王母謡。

馮舒：以上兩篇俱以「猶」、「尚」二字出「懷古」。

無名氏（甲）：峴山，在襄陽。◎穆王燕西王母於瑶池，王母爲天子謡曰：「白雲在天，山陵自出，道里悠遠，山川間之。」

許印芳：「野戍」句與樂鄉縣詩複，已見紀批。前詩五、六，此詩三、四句「猶」、「尚」意複，亦是微瑕，後學宜戒之。

金陵懷古

劉賓客

潮落治城渚，日斜征虜亭。蔡洲新草緑，幕府舊煙青。興廢由人事，山川空地形。後庭花一曲，幽一作「憂」。怨不堪聽。

方回：每讀劉賓客詩，似乎百十選一以傳諸世者，言言精確。前四句用四地名，而以「潮」、「日」、「草」、「煙」附之。第五句乃一篇之斷案也，然後應之曰「山川空地形」，而末句乃寓悲愴，其妙如此。

無縫。

馮舒：「新草」、「舊煙」，只四字逼出「懷古」。五、六斤兩起結，俱「金陵」。○絲縷儼然，却自

馮班：起句千鈞。

錢湘靈：起力千鈞。

何義門：此等詩何必老杜？才識俱空千古。○「潮落」、「日斜」，「煙青」、「草緑」，畫出「廢」字。落日即陳亡，具五國之意。第五起後二句，第六收前四句，變化不測。○前四句借地形點化人事。○第三句，將。第四句，相。○幕府，山名，因王導著；征虜亭，因謝安著。

紀昀：疊用四地名，妙在安於前四句，如四峯相矗，特有奇氣。若安於中二聯，即重複礙格。○五、六筋節，施於金陵尤宜，是龍盤虎踞，帝王之都。末後庭一曲，乃推江南亡國之由，申明五、六。虚谷以爲但寓悲愴，未盡其意。○起四句似乎平對，實則以三句「新草」，剔出四句「舊烟」，即從四句轉出下半首。運法最密，毫無起承轉合之痕。

許印芳：此評甚精，深得古人筆法之妙。如此解乃知三、四「新」、「舊」二字是眼目。古人作詩，一字不妄下。後人作詩多閒字，且多贅句，不及古人遠矣。作五律尤忌浮泛，所謂四十賢人，不可雜一屠沽兒也。文章一道，總不能離起承轉合之法，用之無痕者，作用在内，暗起暗承，暗轉暗合，暗中消息相通，外面筋骨不露。盛唐詩氣格高渾，意味深厚，其妙在此。愚人但以形貌求盛唐，謂其無甚作用，謬矣。晚唐及宋人詩，作用在外，往往露

骨，故少渾厚之作。惟中唐劉中山、劉隨州，猶有盛唐遺意耳。又按六句用龍虎天塹故事，而用其意，不用其詞。此亦暗用法。愚人用典，必將詞語鈔出湊句，蓋未知古人用典，如水中着鹽，不見鹽而有鹽味也。又此句不但繳足第五句，而且收拾前四句。若無收拾，便是無法，可謂精密之至。

無名氏（甲）：金陵，今江寧。

許印芳：劉賓客，字夢得，中山人，官太子賓客，加檢校禮部尚書。

項亭懷古

竇　常

力取誠多難，天亡路亦窮。有心裁帳下，無面到江東。命阨留騅處，年銷逐鹿中。漢家神器在，須廢拔山功。

方回：五竇之長也。此詩句句有議論，用字無一不工。

馮班：虛谷專尚議論，「江西」法也。

馮舒：腹聯包括一卷項羽本紀。

陸貽典：鍊句有力，能該史事。

查慎行：「有心」、「無面」，語意欠佳。

紀昀：純是五代劣調。○項王興亡甚速，不得謂之「年銷逐鹿」。結竟以項羽爲天亡，恐非至論。

無名氏（甲）：項亭，在和州。

經故人舊居

儲嗣宗

萬里訪遺塵，鶯聲淚濕巾。古書無主散，廢宅與山隣。宿草風悲夜，荒村月弔人。淒涼問殘柳：今日爲誰春？

方回：三、四佳。

馮舒：不如五、六。

紀昀：套語。○三、四「武功派」，虚谷以體近「江西」取之耳，其實是小家數。

送康紹歸建鄴

周賀

南朝秋色滿，君去意如何？帝業空城在，民田壞塚多。月圓臺獨上，栗綻寺頻過。籬下西江水，相思見白波。

方回：三、四眼前事，亦不可少。

馮舒：第六句新。
紀昀：此非懷古，誤入此門。○起有遠神，頗見氣格，惜六句太湊。
無名氏(甲)：建鄴，今江寧。

經費拾遺所居呈封員外

李羣玉

雲卧竟不起，少微空隕光。惟應孔北海，爲立鄭公鄉。舊館苔蘚合，幽齋松菊荒。空遺書帶草，日日上堦長。

方回：三、四用一事貫串，老杜有此體，「嘉樹傳，角弓詩」是也。
馮班：「串」字應作「穿」。
紀昀：亦是套語。

武侯廟古柏

李商隱

蜀相堦前柏，龍蛇捧閟宫。陰成外江畔，老向惠陵東。大樹思馮異，甘棠憶召公。葉凋湘燕雨，枝折海雞風〔四〕。玉壘經綸遠，金刀曆數終。誰將出師表，一爲問昭融！

方回：五、六善用事，「玉壘」、「金刀」之偶尤工。末句俟考。

馮舒：何所用考？

查慎行：即子美「運移漢祚終難復」一句意。

紀昀：「昭融」，用杜詩「契合動昭融」句，説者謂昭融，天也。然詩「昭明有融」，不如此解，應别有所出。

馮班：雄壯似杜。

何義門：一句將，一句相。「湘燕」、「海鵰」，陰、庾襯法。後四句意極完密，歸重武侯，方抱得轉第三聯。

紀昀：風格老重，五、六尤警切。惟「湘燕雨」、「海雞風」，事外添出，毫無取義，「崑體」之可厭在此等。

許印芳：宋初楊、劉諸人詩學晚唐，以義山爲宗，號「西崑體」。其體多尚塗飾，而實義山有以啓之。此詩「湘燕」「海鵰」，即是義山壞處，故曉嵐抹之。〔按：紀昀在「葉凋湘燕雨，枝折海雞風」二句「湘燕雨」、「海雞風」旁皆加抹。〕

無名氏（甲）：廟在成都。

許印芳：汶江，一名外江。先主葬惠陵。

陳後主宮

玄武開新苑，龍舟燕幸頻。渚蓮參法駕，沙鳥犯鉤陳。壽獻金莖露，歌翻玉樹塵。夜來江令醉，别詔宿臨春。

方回：鉤陳星，後宮之象，亦左右宿衛之象。

馮舒：「參法駕」者爲「渚蓮」，「犯鉤陳」者爲「沙鳥」，「宿臨春」者爲「江令」，君臣荒湎之狀，備極形容。

馮班：如此詠史，不愧盛譽。每讀宋初「崑體」，輒嘆此君之不可及也。○力有千鈞。江左繁華，陳宫淫湎，一筆寫出，而壯麗無形迹。○頸聯妙。

何義門：次聯是一篇艮嶽記，寫得不成模樣，却渾然不露。○題曰陳後主宫，結句顯然有所指斥，即所謂「沙鳥」也。「渚蓮」以比嬪御，借陳事刺當時耳。

紀昀：三、四藴藉，飛卿驪山詩「過客聞韶濩〔五〕，居人識冕旒」，亦是此意。結故爲尖刻不了之語，義山習氣。

許印芳：飛卿驪山詩，乃五言長律，敍明皇事，筆意極佳。曉嵐所批才調集，亦有此詩，詳見本集。

無名氏（甲）：宫在江寧。

過陶徵君舊居

崔　塗

陶令曾居此，弄琴遺世情。田園三畝緑，軒冕一銖輕。衰柳自無主，白雲猶可耕。不隨陵谷變，應只有高名。

方回：荒淫亡國之主，姦邪誤國之臣，詩人必詆其遺跡而數其罪。至於英主賢臣，則美之不容口，其或子孫已微，陵谷已變，猶惓惓焉傷悼悲痛，讀此詩者可以類推矣。然後知善不可不修，惡不可不戒。無曰莊生齊物，而可以懵然於身後也。

馮舒：此與詩道何與？

馮班：腐氣。

何義門：後半欲從執鞭之意，妙在隱約不露，與昭君宅一首俱可法。

紀昀：不稱此題。

無名氏（甲）：舊居在九江柴桑。

題倪居士舊居

儒翁九十餘，舊向北山居。生寄一壺酒，死留千卷書。欄摧新竹少，池淺故蓮踈。但有子孫在，帶經還荷鉏。

方回：子孫之賢不肖天也，雖聖賢亦無如之何。張芸叟詩云：「兒童不識字，耕稼魏公莊。」魏鄭公之後至不識字，亦奈何哉？

紀昀：無味。○末二句與張詩各一意，彼言舊澤已竭，此言清風未改也。

過昭君故宅

以色静胡塵，名還異衆嬪。免勞征戰力，無媿綺羅身。骨竟埋青塚，魂應怨畫人。不堪逢舊宅，零落對江濵。

方回：只第一句已感慨。「青塚」之句，本非奇異，第六句一喚醒，併第五句亦精神。「魂應怨畫人」，妙甚，妙甚。

馮舒：首四句用意，虚谷却取五、六，法眼自不同。

馮班：起四句議論，末句方及故宅，周伯弜之流，豈解如此？

何義門：後四句自傷也。

紀昀：此種題真是塵刦，惟以不做爲高耳。○三、四複起，二句、六句亦是常語，不見其妙。

無名氏(甲)：故宅在湖廣歸州。

題豪家故池

吴　融

歲久無泉引，春來仰雨流。萍乾黏朽檻，沙淺露沉舟。照影人何在，持竿客寄游。倏然興廢外，回首謝眠鷗。

方回：第五句最感慨，謂其家歌舞之類，今安在哉！

紀昀：第五句亦套語。

馮班：落句妙。

陸貽典：首句出「故池」，妙甚，第五句一點「豪家」。

何義門：五、六有起伏。〇五醒「豪家」，六醒「故池」，味在鹹酸之外。前半常語也。

紀昀：粗淺。

許印芳：吴融，字子華。山陰人。官翰林承旨。

經廢宅

杜荀鶴

人生當貴盛，修德可延之。不慮有今日，争教無破時。蘚斑題字壁，花發帶巢枝。何況高原上，荒墳與折碑。

方回：荀鶴詩首首相似，定是頷聯作一串，景聯體物。

紀昀：晚唐習徑如是，不但荀鶴也。

何義門：前四句寬闊有勢，結收「廢」字，又透過「宅」字説。

紀昀：腐不可耐，不復知爲唐人詩矣。○五、六句自好，六句尤佳。

南游有感〔六〕

杜陵無厚業，不得駐車輪。重到曾游處，多非舊主人。東風千嶺樹，西日一洲蘋。又渡湘江水〔七〕，湘江水復春。

方回：三、四有無窮之味，不必指言何代何人，而懷舊感今之意自見。

紀昀：此明指舊時所主之人，如何解以「何代」二字？

馮班：腹聯好。

陸貽典：五、六襯三、四，有情。

何義門：首句呼「又」字。五、六言無主人也。末句暗用「春水方生公宜速」，仍無可因依耳。○草樹復興，正襯主人之非舊。失路無依，播越不返，讀之自然凄斷。

紀昀：次句笨，三、四語真而格卑，後四句太滑，末「復」字、「又」字亦複。

過侯王故第

過此一酸辛，行人淚有痕。獨殘新碧樹，猶擁舊朱門。歌歇雲初散，簷空燕尚存。不知彈鋏客，何處感新恩？

方回：第六句即劉夢得舊時王謝燕之意也，猶渾厚未露。至尾句則全是夢得「燕」句意，賓客皆何所往乎？

馮班：落句意正不盡於此。

紀昀：此必曾遊之地，不得志而去。故末二句咎當時養客之非人，非責客之炎涼也。虚谷所解尚未盡。

馮班：破劣。第二句趁韻也。末二句佳甚。

何義門：何遜行經故宅云：「闃寂今如此，行客盡沾衣。」王筠入允襄第云：「行人皆殞涕。」此第二句自有成功處，雖鈍吟之寢食六代，猶不免失評也。○行路爲之隕涕，而故姬狎客，風流雲散，曾不心念舊恩，真草木鳥獸之不若。第二正唱起下六句，非趁韻也。下六句敍致尤錯綜善變。

陸貽典：三、四即前首中四句作法，收爲兩句耳。

紀昀：稍見風格。○「雲初散」無理，「初」字尤謬，遏雲事何至如此用？

懷古眺望

宋景文

城闉聊屬眺，千古恨悠悠。夏享空臺毀，韓亡故社留。鈞臺、韓城悉有遺址在。廟祠旌潁鳳，黄丞相祠并鳳皇里。溪水識巢牛。潁水過城下。春色依林動，晨煙傍戍浮。庌騶閑自集，田鶴叫相求。町篠夤緣密，川葭靃靡柔。櫟墟迷鄭鄙，隗路隔軒游。春秋櫟邑、莊周載大隗山皆在。感昔如吾輩，曾經幾斛愁。

方回：此許州詩也。公自翰苑出守〔八〕許昌作，工甚。

馮班：「靃」音霍，又音髓。楚辭：「蘋草靃靡。」

陸貽典：將古實排比，本之西征賦。

查慎行：左傳：「夏有鈞臺之享。」注作「鈞臺」，誤。商亳社，商都，在今河南開、歸間，楚、漢時韓王成據韓，即今新鄭。殷有三亳，應即其地，故用亳社。

紀昀：餖飣可厭。○「動」字是發動之意，然用來不佳。

長安道中悵然作三首

三輔古風煙，征驂悵未前。山園蓬顆外，賈山議始皇侈葬，言後世不得蓬顆蔽冢。宮室黍離邊。樹老經唐日，碑殘刻漢年。便須真隕涕，不待雍門絃。
興亡作今古，事往始堪悲。宮破黄山在，城空北斗移。走岡寒兔隱，啼戍暮鴉饑。灞岸重回首，惟餘王粲詩。
城闕今安在，關河昔所憑。種祠秦故畤，坏土漢諸陵。苑樹圓排薺，樓雲淡引繒。南山不改色，千古恨相仍。

方回：景文自真定移守成都，過長安有此詩，皆工妙逼唐人。

馮舒：所謂「西崑體」者如此，真高妙。

馮班：此三章真不可及。有氣象，盛世之音也。

陸貽典：「西崑」本於温、李，此三首尤似義山學杜。

查愼行：第三首第四句，煉。

何義門：第二首第一、二兩句未經人道。

紀昀：三詩俱有杜意，馮氏引爲「西崑體」，以張其軍。宋公固「西崑派」，此三詩則非「西崑體」也。

無名氏（甲）：長安，今西安。

過惠崇舊居 崇工詩，有名於世。

雖昧平生契，懷賢要可傷。生涯與薪盡，法意共燈長。遺畫空覼貌，殘詩孰補亡。

本院惟有師詩稿數卷。神期通一語，無乃困津梁。

方回：元注云：「予爲郡之年，師之去世已二紀矣。」○景文年四十四，初得郡壽陽，惠崇舊居院在境内。選此一詩以見惠崇之死，宋公年二十也。

紀昀：何必定要見惠崇死時宋公年二十？此種取義，殊不可解。

馮舒：何遜唐人？

馮班：「西崑」真妙！

陸貽典：三、四是「西崑」面目。

紀昀：窘狹殊甚，第五句「補亡」字不切。結寓倦遊之感，用釋氏事，關合不泛。

無名氏（甲）：舊居在壽州。○宋僧惠崇，善畫蘆雁，東坡嘗題之。

過故關 韓魏公

春日并州路，羣芳夾故關。前騶驅弩過，别境荷戈還。古戍餘荒堞，新耕入亂山。時平民自適，白首樂農閒。

方回：承平之際，并州用武之地亦閒樂如此。五、六有味。

馮舒：古戍僅餘荒堞，時平無事也。新耕至入亂山，民皆務農，無曠土也。宰相氣度，治平景色，一一語寫出。

馮班：盛世之音，豈病其規橅晚唐風格耶！○第三聯妙。

紀昀：此首不宜入「懷古類」。○六句寫開墾之廣，極有景象。五句猶是常語。

無名氏（甲）：關在太原。

金陵

梅聖俞

恃險不能久，六朝今已亡。山形象龍虎，宫地牧牛羊。江上鷗無數，城中草自長。臨流邀月飲，莫掛一毫芒。

方回：龍蟠虎踞本是熟事，以「宫地牧牛羊〔九〕爲對，不覺杜撰之妙，猶老杜「賞因歌杕杜，歸及薦櫻桃」也。

紀昀：此評深得用事之法。

陸貽典：全在空處做，故包括得盡。

何義門：似夢得。○後半筆意極洒脱，但覺得太没照應耳。
紀昀：三、四好，結句粗率。
無名氏(甲)：金陵，今江寧。

丫頭巖 此碑也，在金陵斷石岡，上有吴大帝〔一〇〕字焉。

丫頭石雖斷，文字未全訛。年算赤烏近，書疑皇象多。幾時經霹靂，異代見干戈。更與千秋看，松煤定費磨。

方回：「經來白馬寺，僧到赤烏年」，奇矣；「赤烏」「皇象」，則又奇矣。「皇象」恐作「黄」，非。假對真，如子規黄葉，更佳。

馮舒：何拘至此！

馮班：虚谷不知有皇象耶？大奇。皇象見三國志。

馮舒：結全無力，湊而客氣。
馮班：是皇象書，非吴大帝也。
紀昀：結句鄙俚。

夏日晚霽與崔子登周襄王故城

雨脚收不盡，斜陽半古城。獨携幽客步，閒閱老農耕。寶氣無人發，陰蟲入夜鳴。余非避喧者，坐愛遠風清。

方回：五、六工而自然。

馮舒：七句無致。

紀昀：馮氏抹「入夜」二字，以礙題中「晚霽」。〔按：馮舒在「陰蟲入夜鳴」句「入夜」二字旁加抹。〕然此二句概説廢城之象，不必定是現景。惟七句批曰「無致」，則信然。

許印芳：五、六固佳，起句亦寫景入畫，結句綰定題首，回應起句，上下句皆無疵纇。馮氏苛責古人，謂七句無致，吾不信也。

馮班：第二句，已霽矣。

無名氏（甲）：故城在河南洛陽。

夏日陪提刑彭學士登周襄王故城

聊隨漢使者，一上周王城。片雨北郊晦，殘陽西嶺明。野禽呼自別，香草問無名。誰復黍離詠，但興箕潁情。

方回：五、六平淡之中有滋味，亦工緻。三、四亦無不工。

紀昀：五、六即「無名江上草，隨意嶺頭雲」意，但於題不切。虛谷賞之，非是。雖有佳句，於題無涉，即不佳。

馮舒：第三句寫夏日，醒。

紀昀：二詩俱空調，不及前詩深厚。

淮陰

青環瘦鐵纜，繫在淮陰城。水脛多長短，林枝有直横。山夔一足走，妖鳥九頭鳴。韓信祠堂古，誰將胯下平。

方回：五、六如其所賦之怪。

馮舒：末句不成語。

馮班：「平」字湊。

陸貽典：「平」字湊。

查慎行：結不成語。

紀昀：首四句俗而俚。

無名氏（甲）：淮陰，今淮安府。

塗山

古傳神禹迹，今向舊山阿。莫問辛壬娶，從來甲子多。夜淮低激射，朝嶺上嵯峨。荒廟立泥骨，巖頭風雨過。

方回：「辛壬」、「甲子」亦奇甚。

查慎行：何奇之有？「辛壬」切大禹，「甲子」二字虛搯湊，未足爲奇。

紀昀：但見湊泊，未見其奇。

紀昀：通體無味，七句尤鄙。

無名氏（甲）：塗山在鳳陽。

與夏侯繹張唐民游蜀岡大明寺

秋葉已多蠹，古碑看更荒。廢城無馬入，破塚有狐藏。寒日稍清迥，羣山分莽蒼。田夫指白水，此下是雷塘。

陸貽典：五、六峭刻。
紀昀：頗有春容之妙。結二句倒點，別致，淡而有味。
無名氏（甲）：寺在揚州。
許印芳：莽蒼之蒼，平仄兩用。

永寧遺興

張宛丘

國破空陵墓，時移改要衝。人隨幽谷路，縣隱亂山峯。零落荒祠樹，悠揚晚寺鐘。猶傳仙舊隱，跨鹿有遺蹤。

方回：臞仙〔一〕詩自然，楊誠齋之言也。每憶此言，讀此詩則知之。」
馮班：張宛丘，字文潛。
無名氏（甲）：永寧，河南屬邑。

徐孺子宅

趙師秀

今識高眠處，滄波是切隣。已知難即鹿，惟有獨潛鱗。苹長過荷葉，藤深失樹身。閒思昔微子，猶自得稱仁。

方回：五、六似不切徐孺子宅，異乎「西日照窗涼」者，然亦工密。

紀昀：「西日」句乃王荆公雙廟詩，見二十八卷。虚谷所解極迂謬。

陸貽典：此等敗筆，可汰。

紀昀：起稍聳拔，三、四太拙，五、六太細碎，結句尤鄙淺。

無名氏（甲）：宅在江西南昌。

題釣臺

徐道暉

當時廊廟去，此地也成空。草木多年换，兒孫近代窮。無言傷末俗，久立慕高風。

梅福神仙者，新知是婦翁。

方回：尾句自來無人道。

紀昀：末句宜有注，不爾則不知所出，無徵不信。

馮班：末句有新意而未煉。

紀昀：三、四鄙淺。

無名氏（甲）：臺在嚴州。

七言 七十八首

荆州懷古

劉禹錫

南國山川舊帝畿，宋臺梁館尚依稀。馬嘶古樹行人歇，麥秀空城澤雉[二]飛。風吹落葉填宮井，火入荒陂[三]化寶衣。徒使詞臣庾開府，咸陽終日苦思歸。

馮舒：自然幻秀。

何義門：三、四流水對，五、六參差對，未嘗犯四平頭及板板四實句也。

紀昀：五、六新警，結不入套。

無名氏(甲)：荆州，在湖廣。

松滋渡望峽中

渡頭輕雨灑寒梅，雲際溶溶雪水來。夢渚草長迷楚望，夷陵土黑有秦灰。巴人淚應猿聲落，蜀客船從鳥道回。十二碧峯何處所，永安宮外是荒臺。

馮舒：秀便工緻。

何義門：量移夔州詩，妙在渾然不露。○「雪水來」，合用水深雪雰之意。「秦灰」，潛喻心變死灰。○後四句言觸目嶮艱，求若宋玉之遇襄王，亦不可再，所謂一生不得文章力耳。○第二句應領「望」字。第三句，「望」。第四句，「峽中」。

紀昀：中唐本色，惟結二句不免窠臼。

無名氏（甲）：渡在荆州。○劉中山律詩雖不及柳州之鑱刻，然自有華氣。

漢壽城春望　古荆州刺史治亭，其下有子胥廟，兼故楚王墳。

漢壽城邊野草春，荒祠古墓對荆榛。田中牧豎燒芻狗，陌上行人看石麟。華表半空驚霹靂〔一四〕，碑文纔見滿埃塵。不知何日東瀛變，此地還成要路津。

陸貽典：三、四二句冷極。

何義門：當長安得路之人，看花開宴之候；而遷客所居，一望惟野草連天，荒祠古墓，則其地之惡遇之窮何如哉？觀「春望」二字，作者之旨趣自見。○句句是「望」。○後四句皆以自比，時方連貶荆州司馬故也。○末句收漢壽城。

紀昀：結便近李山甫一派。

西塞山懷古

西晉〔一五〕樓船下益州，金陵王氣漠然〔一六〕收。千尋鐵鎖沉江底，一片降幡出石頭。人世幾回傷往事，山形依舊枕寒流。今逢〔一七〕四海爲家日，故壘蕭蕭蘆荻秋。

查慎行：專舉吴亡一事，而南渡、五代以第五句含蓄之。見解既高，格局亦開展動宕。

何義門：氣勢筆力匹敵黄鶴樓詩，千載絶作也。

紀昀：第四句但説得吴。第五句七字括過六朝，是爲簡練。第六句一筆折到西塞山，是爲圓熟。

無名氏（甲）：山在荆州。

許印芳：此評能發此詩之妙。又沈歸愚云：「起手如黄鵠高舉，見天地方員。三、四言地利不足恃，七句言唐代别於割據偏安。」所評皆愜當，因附録之。按唐詩紀事云：「夢得與白樂天、元微之、韋楚客各賦金陵懷古，夢得詩先成，樂天覽之曰：『四人探驪龍，子已獲珠，餘皆鱗爪矣。』遂罷唱。」當時名流推服此詩，必有高不可及處，自來無人親切指點。所傳探驪獲珠一語，但指平吴一事耳。得沈、紀二評，始盡發此詩之藴。可知古人好文字流傳千載，衆口稱妙，而實不知其妙者多也。○王氣之「王」，去聲，與上「王」字不同。（參看注一五）

館陶李丞舊居

皇甫冉

盛名天下挹餘芳，棄置終身不拜郎。詞藻世傳平子賦，園林人比鄭公鄉。門前墜葉浮秋水，籬外寒皋帶夕陽。舊日青松成古木，祗應來者爲心傷。

方回：此詩好處元只在「平子賦」、「鄭公鄉」一聯。誰謂爲詩不當用事乎？用事而不爲事所用，可也。若但有後四句，則墮套括。

馮班：第三用歸田賦。

查慎行：首句嫩，尾句亦弱。

紀昀：三、四亦無佳處，不識虚谷何以取之？後四句之套，則虚谷之論當矣。

無名氏（甲）：舊居在山東。

隋宫守歲

李商隱

消息東郊木帝回，宫中行樂有新梅。沉香甲煎爲庭燎，玉液瓊酥作壽杯。遥望露盤疑是月，遠聞鼉鼓欲驚雷。昭陽第一傾城色〔一八〕，不踏金蓮不肯來。

方回：此以隋宫除夜命題。第三句足見其侈，末句用潘妃事，亦譏煬帝耳。以爲對作，即是爲也。亦詩家一泛例，可戒。

馮班：方君云：「第三句足見其侈。」是實事。

馮班：只第三句是隋宫。○隋宫用金蓮事，可怪也。

錢湘靈：落句何以用潘妃事？

何義門：字字妙。首聯破「歲」字。「踏金蓮」，猶言蹈覆轍。○窮極奢侈，以悦婦人，豈知他年流落，止屬他人耶？末句含包蕭后末路，却不潔。

紀昀：此是咏古，不宜入「懷古類」。○義山詩感事託諷，運意深曲，佳處往往逼杜，非飛卿所可比肩。細閲全集自見，若專以此種推義山，宜以組織見譏矣。

井絡

井絡天彭一掌中，謾誇〔一九〕天設劍爲峯。陣圖東聚燕江口〔二〇〕，邊柝西懸雪嶺松。堪歎故君成杜宇，可能先主是真龍。將來爲報姦雄輩，莫向金牛訪舊蹤。

方回：五、六對巧。

馮班：殊勝「西崑」諸子。中四句萬鈞之力。

何義門：起便破盡全蜀，第二是門户，第三指東川，第四指西川，此四句包括後人數紙。○義山詩如此工緻，却非補紉，其佳處在議論感慨。專以對仗求之，只是「崑體」諸公面目耳。○世守不可保，因餘無能爲，況小醜竊據乎！義山去劉闢事未遠，末句亦孟陽勒銘之意也。

紀昀：五、六絶大力量，不但以對巧爲工，七句未免太率易。

無名氏（甲）：井絡在四川。

許印芳：詩意全爲恃險作亂者垂戒。沈歸愚云：「後半言世守及帝胄且不能成功，況奸雄割劇乎？如唐之劉闢是也。」○「天」字複。

隋宮

紫泉宮殿鎖烟霞，欲取蕪城作帝家。玉璽不緣歸日角，錦帆應是到天涯。於今腐草無螢火，終古垂楊有暮鴉。地下若逢陳後主，豈宜重問後庭花！

方回：「日角」、「天涯」巧。

馮班：腹聯慷慨，專以巧句爲義山，非知義山者也。

錢湘靈：此首以工巧爲能，非玉溪妙處。

查慎行：前四句中轉折如意。三、四有議論，但「錦帆」事實，「玉璽」字湊。

何義門：前半筆勢開展，真是大家。

紀昀：結即飛卿「後主荒宮有曉鶯，飛來只隔西江水」意，然彼佳此不佳，其故可思。○中四句步步逆挽，句句跳脱，結句佻甚。盛唐人决不如此。

無名氏(甲)：運掉甚靈。

許印芳：結言煬帝亡國之禍，甚於後主，特借後庭花爲詞耳。以此爲佻甚，亦苛論也。又沈歸愚云：「漢祖隆準日角，此借言唐帝。言天命若不歸唐，遊幸不止江都。用筆靈活，後人只鋪敘故實，所以板滯也。」○「後」字複。

籌筆驛

魚鳥猶疑畏簡書，風雲長爲護儲胥。徒令上將揮神筆，終見降王走傳車。管樂有才真不忝〔二〕，關張無命欲何如〔三〕？他年錦里經祠廟，梁甫吟成恨有餘。

方回：起句十四字，壯哉！五、六痛恨至矣。

馮舒：荆州失，益德死，蜀事終矣。第六句是巨眼。

馮班：好議論。

查慎行：管、樂、關、張皆實事，勝前者「玉璽」、「錦帆」。

何義門：議論固高，尤當觀其抑揚頓挫，使人一唱三嘆，轉有餘味。○第一句，揚。第二句，驛。第三句，抑。第四句，起「恨」字。第五句，揚。第六句，抑。又恨。第七句，對驛。第八句，對籌筆。

紀昀：起二句斗然抬起，三、四句斗然抹倒，然後以五句解首聯，六句解次聯，此真殺活在手之本領，筆筆有龍跳虎卧之勢。○「他年」乃當年之謂，言他時經其祠廟，恨尚有餘，況今日親見行兵之地乎？亦加一倍法，通篇無一鈍置語。

無名氏(甲)：驛在漢中。

許印芳：沈鬱頓挫，意境寬然有餘，義山學杜，此真得其骨髓矣。筆法之妙，紀批盡之。又范元實詩眼云：「文章貴向衆中傑出，任賦一事，工拙易見，予入蜀，過籌筆驛，見石曼卿詩云：『意中流水遠，愁外舊青山。』二語膾炙人口，然有山水處便可用，不必籌筆驛也。殷潛之與小杜詩甚健麗，亦無高意。惟義山詩猿鳥云云。簡書，蓋軍中約束，儲胥，蓋軍中藩籬。誦此兩句，使人凛然復見孔明風烈。至於管、樂云云，屬對親切，又自有議論，他人不及也。」沈歸愚云：「瓣香在老杜，故能神完氣足，邊幅不窘，六句對法活變。」諸評因皆可參看，附録之。

○「有」字複。○籌筆驛在綿谷縣。

馬嵬

海外徒聞更九州，他生未卜此生休。空聞虎旅鳴宵柝，無復雞人報曉籌。此日六軍同駐馬，當時七夕笑牽牛。如何四紀爲天子，不及盧家有莫愁！

方回：「六軍」「七夕」，「駐馬」「牽牛」，巧甚，善能鬭凑，「崑體」也。

馮舒：玉溪之高妙不在對偶。

陸貽典：義山之高妙，全在用意，不在對偶。

馮班：此篇以工巧爲能，非玉溪妙處。

查慎行：一起括盡長恨歌。

何義門：逐層逆敍，勢極錯綜。〇未嘗專事工巧，起聯變化之至。末句乃不能庇其伉儷之意，責明皇極有識見。

紀昀：義山此題共二首，此第二首也。因第一首乃七言絶句，選詩家分體各編。沈歸愚不考本集，遽議其起無頭緒，未免孟浪。至謂虎雞馬牛犯複，末句擬人不倫，則確不可易。

無名氏（甲）：馬嵬在陝西咸陽。〇櫽括長恨歌而出之。

凌歊臺〔二三〕當塗縣西，宋高祖築。　　許渾

宋祖凌歊〔二四〕樂未回，三千歌舞宿層臺。湘潭雲盡暮山出，巴蜀雪消春水來。行殿有基荒薺合，寢園無主野棠開。百年便作萬年計，巖畔古碑生緑苔。

方回：劉裕起於布衣，節儉之主，「三千歌舞」之句，不近誣否？第四句最玄，上一句似牽强。至如「有基」、「無主」一聯，近乎熟套而格卑。許丁卯詩俗所甚喜，予輒抑之以救俗。其集懷古數詩爲最。

馮舒：第三不可謂之牽强。五、六熟矣，亦未必不合。

馮班：方君極詆丁卯爲格卑，爲俗套，不知用晦詩極工細，與「江西」格正相反，宜方君之不喜也。○宋書：「太宗置三千歌舞。」此詩誤用宋祖，非誣也。

紀昀：評丁卯甚允。○懷古詩尤惡濫，所謂馬首之絡，處處可用者也。乃曰集中爲最，乖謬之極。

陸貽典：第三句並非牽强，五、六近於熟矣。

查慎行：除却「宋祖凌敲」四字，以後無一語切題者，且三、四於起句神氣不浹。

何義門：三千歌舞，不覺囂煩，惟其曠絶，如次聯所云也。第二變化曲折，有此句方頂接得首句氣脈足，五、六亦有照應。「高高」含「層」字，「樂未回」反呼後四句。○牧之詩云：「勢比凌敲宋武臺。知爲孝武所作。」

無名氏（甲）：臺在太平府。

驪山〔二五〕

聞説先皇醉碧桃，日華浮動鬱金袍。風隨玉輦笙歌迴，雲捲珠簾劍佩高。鳳駕北歸山寂寂，龍旗西幸水滔滔。蛾眉没後巡游少，瓦落宫牆見野蒿。

何義門：三、四妙，是經過指點。

無名氏（甲）：驪山，屬西安。

咸陽城東樓

一上高城萬里愁，蒹葭楊柳似汀洲。溪雲初起日沉閣，山雨欲來風滿樓。鳥下緑蕪秦苑夕，蟬鳴黄葉漢宫秋。行人莫問當年事，故國東來渭水流。

方回：一作「行人莫問前朝事，渭水寒光晝夜流。」尾句合用此十四字爲佳。

馮班：亦未必然。許用晦詩工細，與「江西」詩格正相反，宜虚谷之不喜也。

方回：中四句與前詩一同，皆裝景而已。

馮班：裝景亦不易也。

馮班：清妙。〇題下原注：南近磻溪，西對慈福寺閣。

何義門：無此注則「閣」字何着？

查慎行：吾於丁卯集中只取「溪雲初起日沉閣，山雨欲來風滿樓」，二語工於寫景而無板重之嫌。

紀昀：若專摘此二句，原自不惡。

何義門：五、六言秦亡於趙高，漢衰於石顯，今何乃兼之也？

無名氏（甲）：咸陽，今西安。

登尉佗樓

劉項持兵鹿未窮，自乘黄屋島夷中。南來作尉任囂力，北向稱臣陸賈功。簫鼓尚陳今世廟，旌旗猶鎖一作「鎮」。昔時宫。越人未必知虞舜，一奏薰絃萬古風。

方回：前四句能述尉佗心迹，良佳。五、六不能無病，「今世」、「昔時」，猶所謂「耳聞英主提三尺，眼見愚民盜一抔」，「三尺」、「一抔」甚工，「耳聞」、「眼見」即拙矣。「今世」、「昔時」亦然。

馮舒：五、六何病？

紀昀：此評亦允。

陸貽典：落句有病。

查慎行：「鹿未窮」三字强湊。

何義門：有何功德？世祀勿替！楚人鬼而越人機，信然。六句皆深笑之而不露形迹。

紀昀：「鹿未窮」三字欠通。結句借諷當時之人，知有藩鎮而不知有朝廷也。丁卯詩中難得如此有作意。

無名氏（甲）：樓在廣東。○韶州，虞舜作樂處。

姑蘇懷古

宫館遺基輟棹過，黍離無限獨悲歌。荒臺麋鹿争新草，空苑鳧鷖占淺莎。吴岫雨來虚檻冷，楚江風急遠帆多。可憐國破忠臣死，日日東流生白波。

方回：學詩者若止如此賦詩，甚易而不難，得一句即撰一句對，而無活法，不可爲訓。以王半山多選其詩，亦不可盡捐，故取其懷古諸篇於此。

紀昀：是非自有確評，别白當存定見，明知其不可訓，乃以百家詩選取之，遂壓於盛名而遷就其説，是何言歟？

陸貽典：「黍離」字用來未切。

金陵懷古

玉樹歌殘王氣終，景陽兵合戍樓空。松楸遠近千官塚，禾黍高低六代宫。石燕拂雲晴亦雨，江豚吹浪夜還風。英雄一去豪華盡，惟有青山似洛中。

方回：「禾黍高低六代宫」，此一句好。上句所謂「松楸遠近千官塚」，非也。大抵亡國之餘，烏有松楸蔽千官之塚者？五、六却切於江上之景。

馮舒：金陵，六朝建都之地，雖經變革，豈是朝朝伐樹？可笑。

馮班：陳亡之後，諸臣皆仕隋富貴，方君不知也，大謬。

陸貽典：陳亡後，諸臣都半事隋，居大官。至唐，其子孫亦盛，何至不能庇祖先之墓？方公此論，未嘗論世也。

查慎行：此論太滯，且金陵多降王，則松楸無恙，亦常理耳。

紀昀：松楸句本意指林莽蔽翳而言，非指舊日所插，但松楸乃蔽冢之木，似乎舊植之猶存，語意不明，故爲虚谷所摘。

何義門：從陳發端，一筆帶過往事，勢亦空闊。

陸貽典：丁卯詩着意多在中四句，此篇起結皆有力。

經故丁補闕郊居

死酬知己道終全，波暖孤冰且自堅。鵬上承塵纔一日，鶴歸華表已千年〔二六〕。風吹藥蔓迷樵徑，雨暗〔二七〕蘆花失釣船。四尺孤墳何處是？闔閭城外草連天。

方回：故居舊宅，有傷惋之言，附諸懷古。事有興必有廢，勢有盛必有衰，國然，家亦然也。惡人而富貴，賢人而終貧賤，亦不免遺跡爲後人所歎，第是是非非自不同耳。

紀昀：何不入之感舊集中？○忽作腐語，殊與説詩無涉。

故　都〔二八〕

韓致堯〔二九〕

故都遥想草萋萋，上帝深疑〔三〇〕亦自迷。塞雁已侵池籞宿，宫鴉猶戀女牆啼。天涯烈士空垂涕，地下强魂必噬臍。掩鼻計成終不覺，馮驩無路效鳴雞。

方回：此爲昭宗作，第六句佳。

馮班：三、四有比興。

何義門：次聯妙極。第四自比，第六指崔昌遐。

紀昀：此真所謂鬼詩，劉後村老吏詩從此生出而又加甚焉。

無名氏（甲）：故都，指西安。○昭宗本都長安，被朱温劫遷，而長安遂墟，乃稱「故都」云。

經煬帝行宫

劉　滄

此地曾經翠輦過，浮雲流水意如何？香銷南國美人盡，怨入東風芳草多。殘柳宫前空露葉，夕陽川上浩烟波。行人遥起廣陵思，古渡月明聞棹歌。

紀昀：亦是許渾懷古之流，此種詩似乎風韻，實則俗不可醫。

無名氏（甲）：行宫自汴河至揚州多有。

咸陽懷古

經過此地無窮事，一望凄然感廢興。渭水故都秦二世，咸陽秋草漢諸陵。天空絶塞聞邊雁，葉盡孤村見夜燈。風景蒼蒼多少恨，寒山半出白雲層。

何義門：空闊清峭。○落句言只有山川不改也。

紀昀：前四句氣魄甚大，如此種便不俗，其故可思而不能口舌争也。惜後半稍弱，「層」字亦押得不穩。

長洲懷古

野燒空原〔三〕盡荻灰，吴王此地有樓臺。千年事往人何在，半夜月明潮自來。白鳥影從江樹没，青猿聲入楚雲哀。停車日晚薦蘋藻，風静寒塘花正開。

方回：劉蘊靈大中八年進士，其詩乃尚有大曆以前風味。所以高於許渾者，無他，渾太工而貪對偶，劉却自然頓挫耳。

馮舒：未見高於用晦。

馮班：貪對是許病處。

紀昀：此評却細，然亦伯仲間耳。

何義門：首聯倒出，有力。

紀昀：如夫差等，皆無應祀之處，此直湊句耳。

聽人話叢臺

李遠

有客新從趙地回，自言曾上古叢臺。雲遮襄國天邊盡，樹遶漳河地裏〔三二〕來。絃管變成山鳥哢，綺羅留作野花開。金輿玉輦無踪〔三三〕跡，風雨惟知〔三四〕長碧苔。

方回：平熟，但頗近套。不收，或謂遺材也。

何義門：次聯全趙形勝在指掌中，而武靈雄心霸略亦彷彿可見，轉落後半，極俯仰憑弔之致，如何近套？

紀昀：此評最確，其平熟處在首句，順筆敍入失勢，故以下再振拔不起。

馮舒：首聯是「聽人話」。

馮班：次聯惟登叢臺，始知其妙。

查慎行：五、六「變成」、「留作」四字，有稚氣，有俗韻。

無名氏（甲）：臺在趙州邯鄲。○襄國，即今順德府。

過九成宮

吴　融

鳳輦東歸二百年，九成宮殿半荒阡。魏公碑字封蒼蘚，注：「魏文帝〔三五〕有碑。」唐帝〔三六〕泉聲落野田。注云：「太宗行幸，有靈泉自湧。」碧草新沾仙掌露，緑楊猶憶御爐煙。昇平舊事無人説，萬叠青山但一川。

紀昀：不免平鈍。

無名氏（甲）：九成宮即隋之仁壽宮，在鳳翔麟游縣。

過丹陽

雲陽縣郭半郊坰，風雨蕭條萬古情。山帶梁朝陵路斷，水連劉尹宅基平。桂枝自折思前代，李考功於此知貢舉。藻鑑難逢恥後生。殷文學於此集英靈。遺事滿懷兼滿目，不堪孤棹艤荒城。

紀昀：湊泊而成。

富　春

水送山迎入富春，一川如畫晚晴新。雲低遠渡帆來重，潮落寒沙鳥下頻。未必柳間無謝客，也應花裏有秦人。嚴光萬古清風在，不敢停橈更問津。

方回：三、四言景，五、六懷人，至尾句乃歸之嚴光，高矣。

紀昀：一涉隱士即謂之高，殊是習氣。况富春詩歸到子陵，尤是習徑，無所謂高。

馮班：尾句有感託。

無名氏（甲）：富春，在嚴州。

武　關

時來時去若循環，雙闕平雲謾鎖〔三七〕山。衹道地教秦設險，不知天與漢爲關。貪生莫作千年計，到了都成一夢間。争得便如巖下水，從他興廢自潺潺。

何義門：落句傷感不露。

紀昀：語多迂俚。

無名氏（甲）：武關，鄧州内鄉縣。

題延壽坊東南角古池

蔓草蕭森曲岸摧，水籠沙淺露莓苔。更無簇簇紅粧點〔三八〕，猶有雙雙翠羽來。雨細幾逢耕犢去，日斜時見釣人回。繁華自古皆相似，金谷荒園土一堆。

紀昀：純是窠臼，第三句突出無根，第五句太湊泊。

無名氏（甲）：坊在河南。

廢宅

風飄碧瓦雨摧垣，却有隣人爲鎖門。幾樹好花閑〔三九〕白晝，滿庭荒草易黄昏。放魚池涸蛙争聚，棲燕梁空雀自喧。不獨凄涼眼前事，咸陽一火便成原〔四〇〕。

紀昀：第三句不似廢宅，第四句好，五、六句弱，結推到大處，不落套。

赤壁懷古　　崔塗

漢室河山鼎勢分，勤王誰肯顧元勳？不知征伐由天子，唯許英雄共使君。江上戰餘陵是谷，渡頭春在草連雲。分明勝敗無尋處，空聽漁歌到夕曛。

方回：三、四善用事，好。

馮班：次聯自詠唐末事也，若詠曹、劉便迂闊，然亦是唐末方有此句法，古人不然也。

陸貽典：三、四蓋指彼時藩鎮也，唐末方有此等句法。

紀昀：此種近乎傖父面目，所謂詩論也。

無名氏（甲）：赤壁在武昌。

題潤州妙善寺前石羊　傳云：吴主孫權與蜀主劉備嘗置此會云。　羅隱

紫髯桑蓋此沉吟，狠石猶存事可尋〔四一〕。漢鼎未安聊把手，楚醪雖滿肯同心。英雄已往時難問，苔蘚何知日漸深。還有市廛沽酒客，雀喧鳩聚話蹄涔。

方回：此詩昭諫集中第一。今京口此石猶存，詩牌亦無恙云。

查慎行：江東集中好詩尚多，以此爲第一，恐非篤論。

紀昀：動曰某人某詩第一，最是夸語。文章各有佳處，題目亦不相同，何由銖銖兩兩定其高下？

馮舒：「桑蓋」未穩。〇三、四句意謂李璟、錢鏐輩。

何義門：落句嘆時無英雄，黥髠盜販皆思宰割天下也。

紀昀：詳「楚醪」句，題注「置」字下似脱一「酒」字。〇筆筆沉着。〇以「桑蓋」二字代劉字不妥，與紫髯連用更不妥。〇「楚醪」二字，添出末句，譏時無英雄，僭竊紛紛也。

無名氏（甲）：潤州，今鎮江。〇昭諫詩在唐末筆力獨高，所以才名甚盛。

經故友所居

槐花漠漠向人黄，此地追遊迹已荒。清論不知莊叟達，死交空歎趙岐亡。病來未忍言閒事，老去惟知覓醉鄉。日暮街東策羸馬，一聲横笛似山陽。

方回：五、六淡而有味。

查慎行：五、六近套。

何義門：一時同應秋賦之人皆已化爲異物，獨此身尚無所成就，心悒鬱而誰語，惟有付之一醉。然撫身世、念存没，又不覺逐諸輩，安得爲莊生之達耶？

紀昀：平調不出色。○五句曲而不醒豁，六句平淺無味，結太落窠臼。

曲江有感

江頭日暖花正開，江東行客心悠哉。高陽酒徒半凋落〔四二〕，終南山色空崔嵬。聖代也知無棄物，侯門未必用非才。滿船明月一竿竹，家在五湖歸去來。

方回：此但是不得志之辭，不見懷古如何。第四句亦有所指。

紀昀：在晚唐頗見風格，惟出語太激，非温柔敦厚之教。江東詩此病最多。○題是有感，原無懷古字，曲江之游盛於唐，昭諫唐人，何得有懷古之事？第四句從「節彼南山」句鑿出，昭諫謂舊交零落，惟有山色向人耳。

無名氏（甲）：曲江，屬西安。○昭諫一生不第，故有此作。

黄河

莫把阿膠向此傾，此中天意固難明。解通銀漢應須曲，纔出崑崙便不清。高祖誓功衣帶小，仙人占斗客槎輕。三千年後知誰在，何必勞君報太平。

方回：此以譬人心不可測者。
何義門：起處非人所能。三、四好諷刺。
紀昀：三、四語亦太激，然託於詠物，較勝質言。
無名氏（甲）：黄河，歷陜西、河南、山東入淮。

籌筆驛

拋擲南鄉爲主憂，北征東討盡良籌。時來天地皆同力，運去英雄不自由。千里山河輕孺子，兩朝冠劍恨譙周。惟餘巖下多情水，猶解年年傍驛流。

陸貽典：與義山同題而各有所指，故各見其極妙。
紀昀：有義山一作在前，便覺此不稱題。
無名氏（甲）：驛在漢中。

廣陵開元寺閣上作

滿檻山川漾落暉，檻前前事去如飛。空中〔四三〕雞犬劉安過，月下笙簫〔四四〕煬帝歸。江蹙海門帆散出，地吞淮口樹相依。紅樓翠幕知多少，長向東風有是非。

方回：戲者謂三、四爲見鬼詩，其實驕王荒帝，亦自不宜引用，然俗口傳之已熟，尾句亦可人也。

馮舒：方君云：「戲者謂三、四爲見鬼詩。」巧詆無與詩。

馮班：第二聯緊頂前事。揚州止此二事，如何不用？且詩有美有刺，豈以荒王驕帝爲疵乎？

紀昀：咏古用典，各因其地各寓其意，豈必擇賢者而入詩耶？此評膠固不通。

何義門：此篇逼真義山。落句言視理亂爲盛衰耳。「東風」指人主説，「是非」言非復舊觀，江山是而人民非也。

無名氏（甲）：廣陵，今揚州。

臺城

晚雲陰暗〔四五〕下空城，六代纍纍夕照明。玉井已乾龍不起，金甌雖破虎曾争。亦知罷世〔四六〕才難得，却是窮塵事最平。深谷作陵山作海，茂弘流輩莫傷情。

何義門：三、四的是臺城，移作金陵懷古不得。

紀昀：五、六二句不甚可解。

無名氏(甲)：臺城，在江寧。〇江左吴、晉、宋、齊、梁、陳謂之六代。

水邊偶題

野水無情去不回，水邊花好爲誰開？只知事逐眼前去，不覺老從頭上來。窮似丘軻休歎息，達如周召亦塵埃。思量此理何人會，家邑〔四七〕先生最有才。

方回：三、四老，世人誦之甚稔，乃昭諫詩也。

紀昀：是粗野，非老也。以此爲老，是宋詩所以爲宋詩，而虚谷所以爲虚谷。

何義門：三、四沉痛。

南朝四首

楊文公

五鼓端門漏滴稀，夜籤聲斷翠華飛。繁星曉埭聞雞度，細雨春場射雉歸。步試金蓮波濺襪，歌翻玉樹涕沾衣。龍盤王氣終三百，猶得澄瀾對敞扉。

方回：夜半至雞鳴埭及射雉，乃齊事。金蓮，潘妃事。玉樹，陳後主事。此雜賦南朝耳。詩並見西崑酬唱集〔四八〕。組織華麗，蓋一變晚唐詩體、香山詩體，而效李義山，自楊文公、劉子儀始。歐、梅既作，尋又一變。然歐公亦不非之，而服其工。

馮舒：「西崑」畢竟勝「江西」。

馮班：諸作頗傷瑣雜，未足擬玉溪詠史也。○玉溪生抒詞麗，着眼高，首尾有起止，諸公不及也。○楊文公，名億。○極擬玉溪生，然不及也，文字少作用。

紀昀：「西崑」多撏撦義山之面貌，此咏古數章，却有意思，議論頗得義山之一體，勿一概視之。○「崑體」雖宗法義山，其實義山别有立命安身之處。楊、劉但則其字句耳。後來塵刦日深，併義山亦爲人所論。物極而反，一變而元祐，再變而「江西」矣。

無名氏（甲）：南朝，都今江寧。

二

錢思公

結綺臨春映夕霏，景陽鐘動曙星稀。潘妃寶釧光如晝，江令花牋落似飛。舴艋臨波朱火度，觚稜拂漢紫煙微。自從飲馬秦淮水，蜀柳無因對殿幃。

方回：右錢惟演詩。惟演有擁旄集行於世，亦首作「崑體」之一人，即錢思公也。

馮班：大略思公勝。

李光垣：上題仍依西崑酬唱集原例。以此書體例言之，均宜各自標題。

三

劉子儀

華林酒滿勸長星，青漆樓高未稱情。麝壁燈迴偏照晝，雀舫波漲欲浮城。鐘聲但恐嚴粧晚，衣帶那知敵國輕。千古風流佳麗地，盡供哀思與蘭成。

方回：「崑體」詩所以用事務爲雕簇者，此也。衣帶，謂大江耳。蘭成，謂庾信哀江南賦。

馮班：結獨勝。

查慎行：「舫」字作平聲讀，他處未見。

張載華：蒿廬夫子云：「按『舫』字古作方。吳才老云：『方舫音義同。韻會小補舫字下亦收平聲，引戰國策「舫船載卒」鮑彪注：非郎切。』」

查慎行：可云「一衣帶水」，非衣帶即可當水也。若改爲「帶水」，便意足，無語病矣。

四

李宗諤

仙華玉壽曉沉沉，三閣齊雲複道深。平昔金鋪空廢苑，於今瓊樹有遺音。珠簾映寢方成夢，麝壁飄香未稱心。惆悵雷塘都幾日，吟魂醉魄已相尋。

方回：尾句絶妙，隋煬帝爲晉王，從賀若弼等下江南，既而荒淫於江都，恍惚月下見陳後主。

陳、隋喪亡，相尋一轍，不以德競，而以力勝，俱亡而已。
馮班：此首好。
陸貽典：李詩以議論運古事。
趙熙：規橅義山，得其一體。

漢武四首

楊文公

蓬萊銀闕浪漫漫，弱水回風欲到難。光照竹宮勞夜拜，露漙金掌費朝餐。力通青海求龍種，死諱文成食馬肝。待詔先生齒編貝〔四九〕，那教索米向長安。

方回：此時有説譏武帝求仙，徒費心力，用兵不勝其驕，而於人才之地不加意也。詩話稱此五、六。
馮班：此首有作用。○「齒編貝」，何不言「身九尺」？
紀昀：此便欲真逼義山。

二

劉子儀

漢武天臺接絳河，半涵飛霧鬱嵯峨。桑田欲看他年變，瓠子先成此日歌。夏鼎幾遷空象物，秦橋未就已沉波。相如作賦徒能諷，却助飄飄逸氣多。

方回：五、六言興亡之運，理所必有，雖漢武帝之力鉅〔五〇〕心勞，終亦無如之何也。末句謂諫者之不切。

紀昀：五句夏鼎變遷，言武帝時海内凋弊。六句言武帝好大，以秦皇比之也。虚谷此評不了了。

三　　錢思公

一曲橫汾鼓吹迴，侍臣高會柏梁臺。金芝燁煜凌晨見，青雀軒翔白晝來。立候東溟邀鶴駕，窮兵西極待龍媒。甘泉祭罷神光滅，更遣人間識玉杯。

方回：東求蓬島，西求宛馬，亦志大心勞矣。葬地玉杯，迸出人間，悲之也，亦理之所不能免也。人君而鑒此，則修德；人臣而感此，則盡心以事主，聽其運於天可也。

馮舒：愚。

馮班：好。思公大略勝。

陸貽典：五、六即文公「力通」二句意，而壯麗不如。

紀昀：四語較深穩，然不出温飛卿、薛逢二詩也。

四

刁衎

高宴柏梁詞可仰，横汾簫鼓樂難窮。已教丞相開東閤，猶使將軍俁北戎。灑淚甘泉還有恨，祈年仙館惜成空。誰知辛苦回中道，共盡千齡五柞宫。

方回：人無有不死者，堯、舜、桀、紂，其死一也。儉而安於自然者，順也。侈而不安其天，卒亦歸於一空者，逆也。不伏死之人，未有不得其死，曾謂其智力可恃乎？

馮舒：何與於詩？

紀昀：此評迂闊，與詩無涉。

查慎行：「已教」、「猶使」，虚轉無着。

紀昀：首句「詞可仰」三字，拙稚。○此亦是裝砌漢事，而神采姿澤都減，由不及楊、劉諸公醞釀之深耳。大抵西崑酬唱集中當以大年、子儀、思公爲冠，其餘雖附名其間，皆逐浪隨波，非開壇建幟者也。

無名氏（甲）：丞相公孫弘、王恢誘匈奴。○幸平涼，回中山，崩於五柞。

明皇三首

楊文公

玉牒開觀檢未封，鬭雞三百遠相從。紫雲度曲傳浮世，白石標年鑿半峯。河朔叛臣驚舞馬，渭橋遺老識真龍。蓬山鈿合愁通信，回首風濤一萬重。

方回：五、六詩話所稱。凡賦唐明皇詩，至於養成禄山之禍，皆自侈靡奢縱始，蠱於心而昏於事，不過如此。

馮舒：第四句事亦不果。

馮班：好。

無名氏（甲）：明皇西幸至渭橋，父老言：「禄山之亂人皆知之，但不至此，無由親覩天顔。」

二　　錢思公

山上湯泉架玉梁，雲中複道拂瑶光。絲囊暗合三危露，翠𢇁時遺百和香。任是金雞親便坐，更拋珠被掩方牀。匆匆一曲梁州罷，萬里橋邊見夕陽。

方回：詩貴一輕一重對説，一曲梁州〔五二〕，爲樂幾何？萬里橋在成都府，却忽屈萬乘至彼，樂之中成此哀也。

紀昀：如此看「一曲梁州」四字，大泥。

陸貽典：末二句從樂天「漁陽鼙鼓動地來，驚破霓裳羽衣曲」脱出，却含蓄有味。

查慎行：「見夕陽」，湊韻，無意味。

三

劉子儀

歲歲南山見壽星，百蠻回首奉威靈。梨園法部兼胡部，玉輦長亭復短亭。河鼓暗期隨日轉，馬嵬恨血染塵腥。西歸重按臨波舞，故老相看但涕零。

方回：三、四良佳，荒唐沉湎有如此，流離顛沛忽如彼，皆可爲後世人主之戒。明皇賴有太子即位靈武，郭子儀、李光弼之兵足以戰，及忠臣義士之志未離唐室，故得返駕舊京，有此末句。不然，父子俱入蜀，中原之人雖不服禄山，江東已有永王璘欲炙〔五二〕矣，事將如何？

馮班：永王亦是帝子，又説不通。

陸貽典：此論大謬。

紀昀：所論總與詩無涉。

馮班：此勝。

陸貽典：三、四即錢思公落句意。

成都三首

楊文公

五丁力盡蜀川通，千古成都緑酎濃。白帝倉空蛙在井，青天路險劍爲峯。漫傳西漢祠神馬，已見南陽起卧龍。張載勒銘堪作戒，莫矜函谷一丸封。

方回：公孫述以術愚民，衆傳光武破隗囂天水，述急下令謂白帝倉米一夕大空。民争往觀，意其怪也。既而實不失米，乃謂民曰：此猶妄傳天水破耳。竟如此語，自合檢看。此專以公孫述割據恃險，戒後之人。

查慎行：成都有天倉山，蓋山形如倉囷，人物如坐井觀天，與對句俱指形勢。至下聯乃及蜀中人事，而以險不足恃作收。詩意自明，有注反混。

紀昀：不專指公孫。

馮班：有諷刺，但何如義山云：「將來爲報奸雄輩，休向金牛訪舊蹤。」

紀昀：雜湊無章。

無名氏(甲)：成都，在四川。

二　　劉子儀

鏤膚剽俗恣遊遨，可得蹲鴟號富饒。井絡共知天與險，蠶叢無奈世興妖。杜鵑積恨花如血，諸葛遺靈柏半燒。才似文園何足道，一生琴意衹成痟。

馮班：不及楊。

紀昀：亦雜湊蜀事，不相連貫，四句尤粗而無味。

三

錢思公

武侯千載有餘靈，盤石刀痕尚未平。巴婦自饒丹穴富，漢庭還負碧砮征。雨經蜀市應和酒，琴到臨卬別寄情。知有忠臣能叱馭，不論雲棧更崢嶸。

方回：劉、錢二公泛詠蜀事，亦各有工處。

紀昀：此所謂有句無篇。

馮舒：「砮」未必平聲。

無名氏（甲）：禹貢：「礪砥砮丹。」亦作平聲。

馮班：此勝。

陸貽典：「砮」字讀平，本國語。柳子厚賀破東平表云：「遼海無虞，見石砮之已至。」

紀昀：亦是雜湊，「崑體」中之下者。

始皇三首

楊文公

衡石量書夜漏深，咸陽宮闕杳沉沉。滄波沃日虛鞭石，白刃凝霜枉鑄金。萬里長城穿地脈，八方馳道聽車音。儒坑未冷驪山火，三月青烟繞翠岑。

方回：第七句最佳，作詩之法也。坑儒未幾，驪山已火，以一「火」字貫上意。

馮班：「坑灰未冷山東亂」，唐人已道過，亦陳言也。

紀昀：得此一字，遂不能謂之蹈襲章碣。

紀昀：此篇平鈍。

二 劉子儀

利觜由來得擅場，盡遷豪富入咸陽。屬車夜出迷雲雨，峻令朝行劇虎狼。前殿建旗臨紫極，東門立石見扶桑。從臣喜頌徒虛美，不奈盧生讖國亡。

方回：尾句絶妙。「亡秦者胡也」，此讖已預播矣。德不足以弭之，雖勒碑頌美，亦自愚而已。

紀昀：此亦常意常語，有何好處？

紀昀：此篇亦不精采。

三 錢思公

天極周環百二都，六王鍾鐻接流蘇。金椎謾築甘泉道，匕首還隨督亢圖。已覺副車驚博浪，更携連弩望蓬壺。不將寸土封諸子，劉項由來是匹夫。

方回：督亢之「亢」作平聲，作仄聲用亦可。末句尤妙。天下事每出於智之所不能料，有天下者修德而已。人主往往知懲前代之失，至於矯枉過正，則其禍必伏於人之所不能見者。劉、項匹夫而亡秦，又豈必封建地大者足爲患耶？此「崑體」詩一變，亦足以革當時風花雪月小巧呻吟之病，非才高學博，未易到此。久而雕篆太甚，則又有能言之士，變爲别體，以平淡勝深刻，時勢相因，亦不可一律立論也。

馮班：正論也。今之人欲以「四靈」易「西崑」者，真眯目也。

陸貽典：詩法正論。

紀昀：此論平允。

陸貽典：純正。

紀昀：此首較可，但四句五句意複。

過鴻溝

王元之

侯公緩頰太公歸，項籍何曾會戰機？只見鴻溝分兩界，不知垓下有重圍。危橋帶雨無人過，敗葉隨風傍馬飛。半日垂鞭念前事，露莎霜樹映斜暉。

方回：元之詩學樂天，此首殊覺高古。

紀昀：未然。

紀昀：後半游騎無歸。

無名氏（甲）：鴻溝在汴梁。

官下　宋景文

東泊驂驔一駐車，䰠雲芣木淡扶疎。鄭與䰠山。風經禦寇仙游外，野識裨諶草創餘。潁谷寒煙仍井邑，時門殘日但丘虛。古治國，非今治所。兩都大道過從盛，不稱支離佩左魚。

方回：公自成都府詔許交事還臺，尋知鄭州，所謂圃田虎牢也。列子、裨諶、潁谷、時門，四事切，善造語。

紀昀：如此用事，又「崑體」之隔日瘧矣。

無名氏（甲）：官於鄭州，即爲「官下」。

題杜子美書堂

趙清獻

直將騷雅鎮澆淫，瓊貝千章照古今。天地不能籠大句，鬼神無處避幽吟。幾逃兵火羈危極，欲厚民風意思深。茅屋一間遺像在，有誰於此是知音。

方回：句句中的。

紀昀：句句鄙陋，何以入選？清獻名臣，虚谷故引以爲重耳。

無名氏（甲）：此堂當在成都。

和張民朝謁建隆寺二次用寫望試筆韻

梅聖俞

荒臺殘壘舊名邦，曾説王師此受降。西漢衣冠拜原廟，五天龍象護經窗。蜀岡井味人猶品，隋帝宫基闕尚雙。自古興亡不須問，風鈴閒聽響幡幢。

方回：以「雙」對「品」甚工，異世之所鮮。

馮舒：工不在此。

查慎行：閲過「崑體」，轉覺都官之工。

紀昀：題不了了，當考本集。○窄韻詩難，此工穩。

無名氏(甲)：建隆寺有宋太祖神室。○蜀岡在揚州。

題朝元閣

韓魏公

試往驪山頂上行，朝元孤絶聳崢嶸。了無樓殿嗟餘侈，自見耕桑復太平。雨後綠苔多滑徑，葉間紅子不知名。南巔更就丹霞挹，頓覺汪然病骨清。

方回：太平而懷古與離亂而懷古，兩般情懷。公熙寧初鎮長安題此。

馮舒：作詩須存作詩之人，此評是。

陸貽典：作詩須有作詩之時，作詩之地，作詩之人。方公此論極是。

馮舒：次聯足見宰相氣度，盛世規模。第七句湊。

馮班：宰相語。

陸貽典：是太平宰相語。

紀昀：語殊凡近，此亦因人而存詩者也。

無名氏(甲)：閣在西安臨潼。

和吳御史臨淮感事

王半山

柵鎖城扉曉一開，桅牙車軸轉成雷。黃塵欲礙𪓰山出，白浪空分汴水來。澄觀有材邀味陋，霽雲無力報姦回。騷人此日追前事，悲氣隨風動管灰。

紀昀：五句、八句皆不佳。

無名氏（甲）：此詩作於泗州一帶。

和微之重感南唐事

叔寶傾陳衍弊梁，可嗟曾不見興亡。齋祠父子終身費，酣詠君臣舉國荒。南狩皖山非故地，北師淮水失名王。天移四海歸真主，誰誘昏童肯用長。

方回：末句押韻好，謂有舟楫之長技，而不能保夫江者，以運去人離也。

馮舒：首句是借梁、陳説南唐，却不醒。

馮班：自闊。○「名王」字未妥。末句不成語。

陸貽典：半山詩氣象自開闊。

紀昀：首二語皆凡近。○末句牽强之甚，不成句法。

無名氏（甲）：南唐，都金陵。皖山，在安慶。名王乃匈奴部落，不可用。

次韻微之高齋有感

臺殿荒墟辱井堙，豪華不復見臨春。北山漠漠雲垂地，南堞悠悠水映人。馳道蔽虧松半死，射場埋没雉多馴。登高一曲悲亡國，想遶紅梁落暗塵。

方回：二詩皆金陵懷古之别題耳。

馮舒：臺殿荒墟，則不必又獨出臨春矣。台殿是總名，辱井又獨出一件，三閣又何得獨説臨春？唐人決不如此漏逗。

馮班：此亦非漏逗。○末句湊。

紀昀：「雉多馴」，言無人射雉，雉不驚飛耳，殊迂曲欠老。

無名氏（甲）：辱井在景陽宫。

金陵懷古四首

霸祖孤身取二江，子孫多以百城降。豪華盡出成功後，逸樂安知與禍雙。東府舊基留佛刹，後庭遺唱落船窗。黍離麥秀從來事，且置〔五三〕興亡共酒缸。

馮舒：腹聯佳甚。惜一起未工。

馮班：起二句種種不妥。○善用事，過貢父遠甚。

查慎行：第四句借諺語「福無雙至」，因以雙語禍，極奇極幻極穩妥。

天兵南下北橋江，敵國當時指顧降。山水雄豪空復在，君王神武自難雙。留連落日頻回首，想像餘墟獨倚窗。却憶夏陽纔一葦，漢家何事費罌缸。

地勢東回萬里江，雲間天闕〔五四〕古來雙。兵纏四海英雄得，聖出中原次第降。山水寂寥埋王氣〔五五〕，風煙蕭颯滿僧窗。廢陵敗冢空冠劍，誰復沾纓酹一缸。

陸貽典：第七句泛。

查慎行：「聖出中原次第降」，名句。

憶昨天兵下蜀江，將軍談笑士爭降。黄旗已盡年三百，紫氣空收劍一雙。破堞自生新草木，廢宮誰識舊軒窗？不須搔首尋遺事，且倒花前白玉缸。

方回：讀半山所作，又讀劉貢父所作，韻險而律熟，若皆似乎不和韻者，亦可長學詩者一格也。

第三首移「降」字、「雙」字先後之，此亦一例。

馮班：善用韻，過貢父遠甚。

查慎行：四詩不但律熟，饒有風骨，故佳。

紀昀：四詩各自爲篇，合之不成章法，語亦多複。○第二首末句「缸」字究竟添湊。第四首末句複第一首。

金陵懷古次韻

劉貢父

虎踞羣山帶遶江，爲誰興國爲誰降？高臺麋鹿看無數，廢苑鳧鷖去自雙。萬事朝雲隨逝水，百年西日照虚窗。白門酒美東風快，笑數英雄盡一缸。

馮舒：第六句、第八句湊。

馮班：第一首好。

查慎行：第二句率，第四句「雙」字湊。

許印芳：此首概説興亡。

樓船西下勢横江，元帥旌旗就約降。旋報前師覆張悌，亟傳單騎馘王雙。燕焚正自當煙突，蟻潰何堪值水窗。回首三軍歡奏凱，萬牛行炙酒千缸。

方回：耆老傳云：金陵城破，自城下水窗兵入。

馮舒：王雙爲諸葛武侯所殺，與金陵何與？

馮班：第四句不切。

紀昀：前二首自好。

許印芳：此首專言曹彬取江南也。

楚貢來遲詭問江，漢收羣策士心降。一言已重黄金百，再見仍蒙白璧雙。票客脱身甘馬革，老儒投筆謝書窗。豈知三閣酬詩酒，浩唱庭花倒玉缸。

馮班：此首尤劣。前六句全不似金陵。

陸貽典：第七句泛。

查慎行：起句澀，非煉也。

紀昀：此首「江」字牽强。

頽垣落水半平江，喬木呼風不易降。耕出珠璣時得一，道逢麟鳳不成雙。潮聲半夜來寒渚，月色深秋照舊窗。唯有魚鹽城下市，檣烏相對集瓶缸。

方回：四詩皆工麗悲壯。善用事，一也。善用韻，二也。全篇無牽强，不似和詩，其美三也。

馮班：不善用事，一也。不善用韻，二也。全篇牽强，三也。此評俱反。

紀昀：牽强處在所不免。

馮班：第四句「雙」字好。第六句湊。
查慎行：「得一」、「成雙」，亦牽湊。
紀昀：此首「降」字牽强。

依韻和金陵懷古

王岐公

懷鄉訪古事悠悠，獨上高樓滿目秋。一鳥帶煙飛别浦，數帆和雨下歸舟。蕭蕭暮吹驚紅葉，慘慘寒雲壓舊樓。故國凄凉誰與問，人心無復更清流。
方回：此詩悮刊荆公集中，今以岐公集爲正。
馮舒：五篇俱穩利。
紀昀：彷彿許丁卯，純是套頭，不爲雅咏。

金陵懷古

控帶洪流古帝城，欲尋舊事半榛荆。六朝山色情終在，千古江聲恨未平。設險丘陵荒蔓草，帶城桑柘接新耕。十年重到無人問，獨立東風一愴情。
紀昀：亦是懷古通套語。

登懸瓠城感吴季子

將軍戈甲從天下，丞相旌旗匝地來。堪笑怒螳猶强臂，不知蟄户欲驚雷。咄嗟武相深冤洗，指顧山東逆境開。吏部聲名千古在，斷碑何處卧蒼苔？

方回：元注：碑既磨，復命段文昌撰，故碑不得。予謂今韓碑行於世，終不知有文昌碑。

紀昀：末句斷碑云云，是用東坡不知有文昌語。詩可如此説，評語須靠實考據。文昌碑載唐文粹，不得謂終不知也。

馮班：詩題「吴季子」，吴元濟不勞雅號。○落句有病。辭不達。當時碑已磨去，不須云「斷」。

陸貽典：「斷碑」二字有病。

查慎行：「千載斷碑人愛惜，不知世有段文昌。」世傳東坡句與岐公暗合。

紀昀：吴季子應是吴元濟。○語殊粗淺。

無名氏(甲)：城在汝寧府。

三鄉懷古

清洛東流去不還，漢唐遺事有無間。廟荒古木連空谷，宫廢春蕪入亂山。南陌絮飛人寂寂，空城花落鳥關關。登臨幾度游人老，又對東風鬢欲斑。

紀昀：第四句佳，餘皆套語。

無名氏(甲)：三鄉在河南。

登海州樓

疏傳

城外滄溟日夜流，城南山直對城樓。溪田雨足禾先熟，海樹風高葉易秋。里閭詢故老，秦皇車甲想東遊。客心不待傷千里，檻外風煙盡是愁。

查慎行：海州有景疏樓。○三、四調高，不落大曆後。

紀昀：亦是套語，惟第四句佳。

無名氏(甲)：樓在淮安。

過鄴中

劉屏山

逐鹿營營一夢驚，事隨流水去無聲。黃沙日傍荒臺落，綠樹人穿廢苑行。遺恨分香憐晚節，勝游飛蓋想高情。我來不暇論興廢，一點西山入眼明。

方回：「分香」，指曹操。「飛蓋」，指曹丕宴西園詩也。四字極切。
查慎行：分香事見陸機辨亡論。
張載華：蒿廬夫子云：分香事見陸機弔魏武帝文，非辨亡論。
紀昀：比較切。○「分香」頂「荒臺」，「飛蓋」頂「廢苑」。○結亦不套。
無名氏(甲)：鄴在鄣德府。

題釣臺

潘德久

蟬冠未必似羊裘，出處當時已熟籌。但得諸公依日月，不妨老子卧林丘。英雄陳迹千年在，香火空山萬木秋。自笑黄塵吹鬢客，愛來祠下繫孤舟。

方回：轉菴潘檉，字德久，永嘉人，葉水心快稱其詩。競謂永嘉「四靈」之徒凡言詩者，皆本德久〔五六〕。〔用〕父〔賞〕，任右職閤門，福建兵鈐卒。
馮班：全不似嚴光。俗肺肝不堪咏高士。○三、四宋氣。
查慎行：三、四語意無謂。
紀昀：亦是常語，前四句尤有野氣。

雨花臺

劉後村

昔年講師何往在，高臺猶有雨花名。有時竇〔五七〕向泥尋得，一片山無草敢生。落日磬殘隣寺閉，晴天牛上廢陵耕。登臨不用深懷古，君看鍾山幾箇爭？

方回：後村壯年詩學晚唐，初成而未脱俗，故尾句終俗。

馮舒：俗不俗不在字面，方君不知。

查慎行：五、六有筆力，結句少藴藉。

紀昀：通身皆俗，不止尾二句，三、四尤不成語。

無名氏（甲）：臺在江寧。

校勘記

〔一〕客坐思何窮　李光垣：應作「客思坐何窮」。〔二〕已凋枯　許印芳：「已」一作「幾」。〔三〕野樹　李光垣：「戍」訛「樹」。〔四〕海雞風　馮班、紀昀：「雞」誤，當作「鵬」。〔五〕韶濩　按：「濩」原訛作「護」，據本集校改。〔六〕馮班：此詩于武陵作。〔七〕江水　馮班：「水」當作「去」。〔八〕出守　按：「守」原訛作「寄」，據康熙五十二年本、紀昀刊誤本校改。〔九〕牛羊　按：「羊」原訛作「馬」，據康熙五十二年本、紀昀刊誤本校改。

本校改。〔一〇〕吴大帝　按：「大」原訛作「文」，據康熙五十二年本、紀昀刊誤本校改。〔一一〕臛仙　李光垣：「肥」訛「臛」。〔一二〕澤雉　李光垣：「野」訛「澤」。〔一三〕荒陂　無名氏（甲）：「陂」字乃「陵」字之誤，如此則「寶衣」無着矣。〔一四〕驚霹靂　李光垣：「經」訛「驚」。〔一五〕西晉　查慎行：一作「王濬」。紀昀：「西晉」不如「王濬」字。〔一六〕漠然　查慎行：不如他本作「黯然」，覺通首俱有神氣。紀昀：「漠」不如「黯」字。〔一七〕今逢　許印芳：一作「從今」，又作「於今」。〔一八〕傾城色　馮班：「色」一作「客」。紀昀：本集作「傾城客」，「客」不如「色」。〔一九〕謾誇　紀昀：「謾」字言旁，本集誤作水旁，遂與三、四不貫。〔二〇〕燕江口　馮班、紀昀：「口」當作「石」。〔二一〕真不忝　許印芳：「真」一作「終」。〔二二〕欲何如　許印芳：「欲」一作「復」。〔二三〕凌敲臺　何義門：「敲」當作「歊」。〔二四〕宋祖凌敲　馮班：「凌敲」一作「高高」。〔二五〕驪山　馮班：「驪山」上當有「途經」二字。〔二六〕已千年　馮班：「已」一作「亦」。〔二七〕雨暗　馮班：「雨」一作「水」。〔二八〕故都　何義門：「故都」上當有「憶」字。〔二九〕致堯　紀昀：「堯」原訛作「光」。〔三〇〕深疑　李光垣：「居」訛「疑」。〔三一〕空原　馮班：一作「原空」。〔三二〕地裏　馮班：「地」一作「掌」。〔三三〕無踪　馮班：「踪」一作「行」。〔三四〕惟知　馮班：「唯」一作「誰」。〔三五〕文帝　馮班：「帝」當作「貞」。〔三六〕唐帝　馮班、紀昀：「唐」當作「文」。〔三七〕謾鎖　李光垣：「漫」訛「謾」。

〔三八〕粧點　馮班：「點」一作「照」。〔三九〕花閑　馮班：「閑」一作「虚」。〔四〇〕成原　馮班：「成」一作「寒」。〔四一〕猶存事可尋　馮班：「猶」一作「空」，「可」一作「莫」。〔四二〕半凋落　馮班：「凋」一作「零」。〔四三〕空中　馮班：「空」一作「雲」。〔四四〕月下笙簫　馮班：「下」一作「裏」，「簫」一作「歌」。〔四五〕陰暗　馮班：「暗」一作「映」。〔四六〕罷世　馮班：「罷」一作「霸」。〔四七〕家邑　馮班：「家」當作「蒙」，最早本亦作「蒙」。馮舒：「蒙邑」，意謂莊子。乃集亦作「家」。〔四八〕西崑酬唱集　李光垣：「集」原訛作「事」。〔四九〕編貝　馮班：「貝」，原本作「具」。〔五〇〕力鉅　按：「鉅」原訛作「距」，據康熙五十二年本、紀昀刊誤本校改。〔五一〕梁州　按：「梁」原訛作「涼」，據康熙五十二年本、紀昀刊誤本校改。〔五二〕欲炙　馮舒：「炙」當作「反」。〔五三〕且置　按：「置」原作「費」，據康熙五十二年本、紀昀刊誤本校改。〔五四〕雲間天闕　按：原作「雲開天闕」，據康熙五十二年本、紀昀刊誤本校改。〔五五〕王氣　按：原作「旺氣」，據康熙五十二年本、紀昀刊誤本校改。〔五六〕本德久　馮班：「本」下缺「之」字。〔五七〕有時賓　查慎行：「賓」字疑作「寶」字，雨花臺多廢陵，雨後時有殊寶出泥土中。

瀛奎律髓彙評卷之四　風土類

廣谷大川異制，民生其間異俗，讀禹貢、周官、史記所紀，不如讀此所選詩，亦不出户而知天下之意也。

查慎行：是卷所選五言俱佳。

紀昀：語夸而陋。

五言　四十二首

早發始興江口至虛氏村作

宋之問

候曉踰閩障，乘春望越臺。宿雲鵬際落，殘月蚌中開。薜荔摇青氣，桄榔翳碧苔。桂香多露裛，石響細泉迴。抱葉玄蟬嘯，銜花翡翠來。南中雖可悦，北思日悠哉。鬒髮俄成素，丹心已作灰。何當首歸躅，行剪故山萊。

方回：之問此篇「宿雲」「殘月」一聯，前無古人，他佳句尤多。其爲人則不足道，媚附張易之至於奉溺器，其他傾險尤多，卒賜死。此乃貶隴州參軍時詩。山谷教人作詩必學老杜，今所選亦以老杜爲主，不知老杜亦何所自乎？蓋出於其祖審言，同時諸友陳子昂、宋之問、沈佺期也。子昂以感遇詩名世，其實尤工律詩，與審言、之問、佺期，皆唐律詩之祖。唐史謂魏建安後迄江左，詩律屢變，至沈約、庾信以音韻相婉附，屬對精密。及之問、佺期，又加靡麗，拘忌聲病，約句準篇，如錦繡成文，學者宗之，號曰沈宋體。語曰：「蘇、李居前，沈、宋比肩。」然則〔一〕學古詩必本蘇武、李陵，學律詩必本子昂、審言輩，不可誣也。此四人者，老杜之詩所自出也。特老杜才高氣勁，又能致廣大而盡精微耳。

馮舒：老杜確出於子山，不可謂止於四子。此尚不辨，何得談詩？

馮班：蘇指味道，李指嶠，非蘇武、李陵也。

紀昀：此評亦重見，但語小異耳。○建安非魏年號。

馮舒：第三句奇妙。○第二聯高古奇秀，老杜所無。

查慎行：第二聯語巧而不覺其纖，所以爲初唐。

紀昀：第四句言月光斜長一線，如珠光之閃於蚌中耳。此一聯故爲奇語，已開彫琢風氣。第五句「摇青氣」三字不雅。第九句「蟬嘯」不妥，蟬不可云嘯。

無名氏（甲）：始興江在廣東。○此詩前半極言廣中風物之殊，後二聯結出想望北歸之意。出筆純乎騷、雅之氣，迥異凡流。

旅寓安南

杜審言

交趾殊風候，寒遲暖復催。仲冬山果熟，正月野花開。積雨生昏霧，輕霜下震雷。故鄉踰萬里，客思倍從來。

方回：此杜子美乃祖詩也。子美曰：「吾祖詩冠古。」家法如此。

馮舒：平平八句，大曆以還不可得。

陸貽典：平平八句，却字字不可動摇，大曆以前詩多如此。

紀昀：中四句皆申首二句意。

無名氏（甲）：安南，即交阯。

送楊長史濟赴果州

王右丞

褒斜不容幰，之子去何之？鳥道一千里，猿聲十二時。官橋祭酒客，山木女郎祠。别後同明月，君應聽子規。

方回：右丞詩入宋，惟梅聖俞能及之，可互看。
陸貽典：聖俞詩多疎率，安及右丞？此言過之。
紀昀：梅不可與右丞同語。
馮班：起句得宋人體。○澄景隆而清之矣，却渾秀無圭角。
紀昀：一片神骨，不比凡馬空多肉。
無名氏（甲）：果州，在四川。
許印芳：「子」字複。「之」字義别，不爲複。

送梓州李使君

萬壑樹參天，千山響杜鵑。山中一夜雨〔一〕，樹杪百重泉。漢女輸賨布，巴人訟芋田。文翁翻教授，不敢倚先賢。

方回：風土詩多因送人之官及遠行，指言其方所習俗之異，清新雋永，唐人如此者極多，如許棠云：「王租只貢金。」如周繇云：「官俸請丹砂。」皆是。
紀昀：此論五、六句，然此詩佳處不在五、六。
馮班：尋常景，寫不出。

錢湘靈：三聯不是眼前語。他人何以道不出？

查慎行：字字挑選。

何義門：楊國忠領劍南，再興南詔之師，爲其屬者，催科聽訟，日不暇給，安敢議及教化？落句刺時也。五、六言今之治梓州者皆由此。然吾所聞文翁之致理，何以反事此而彼不之急耶？特恐有掣其肘者，不敢倚恃爲先賢已試之效耳，曰教授，則先之以生聚在其中矣。○三、四言泉源之利足資灌溉，其如流亡略盡何？丁男疲於調發，而征輸責之女户，青苗莫爲耕耨，而争競乃及蹲鴟，亦憔悴極矣。

紀昀：起四句高調摩雲，結二句不可解。

無名氏（甲）：梓州，在四川。

許印芳：「賨」從宗，音崇。○沈歸愚云：「結意言時之所急在征戍，而文翁治蜀，翻在教授，準之當今，不敢倚此爲治也。」此解可謂明通。又評前四句云：「起筆斗絶。三、四承上蟬聯而下，復用流水對法，五律中偶見此格。」愚按：三、四固是創格，而起筆尤爲得勢。老杜酬十一舅詩云：「萬壑樹聲滿，千厓秋氣高。」從此偷勢也。又按：前四句筆力雄大，右丞五律，每有此等篇什，如送趙都督赴代州云：「天官動將星，漢地柳條青。萬里鳴刁斗，三軍出井陘。忘身辭鳳闕，報國取龍庭。豈學書生輩，窗間老一經！」送邢桂州云：「鐃吹喧京口，風波下洞庭。赭圻將赤岸，擊汰復揚舲。日落江湖白，潮來天地青。明珠歸合浦，應逐使臣星。」「吹」讀去聲。集中此等詩不一而足。沈歸愚云：「右丞五律有清遠者，有雄渾者，宜分別觀之。」愚謂清遠、雄渾，雖分二體，其實清遠即雄渾之意味，雄渾乃清遠之氣骨，惟其根柢槃深，故能合二體爲一手也。

秦州　杜工部

傳道東柯谷，深藏數十家。對門藤蓋瓦，映竹水穿沙。瘦地翻宜粟，陽坡可種瓜。船人近相報，但恐失桃花。

方回：「瘦地」一句古今人未嘗道。東南水田，秈粳皆欲肥，西北高原，種粟惟欲地瘦，亦格物者之所宜知也。二十首取一。

紀昀：不是如此解。○二十首中獨取此首，不可解。

查慎行：五首煉句曲折，自老杜始可以類推。

何義門：第一句伏「相報」。○五、六張水部、賈長江宗祖。○落句只是言恐其迷路。

無名氏（甲）：秦州，在陝西。○少陵詩史，此二十首猶扶風地理志也，僅選其一，不亦陋乎？

題忠州龍興寺壁

忠州三峽内，井邑聚雲根。小市嘗争米，孤城早閉門。空看過客淚，莫覓主人恩。漂泊〔三〕仍愁虎，深居賴獨園。

方回：「争米」、「閉門」、「愁虎」，峽内小郡如此，老杜詩善言風土。他如「塞俗人無井，山田飯有砂」、「瓦卜傳神語，畬田費火耕」、「白魚如切玉，朱橘不論錢」之類，不可勝數，可以類觸。

馮舒：五、六意謂城小人窮、過客無主可投耳。但「恩」字可商。

陸貽典：「恩」字落得自然，無可商。

何義門：七句皆寺居之由，忠州使君乃公從子，而莫能爲南道主人，題詩以深責之。第七兼刺其無善政。

紀昀：亦非佳作。○後四句竟是晚唐軟語。

無名氏(甲)：寺在四川。

送桂州嚴大夫

韓退之

蒼蒼森八桂，兹地在湘南。江作青羅帶，山如碧玉篸。户多輸翠羽，家自種黄甘。遠勝登仙去，飛鸞不暇驂。

方回：昌黎門人有孟郊、賈島、張籍、盧仝、李賀之徒，詩體不一，昌黎能人人效之，此蓋張籍體也。

馮班：東野、玉川不得言門人。○韓公不作李賀體，亦未及東野。

紀昀：諸人皆非門人。

無名氏(甲)：仍存少陵餘韻。不必於門下求之。

馮舒：第七句，韓公每如此。

紀昀：應酬率筆。○七句太俗。

無名氏(甲)：桂州，廣西桂林府。

送鄭尚書赴南海

番禺軍府盛，欲説暫停杯。蓋海旂幢出，連天觀閣開。衙時龍户集，上日馬人來。風静爰居去，官廉蚌蛤迴。貨通師子國，樂奏武王臺。事事皆殊異，無嫌屈大才。

方回：唐人詩六韻、八韻、十韻以上，春容之中寓以揫斂，如此者不一。近人學晚唐詩，止於八句中或四句工，或二句工，而尾句多無力。此詩中四聯極言廣府之盛，首句且教諸客聽所言土風，尾句着力一結，而「殊異」二字乃一篇精神也。

紀昀：不見着力。

馮舒：「蓋海」對「連天」，雙聲也。

馮班：此首頗近白傅。

查慎行：結句可爲長律之法。

何義門：「爰居去」，則風雨應節，得天時也。「蚌蛤迴」，則商賈流通，得地利也。○鄭好饋貨，「官廉」句意在規勗。

紀昀：平正不見昌黎妙處，昌黎、太白皆不以律詩見長，不必爲盛名所震。○「大才槃槃謝家安」，語本晉人，然二字終俗。

無名氏(甲)：南海，縣名，廣東省城廣州府。○番禺，南海古名。

許印芳：韓愈字退之，官吏部侍郎，謚曰文，宋代追封昌黎伯，從祀孔子廟。○太白、昌黎長於古詩，曉嵐謂律體非其所長，此論是矣。然謂二家集中律體絶無佳篇，則大不然。此詩骨力老重，格律嚴整，可爲後學矩矱。曉嵐斥而不取，真苛刻也。「大才」二字以尋常口語便斥爲俗，然則文字之通於口語者，皆不可用矣。如此詩「龍户」、「馬人」、「師子國」、「武王臺」，非尋常口語乎？文章之道，豈能離絶尋常口語？用口語而綴以文詞，則雅而不俗，舍文詞而摘口語，斥之爲俗，此吹毛求疵之論。於文章得失，毫無取義，徒陷爲輕薄子耳。

百花亭

白樂天

朱檻在空虚，凉風八月初。山形如峴首，江色似桐廬。佛寺乘舟入，人家枕水居。高亭仍有月，今夜宿何如？

方回：此貶江州司馬時作。大抵中唐以後人多善言風土，如西北風沙，酪漿氈幄之區，東南水國，蠻島夷洞之外，亦無不曲盡其妙。樂天送人遊嶺南有云：「訶陵國分界，交趾郡爲隣。土民稀白首，洞主盡黄巾。」又：「紅旗圍卉服，紫綬裹文身。麵苦桄榔裛，漿酸橄欖新。牙檣迎海舶，銅鼓賽江神。不凍貪泉暖，無霜毒草春。雲烟蟒蛇氣，刀劍鰐魚鱗。」又云：「天黄生颶母，雨黑長楓人。」而結之曰：「須防杯裏蠱，莫受橐中珍。」亦可謂盡南中之俗矣。學詩者不可不深造黄、陳，擺落膏艶，而趨於古淡，亦不可無此等一二語也。

馮舒：律體出於南北朝，徘偶須藻麗魁奇，方是作手。若擺落膏艶，直爲古體可矣，何事區區於聲偶之間耶？余論律詩，以沈、宋爲正始，老杜爲變格。然杜詩殊工整，不似黄、陳輩粗硬也，杜詩要是唐朝第一人。沈、宋自是蘭苕翡翠，老杜則碧海鯨魚。○黄、陳直是做不出此等語耳。

馮班：擺落膏艶是矣，黄、陳未爲古淡也，但硬老有力耳。○方云「無此等一二語」，何止一二語？

陸貽典：樂天詩於淡素之中有意議者爲妙，太枯率者不足讀。此首尚可也。

紀昀：清淺可誦。

無名氏(甲)：百花亭，在九江，江西九江府。

送海客〔四〕歸舊島

張籍

海上去〔五〕應遠，蠻家雲島孤。竹船來桂府〔六〕，山市賣魚鬚。入國自獻寶〔七〕，逢人多贈珠。却歸〔八〕春洞口，斬象祭天吴。

方回：唐以詩試進士，先以詩爲行卷。如此等語，或本無其人，姑爲是題，以寫殊異之景，故皆新怪可觀。如送流人、寄邊將之類，皆是也。

紀昀：此應入「遠外類」。無味。〇第五句不佳。

無名氏（甲）：句少玲瓏，然典故如風土記，自可存耳。

送從弟戴玄往蘇州

楊柳閶門路，悠悠水岸斜。乘舟〔九〕向山寺，着屐到漁家。夜月紅柑樹，秋風白藕花。江天詩景〔一〇〕好，迴日莫言賒。

方回：此蘇州風景。「乘舟」「着屐」一聯，膾炙人口。「紅柑」「白藕」一聯，太綺。故尾句放寬，不然冗矣。

紀昀：此論深得疏密相參之妙。

紀昀：差有風韻。

無名氏（甲）：「乘舟」二句太質，又須「夜月」二句點綴相映，此正善於調劑處。

送人入蜀

李遠

蜀客本多愁，今君[一]是勝遊。碧藏雲外樹，紅露驛邊樓。杜宇[二]呼名語，巴江學字流。不知烟雨外[三]，何處夢刀州！

方回：「呼名」、「學字」一聯精切。

馮舒：此大曆以後手筆。○第二句出「入蜀」，醒便。

馮班：鵑啼「歸去好」，今曰「呼名」，不解，俟考。

陸貽典：此大曆以後體格。

查慎行：第三聯鍛鍊亦見苦心，然格稍卑矣。

何義門：下六句淺深次第，方是入蜀。○以吉夢收足勝游。

紀昀：中四句好。紅樓、碧樹，以拆用見工夫。杜宇一聯以細切見思致。然巴江實學字，杜宇未嘗呼名，亦微瑕也。

許印芳：此評細。

許印芳：李遠字承古，蜀人，官中丞。

送僧游南海

李洞

春往海南邊，秋聞半夜蟬。鯨吞〔一四〕洗鉢水，犀觸點燈船。島嶼分諸國，星河共一天。長安却回〔一五〕日，松偃舊房前。

方回：洞學賈島爲詩。五佳。

紀昀：五、六是一氣，虛谷何以但賞上句？

馮舒：第六句怯。○第八句出「僧」字。

馮班：句句用意。

陸貽典：句法刻鍊，惜無老杜餘情耳。

查慎行：五、六非浪仙所能道。

載華按：虛谷云「洞學賈島爲詩」，故先生云爾。

無名氏（甲）：南海，在廣東。

許印芳：五、六並佳。曉嵐不密圈，亦是苛刻。今密圈之。〔按：紀昀在「島嶼分諸國，星河共一天」二句之末僅「國」「天」兩字旁加圈。許印芳則兩句十四字皆加圈。〕○李洞，字才江，唐諸王孫。

睦州四韻　杜牧之

州在釣臺邊，溪山實可憐。有家皆掩映，無處不潺湲。好樹鳴幽鳥，晴樓入野烟。殘春杜陵客，中酒落花前。

方回：輕快俊逸。

馮舒：平平八句，不使才氣。中二聯俱是春暮，故落句好。

何義門：溪山豈不佳？只韋、杜才地不堪常置閑處耳。「殘春」、「中酒」，比年事蹉跎，作用既微，筆力尤横。

紀昀：風致宜人。○三、四今已成套，然初出自佳。六句不自然。結得淺淡有情。

無名氏（甲）：睦州，屬嚴州府。

旅次錢塘　方玄英

此處似鄉國，堪爲朝夕吟。雲藏吴相廟，樹引越山禽。潮落海人散，鐘遲秋寺深。我來無舊識，誰見寂寥心？

方回：此吾家桐廬處士方干詩，中四句不書題目，一吟即知其爲錢塘也。

馮舒：頸聯臨摹巫山高而遜之。○第七句應起句。

陸貽典：三、四本出巫山高「雲藏神女廟」來。

何義門：中四句皆説寂寥，第六尤清異。

紀昀：第六句五字好。

南中

王建

天南多鳥聲，州縣半無城〔一六〕。野市依蠻姓，山村逐水名。瘴烟沙上起，陰火〔一七〕雨中生。獨有求珠客，年年入海行。

方回：與張籍相上下，中四句佳好。

馮班：張清而遠，王濃而近，王自不如張。

陸貽典：落句好。

紀昀：起句突兀無緒，三、四朴而確。

無名氏（甲）：南中，在廣中。

蠻家　馬戴

領得賣珠錢，還家〔一八〕銅柱邊。看兒調小象，打鼓戲新船〔一九〕。醉後眠神樹，耕時語瘴煙。又逢衰蹇老〔二〇〕，相問莫知年。

方回：中四句雖粗，極其新譎。

馮舒：何得見粗？方君亦知粗之不在字面乎？

陸貽典：蠻家風景如是，非粗也。

紀昀：亦非粗，亦非新譎。

何義門：發端位置「問」字之根，下五句皆以相問總束。

紀昀：結二句少力少味。

無名氏（甲）：亦在廣。

許印芳：馬戴，字虞臣。里居未詳。官太學博士。

巫山峽〔二一〕　皇甫冉

巫峽見巴東，迢迢出半空。雲藏神女館，雨到楚王宮。朝暮泉聲異〔二二〕，寒暄樹色同。清猿不可聽，偏在九秋中。

方回：此詩與杜審言、陳子昂詩法相似。

馮班：此詩非虛谷所解。

馮班：次聯妙。

何義門：停勻包括。○三、四就雲雨上點化，正見事在有無疑信間，用意超妙。

紀昀：此亦名篇，然五句「異」字如何解？

無名氏（甲）：峽在夔州。

寄永嘉崔道融

司空圖

旅寓雖難定，乘閒是勝游。碧雲蕭寺霽，紅樹謝村秋。戍鼓和潮暗，船燈照島幽。詩家多滯此，風景似相留。

馮舒：戍鼓着「暗」字，欠妥。

何義門：「暗」謂潮聲至而更鼓不明也。

紀昀：結句似親遊，不似寄人，病在「似」字。

無名氏（甲）：永嘉，在浙江温州府。

送史澤之長沙

司空曙

謝朓〔三〕懷西府，單車觸火雲。野蕉依戍客，廟竹映湘君。夢渚巴山斷，長沙楚路分。一杯從別後，風月不相聞。

方回：兩司空所言永嘉、長沙風土，各極新麗。所取二聯，又皆下句勝。凡詩以下句勝上句爲作家，先一句好而後一句弱，或不稱，則敗興矣。

紀昀：自以相稱爲工，不得已而思其次，則毋寧下句勝耳。

紀昀：結句似相憶不似相送，病在「從」字。

無名氏（甲）：長沙，在湖南。

許印芳：司空曙，字文明。廣平人。官虞部郎中。

送龍州樊使君

許棠

曾見邛人說，龍州地未深。碧溪飛白鳥，紅旆映青林。土產唯宜藥，王租只貢金。政成開宴〔四〕日，誰伴使君吟！

方回：五、六佳。

紀昀：第四句切「使君」，却不切「龍州」，與第二句不貫。

無名氏（甲）：龍州，在四川。

送人尉黔中

周繇

盤山行幾驛，水路復通巴。峽漲三川雪，園開四季花。公庭飛白鳥，官俸請丹砂。知尉黔人〔三五〕後，高吟採物華。

方回：四、六新而俊逸。

查慎行：余謂三、四更工，以無刻畫痕也。

載華按：虛谷云「四、六新而俊逸」，故先生云爾。

紀昀：五句亦佳。

紀昀：七句笨。

無名氏（甲）：黔，指貴州。

送董卿知台州

張蠙

九陌除書出，尋僧問海城。家從中路挈，吏隔數州迎。夜蚌侵燈影，春禽雜櫓聲。開圖知異迹，思想石橋行。

方回：第五句極新。

紀昀：六句尤自然有韻。

馮舒：初看結句似不緊，再看以下諸篇，人人以作宦結，始知不如此篇。「開圖」二字新脱。

紀昀：五、六好，七句語欠渾成。

無名氏（甲）：台州，在浙江。

許印芳：張蠙字象文，清河人。〇七句本作「開圖知異迹」，紀批云：「語欠渾成。」因爲易之：「興公圖畫好。」

送人尉蜀中

故友漢中尉，請爲西蜀吟。人家多種橘，風土愛彈琴。水向昆明闊，山通大夏深。理閑無別事，時寄一登臨。

方回：「風土愛彈琴」，暗用相如琴心事。善言形勢，五、六佳。

紀昀：五、六是套語。

紀昀：第四句如虚谷乃能解，殆於笑柄，豈人人皆文君乎？然細思亦只是如此解，別無異義。

宣州二首

梅聖俞

北客多懷北，庖羊舉玉巵。吾鄉雖處遠，佳味頗相宜。沙水馬蹄鱉，雪天牛尾貍。寄言京國下，能有幾人知？

方回：宋詩與唐不異者，梅都官堯臣爲最。此「鱉」、「貍」一聯。宣州風土，歙州亦然。高廟嘗問歙味，汪龍溪彦章舉此句以對。今人能傳誦之，而不知其爲聖俞詩也。

紀昀：都官究是宋詩，與唐不類。

紀昀：淡而不佳，切而無味。

無名氏（甲）：宣州，寧國府。

斫漆高崖畔，千筒不一盈。野糧收橡子，山屋照松明。只見樹堪種，曾無田可耕。兒孫何所樂，向此是平生。

方回：此宣州山中民俗，惟歙亦然。予生於歙，故尤知此詩之味。梅詩似唐而不裝不繪，自然風韻，又當細咀。此二十詩中選其二。

馮舒：面目去唐殊遠。

馮班：家兄云：面目去唐殊遠。不知所以貴唐賤宋者，非專以其面目也。且如唐詩面目亦異於前人矣，何不云面目去曹、劉遠甚，去詩、騷遠甚乎？不得不變者，面目也。宋而妙，何必唐乎？此梅詩「沙水」一聯，宣州絶唱，不減「千里蓴羹」語，豈可以其不似唐而譏之也？

查慎行：第五句總承上四句，章法奇。

送任適尉烏程

俛作程鄉尉，折腰還自甘。卞峯晴照黛，霅水曉澄藍。葑上春田闢，蘆中走吏參。到時蘋葉長，柳惲在江南。

方回：聖俞詩一掃「崑體」，與盛唐杜審言、王維、岑參諸人合。

馮班：大不然。

方回：今學者學「四靈」詩，曷不學聖俞乎？能言風土者，聖俞所尤長也。柳惲詩：「汀洲采白蘋，日落江南春。」

紀昀：曷不竟學杜、王、岑諸公？

馮舒：此章好。

查慎行：開口便與人作身分。

紀昀：此首較有致，然「蘆中走吏參」句，終不若唐人「更踏落花迎」句。

無名氏（甲）：烏程，湖州。○吴興自是水晶宫，此詩極能寫照，而結處尤韻。

餘姚陳寺丞

試邑來勾越，風煙復上游。江潮自迎客，山月亦隨舟。海貨通閭市，漁歌入縣樓。絃琴無外事，坐見浦帆收。

方回：聖俞此詩全不似宋人詩，張籍、劉長卿不能及也。

紀昀：此真不似宋人，此評最是。

無名氏（甲）：聖俞在宋，固爲高手，然究不脱宋人者，只是以文爲詩，内少含蓄，乃謂唐人不及，豈不誣乎？

查慎行：以上二首劉後村採入詩話，最所歎賞。

紀昀：通體俱饒高韻，六句尤佳。

無名氏（甲）：餘姚，紹興府。

許印芳：梅堯臣，字聖俞，號宛陵。○虚谷謂張籍不能及猶可，謂隨州不及，則安矣。宛陵五律之高者，可望隨州後塵耳？

送晁質夫太丞知深州

蕪蔓問古亭，春入饒陽城。豆粥君王遠，壺漿刺史迎。地涼宜牧馬，塞近慣調兵。爲寄井泉石，老來思目明。

方回：起句爽，三、四工，「井泉石」事新。

紀昀：三句生砌故事，無所取義。

查慎行：第三句雖從首句出，終覺無味。

無名氏（甲）：深州，在直隸。○亦見典博，而氣格不渾，終不入唐。

送劉攽秘校赴婺源

雲木葱籠處，雞鳴古縣城。山高地多險，源近水偏清。斫漆資商貨，栽茶雜賦征。案頭龍尾硯，切莫苦求精。

方回：盡婺源之俗，末句規之勿求硯以擾民也。

馮舒：直偷「此鄉多寶玉，慎勿厭清貧」，但彼作戒勵語，不妨直，此則呆矣。○直結，不含婉。

查慎行：起手不草草，第三句常語耳，對句勝。

無名氏（甲）：劉攽，即貢父。婺源，在徽州。

送洪秘丞知大寧監

三峽蠻溪上，千山楚俗兼。婦人樵入市，官井貨專鹽。魑魅或爲患，獮猴常可嫌。君能厚風化，男子使腰鐮。

馮舒：一首亦見貼切，但篇篇如此，印板可憎。

陸貽典：詩有六義，賦、比、興居三。宋人大抵直寫，近於賦而比、興或缺焉。聖俞亦不免此弊也。然較之他人又好，所以就宋而言，推爲詩家矣。

查慎行：大寧監，主鹽税者也。第四句以敍事爲點題，作者用意處。

紀昀：吐辭乏雅潤之致，便爲俗筆。

無名氏（甲）：大寧，在四川。

送鮮于秘丞通判黔州

壺頭山下俗，巴婦曲中聽。汲井熬鹽白，燒田種穀青。巖風來虎嘯，江雨過龍腥。事簡能談者，揚雄所草經。

馮班：第七何謂？

查愼行：中兩聯二十字工力悉敵。

紀昀：中四句頗清麗，末二句太率。

無名氏（甲）：黔州，貴州黔中。

魯山山行

適與野情愜，千山高復低。好峯隨處改，幽徑獨行迷。霜落熊升樹，林空鹿飲溪。人家在何許，雲外一聲雞。

方回：王介甫最工唐體，苦於對偶太精而不脱灑。聖俞此詩尾句自然，「熊」、「鹿」一聯，人皆稱其工，然前聯尤幽而有味。

紀昀：此評的當。

許印芳：論梅詩固當，論王詩卻不盡然。虚谷毁譽人往往信口亂道，不足深責。故曉嵐於其評語之旁涉他人者，多不置辯也。

馮舒：此亦未辨其爲宋詩，却知是梅。

陸貽典：無句不妙。
查慎行：句句如畫，引人入勝，尾句尤有遠致。
陸庠齋：落句妙，覺全首便不寂寞。
無名氏（甲）：魯山，在河南汝州。

送番禺杜杅主簿

地蒸蠻雨接，山闊海雲交。訟少通華語，蟲多入膳庖。行識桄榔樹，初窺翡翠巢。不須思朔望，梅吐臘前梢。

陸貽典：何減唐人？此并冀州二首，較勝於前。
查慎行：第六句暗用柳州食蝦蟆事。
紀昀：末二句不甚分明。
無名氏（甲）：番禺，在廣東。

送李閤使知冀州

騣裹黄金絡，春風北渡河。將軍守漢法，壯士發燕歌。緑水塘蒲短，晴天塞雁多。家聲復年少，矍鑠笑廉頗。

方回：此北邊風土，往往燕、冀之間，瀦水爲塘，以限馬足，故有「緑水蒲塘」之句。聖俞因送行言風土，佳句甚多，姑選此數篇，學者當舉一隅也。

馮舒：第七句湊。

陸貽典：落句太遠。

紀昀：三句與起二句不配色，此意只可用於結處，而以笑廉頗意作三、四，即兩得之。○今雄縣趙北口一帶是其故迹。

無名氏（甲）：冀州，在直隸。

公安縣

陶商翁

門沿大堤入，路趁淺沙行。樹短天根〔二六〕起，山窮地勢傾。孤舟難泊岸，遠水欲沉城。半夜求津濟，煙中荻火明。

方回：考四朝國史，陶弼字商翁，永州人，軍功補官，兩知邕州。善爲詩，山谷誌其墓，許可之。其詩尤善言風土，蠟茶詩至五十韻。

陸貽典：第五句何如歐公夷陵詩云：「繞城江急舟難泊。」

查慎行：「弢」，古「弼」字也。○黄山谷陶君墓志：「弼以進士起家，仕知順州，所著詩文十八卷。」

紀昀：第三句「天根起」三字險而不穩，五句太質，六句真境宛然。

無名氏（甲）：公安縣，在荆州府。

送舅氏野夫萃之宣州二首

黄山谷

籍甚宣城郡，風流數貢毛。霜林收鴨脚，春網薦琴高。共理須良守，今年輟省曹〔二七〕。平生割雞手，聊試發硎刀。

方回：三、四言土俗未見其奇，却是五、六有斡旋，尾句稍健。彼學晚唐者有前聯工夫，無後四句力量。

馮舒：都不出「舅氏」，便不是。○落韓詩於胸中，擺脱不得。○五、六兩句只可作起句。○若「琴高」可作鯉魚字用，則蘇武可替羊，許由可替牛，孟浩然可替驢，又不止右軍、曹公之爲鵝與梅子矣。山谷再生，我亦面誚。○第六貼在之郡後方好。○七、八兩句，割鷄非大手，論語義不如此。

何義門：琴高魚事詳趙與時賓退録，二馮似未見此書，以爲琴高代鯉魚用者，反誤於任淵注也。宣城有琴高魚，纖細如柳葉，碧色無骨，土人甚珍之。大馮此謂，未諳風土也。

無名氏（甲）：宣州三月有琴高魚，批殊謬。

馮班：第四句「琴高」不妥。五、六兩句亦可作起句。第七句「割雞手」，不通。

陸貽典：「割鷄手」不應如此用，豈山谷别有所據耶？

查慎行：琴高有騎魚事，然不可即以琴高名魚。〇五、六似杜。

紀昀：「割雞手」三字誤用。

試説宣城郡，停杯且細聽。晚樓明宛水，春騎簇昭亭。秬秠豐圩户，桁楊卧訟庭。謝公歌舞地，時對换鵝經。

方回：此詩中四句佳，言風土之美，而「明」「簇」「豐」「卧」，詩眼也。後山謂「句中有眼黄别駕」是也。尾句尤有味，年豐矣，訟少矣，彼謝公歌舞之地，以親筆墨爲事可乎？起句乃昌黎前詩體也。

馮班：腹聯不言風土。

馮舒：不應是第二首起句，亦不應只兩句而要人「停杯」。

紀昀：馮氏駁此二詩甚穩，惟謂共理二句只可作起句，則是以才調集法律一切，不知盛唐人别有法在。〇前詩指送鄭尚書，起二句直是蹈襲，不得云用昌黎前詩體。然昌黎亦套古詩「四座且莫喧，願聽歌一言」句，非自創也。

馮班：五、六句未是宣城郡。

寄潭州張芸叟

陳後山

湖嶺一都會，西南更上游。秋盤堆鴨脚，春味薦猫頭。宣室思來暮，蒸池得借留。熟知爲郡樂，莫作越鄉憂。

方回：後山學山谷爲詩者也。「猫頭」「鴨脚」，工矣。張芸叟舜民，後山姊夫。五、六謂宣室興來暮之思，蒸池之地其得久留之乎。「得借留」，謂不能得留也。用賈誼長沙事，而傍入「來暮」、「借留」二事。句法矯健，非晚唐能嚅嚌也。二首取一。

紀昀：此却嫌其太工。虚谷能議李文山「堯時韭」「禹日糧」，而不敢議後山此句，則左袒「江西」之故也。

馮舒：廉叔度來暮之思正在地方，非干宣室，唐人無此不通句法。

馮班：逼真晚唐。

查慎行：鴨脚，銀杏；猫頭，長沙笋名。對勝黄。

無名氏(甲)：潭州，在長沙府。

送周都官通判湖州

王半山

緑水烏程地，青山顧渚濱。酒醪猶美好，茶荈正芳新。聚泛樽前月，分班焙上春。仁風已及俗，樂事始關身。橘柚供南貢，槐楓望北辰。知君白羽扇，歸日未生塵。

方回：烏程酒、顧渚茶，湖州風景也。酒與古不殊，茶於今適春，「猶」字、「正」字已佳，可以聚而泛，可以分而班，亦樂事也。然必仁風先及物，而後身可樂，故「已」字、「始」字尤妙。南貢、北辰，又勉之以心在王室，歸而致吾君可也。詩律精密如此，他人太工則近弱，惟荆公獨能工而不萎云。

紀昀：荆公五律勝七律。

方回：風土詩與送餞詩當互看。

紀昀：此處突出此例，其語無着。

馮舒：句句好，章法更好，此豈黄、陳所敢望？○第一句茶酒起。第五句接上聯緊甚。第七、八兩句好，有斤兩。第十一句又妙。

馮班：有深味，不拘不板。

陸貽典：通篇章法最細，「仁風」二句有斤兩。

紀昀：「仁風」二句用意好，於理亦足，惟讀之稍覺其硬，病在「已」字似現成語，不似期勉語。此故甚微，細吟乃見。

許印芳：此評細。

李光垣：「酒醪」二字疊用，本扁鵲語。「班」即頒。

無名氏（甲）：湖州，在浙江。

海陵雜興

呂居仁

萬事不如意，自然生白鬚。極知少餘韻，何敢厭窮途。土俗尊魚婢，生涯欠木奴。東行見李白，誰爲致區區？

方回：居仁本中，世稱爲大東萊先生。其詩宗「江西」而主於自然，號彈丸法。此詩在泰州爲小官時作，爲仕宦送迎無味，非其所樂，故首句有「不如意」、「生白鬚」之語，自是名言。然應接塵俗，已無餘韻，又不敢以窮途爲厭也，意極婉曲。「魚婢」、「木奴」一聯工，而「尊」字尤好。

馮班：「尊」字很生。

馮班：破題好。〇末二句，既無致書者，東行又是何人？

紀昀：三句似解不解，「江西」語病。

無名氏(甲)：海陵，揚州府泰州。

頃歲從戎南鄭屢往來興鳳間暇日追憶舊游有賦

陸放翁

昔戍蠶叢北，頻行鳳集南。烽傳戎壘密，驛送客程貪。春盡花猶拆，雲低雨半含。種畬多菽粟，藝木雜松楠。婦汲惟陶器，民居半草菴。風煙迷棧閣，雷霆去聲。起湫潭。城郭秦風近，村墟蜀語參。快心逢曠野，刮目望浮嵐。考古興時〔二八〕感，無詩每自慚。嘉陵最堪憶，迎馬柳毵毵。

方回：放翁詩出於曾茶山，而不專用「江西」格，間出一二耳，有晚唐，有中唐，亦有盛唐。此篇雖陳、杜、沈、宋，亦不過如此。

馮舒：温麗妥貼，然只是張籍、王建語耳，陳、杜、沈、宋，項背相懸。

紀昀：詩自不惡，以爲陳、杜、沈、宋，過矣。

方回：流麗綿密，所圈五字，以全篇太縟，到此合放淡故也。〔按：方回於「快心逢曠野，刮目望浮嵐」兩句旁加圈。〕

陸貽典：有味乎其言。

紀昀：此入微之論。

方回：作此詩年八十三矣。南渡後詩至萬篇，佳句無數。有越中詩，言鑑湖風物尤精。

紀昀：大段學東坡峽中韻。

查慎行：「霆」字讀去聲，不詳所出。按吴都賦「聲若雷霆」，與「潁」同叶，音挺，乃上聲也。廣韻亦收入「迥」韻「挺」紐下。

無名氏(甲)：南鄭，陝西漢中府。興、鳳，二州名。舊游，指四川。嘉陵，江名。○放翁詩關於國故者，自得杜陵遺意。惜才鋒未逮，此作不過寫風土，更於書懷等作，無庸校量耳。

七言 三十首

蓋少府新除江南尉問風俗

郎士元

聞君作尉向江潭，吴越風煙到自諳。客路尋常隨竹影，人家大抵傍山嵐。緣溪花木偏宜遠，避地衣冠盡向南。唯有夜猿啼海樹，思鄉望國意難堪。

馮班：三、四酷似樂天。

陸貽典：第六句有關係通篇擔力。

查慎行：第六句用於晉、宋南渡時更切，唐都關中，衣冠未必皆南遷，然好句自不可廢。

紀昀：此種體裁只宜五律，作七律便成曼調。○第五句「偏宜遠」三字湊出。○是時中原多故，衣冠多避而南，亦言其風土之佳，爲人所樂趨耳，注家引晉南渡事，非也。

嶺南道中

李衛公

嶺水爭分路轉迷，桄榔椰葉暗蠻溪。愁衝霧毒逢蛇草，畏落沙蟲避燕泥。五月畬田收火米，三更津吏報朝雞。不堪腸斷思鄉處，紅槿花中越鳥啼。

方回：李衛公不讀文選而詩奇健，謫海外時一二詩尤酸楚。張志和漁父詞五首在其集中。此詩於嶺南風土甚切，詞又工。

馮舒：工緻。

陸貽典：起句不親至嶺南不知其妙。通篇工緻，結句緊。

紀昀：與柳州洞氓詩序蠻鄉風土意同，而精神氣韻相去遠矣，此由才分不同。

無名氏（甲）：嶺南，在廣東。

自江陵沿流道中

劉夢得

三千三百西江水，自古如今要路津。月夜歌謠有漁父，風天氣色屬商人。沙村好處多逢寺，山葉紅時覺勝〔二九〕春。行到南朝争戰〔三〇〕地，古來名將盡爲〔三一〕神。

方回：元注：「陸遜、甘寧皆有祠宇。」

陸貽典：五、六對法變换。

查慎行：「氣色」兩字下得壯健。

何義門：筆力千鈞。〇「三千三百」，破盡「沿流」。中四句皆「沿流」也。景物雖佳，何如立功、立事？落句所以慨然於廟食者。

紀昀：入手陡健。〇三、四言閒適自如則有漁父，迅利來往則有商人，言外寓不閒居又不得志之感。結慨儒冠流落，即飛卿「欲將書劍學從軍」、昭諫「擬脱儒冠從校尉」之意，而託之古跡，其辭較爲藴藉。

許印芳：此評亦妙，全從言外悟出，與他人就詩論詩、死於句下者迥然不同。如此解説，乃知三、四句及七、八句皆是藏過自己一面，從對面着筆也。

無名氏（甲）：江陵，在荆州。

許印芳：「古」字複。

赴蘇州酬别樂天

吴郡魚書下紫宸，長安廐吏送朱輪。二南風化承遺愛，八詠聲名躡後塵。梁氏夫妻爲寄客，陸家兄弟是州民。江城春日追游處，共憶東都舊主人。

方回：樂天嘗守蘇，今夢得亦往守此，故有「承遺愛」、「躡後塵」之語。梁鴻、孟光嘗客於吴，機、雲二陸昔爲吴人，今到蘇之後，凡寄寓之客，及在郡之士人，與太守相追游，當共憶樂天爲舊太守，即舊主人也。善用事，筆端有口，未易可及。

陸貽典：詩有遠近起伏，意致便靈。

查慎行：香山妙處在辭達而無俗氣。

何義門：次聯勝三聯。四聯若無「共憶」二字便成死句。○後四句極變極細。

紀昀：第三句「二南風化」四字無着，亦不切蘇州，而不覺借用，以原是太守事耳。

登柳州城樓寄漳汀封連四州

柳子厚

城上高樓接大荒，海天愁思正茫茫。驚風亂颭芙蓉水，密雨斜侵薜荔牆。嶺樹重遮千里目，江流曲似九回腸。共來百越文身地，猶自音書滯一鄉。

方回：韓泰爲漳州，韓曄爲汀州，陳諫爲封州，劉禹錫爲連州。

陸貽典：子厚詩律細於昌黎，至柳州諸詠，尤極神妙，宣城、參軍之匹。

查慎行：起勢極高，與少陵「花近高樓」兩句同一手法。

紀昀：一起意境闊遠，倒攝四州，有神無迹。通篇情景俱包得起。三、四，賦中之比，不露痕迹，舊説謂借寓震撼危疑之意，好不着相。

趙熙：神運。

無名氏（甲）：柳州，在廣西。

柳州寄丈人周韶州

越絶孤城千萬峯，空齋不語坐高舂。印文生緑經旬合，硯匣留塵盡日封。梅嶺寒煙藏翡翠，桂江秋水露鰅鱅。丈人本自忘機事，爲想年來憔悴容。

何義門：五、六自比，空喻文彩不得飛躍也。

紀昀：「梅嶺」二句指周一邊説，然突入覺無頭緒，又領不起第七句，殊不妥適。傳頌口熟不覺耳。

許印芳：此皆意不相貫之病，非細心人却看不出。

無名氏（甲）：柳州推激風騷，兼能精煉。評語謂其工於老杜，誠亦有之。然正爲其工，所以不及老杜。此又評語所未發也。蓋老杜無求工之迹，而氣象自然高大，而又未嘗不工，所以合於三百篇。若有意求工，又是人爲，不可與化工同論矣。

得盧衡州書因以詩寄

臨蒸且莫歎炎方，爲報秋來〔三〕雁幾行。林邑東回山似戟，牂牁南下水如湯。蒹葭淅瀝含秋露〔三〕，橘柚玲瓏透夕陽。非是白蘋洲畔客，還將遠意問瀟湘。

紀昀：一説謂盧以衡州爲炎，其地猶雁所到，若我所居，則林邑、牂牁之間，更爲遠矣。於理較通而不免多一轉折，存以備考。○六句如畫。

無名氏（甲）：衡州，在湖南。

嶺南江行

瘴江南去入雲烟，望盡黄茅是海邊。山腹雨晴添象跡，潭心日暖長蛟涎。射工巧伺遊人影，颶母偏驚旅客船。從此憂來非一事，豈容華髮待流年。

查慎行：急於富貴人，遭不得磨折，便少受用，學道人定不爾爾。尾句亦不值如此氣索。

紀昀：雖亦寫眼前現景，而較元、白所敍風土，有仙凡之別，此由骨韻之不同。○五、六舊説借比小人，殊穿鑿。

許印芳：五、六果有憂讒畏譏之意，舊説不爲穿鑿。

無名氏（甲）：嶺南，廣中。

柳州峒氓

郡城南下接通津，異服殊音不可親。青箬裹鹽歸洞客，緑荷包飯趁墟人。鵝毛禦臘縫山罽，雞骨占年拜水神。愁向公庭問重譯，欲投章甫作文身。

方回：柳柳州詩精絶工緻，古體尤高。世言韋、柳，韋詩淡而緩，柳詩峭而勁。此五律詩比老杜則尤工矣。杜詩哀而壯烈，柳詩哀而酸楚，亦同而異也。又南省牒令具注國圖風俗有云：「華夷圖上應初識，風土記中殊未傳。」非孔子不陋九夷之義也。年四十七卒於柳州，殆哀傷之過歟？然其詩實可法。

馮舒：柳固工秀，然謂過於杜則不然。

查慎行：律詩掇拾碎細，品格便不能高。若入老杜手，别有鎔鑄爐鞴之妙，豈肯屑屑爲此？虚谷謂柳州五章「比杜尤工」一言，以爲不如，覽者毋爲所惑可也。

紀昀：評韋、柳確，評杜、柳之異亦確，惟云五律工於杜，則不然。

何義門：後四句言歷歲逾時，漸安夷俗，竊衣食以全性命。顧終不之召，亦將老爲峒氓，豈復計其不可親乎？哀怨不可讀。

紀昀：全以鮮脆勝，三、四如畫。

杭州　白樂天

餘杭形勝世間無，州傍青山縣枕湖。繞郭荷花三十里，拂城松樹一千株。夢兒亭古傳名謝，教妓樓前道姓蘇。獨有使君年老大，風流〔三四〕不稱白髭鬚。

馮舒：如面語。

馮班：起句似質，太直。

陸貽典：白詩總之如面語。

紀昀：此所謂長慶體也，學之易入淺滑。○第四句「一千株」湊泊。

守蘇答客問杭州

爲我踟躕停酒盞，與君約畧説杭州。山名天竺惟青黛，湖號錢塘瀉緑油。大屋簷多裝雁齒，小航船亦畫鷁頭。所嗟水路無三百，官繫何因得再游。

陸貽典：五、六自是樂天句法。

紀昀：亦淺滑。

杭州春望

望海樓明照曉霞，護江堤白踏晴沙。濤聲夜入伍員廟，柳色春藏蘇小家。紅袖織綾誇柿葉〔三五〕，青旗沽酒趁梨花。誰開湖寺西南路，草緑裙腰一道斜。

方回：樂天守杭州，以和適之趣處繁華。子厚守柳州，以愁苦之懷處荒寂。情景異，歡戚殊。以樂天之二詩視子厚之五詩，相去遠矣。然子厚亦隘者也，東坡謫黄、謫惠、謫儋耳，無一言及於怨尤夷鄙，是亦可以觀人焉。

紀昀：東坡又有失之太豪處，所謂過猶不及。

馮班：春望結。

紀昀：「濤聲夜入」、「紅袖織綾」，雖俱是杭州事，然皆非春望之景，此亦口頌而不覺其非者。

〇六句自然，五句終是湊泊。

無名氏（甲）：樂天詩自得春氣，然根源故不及柳州之深。

以州宅誇於樂天

元微之

州城迴繞拂雲堆，鏡水稽山滿目來。四面常時對屏幛，一家終日在樓臺。星河似向簷前落，鼓角驚從地底回。我是玉皇香案吏，謫居猶得住蓬萊。

馮班：以結句至今有蓬萊驛。

陸貽典：微之比樂天較能修飾，然本質近，又不如也。

無名氏（甲）：宅在紹興。○與左司「身多疾病」二句並看，便見身分。

重誇州宅旦暮景色

仙都難畫亦難書，暫合登臨不合居。繞郭烟嵐新雨後，滿山樓閣上燈初。人聲曉動千門闢，湖色宵涵萬象虛。爲問西州羅刹岸，濤頭衝突近何如？

方回：長慶中，樂天知杭州，微之知越州，以筒寄詩自此始。微之誇州宅，蓬萊閣所以名亦自此始。二公前貶九江、忠州、江陵、通州，往來詩不勝其酸楚，至此乃不勝其誇耀，亦一時風俗之弊，只知作詩，不知其有失也。

紀昀：此論甚確，大抵元、白爲人皆淺，小小悲喜必見於詩。全集皆然，不但此也。

查慎行：「千門」無乃太誇！

郡中有懷寄上睦州員外十三兄　邢　羣

城枕溪流淺更斜，麗譙連帶邑人家。經冬野菜青青色，未臘山梅樹樹花。雖免瘴雲生嶺上，永無京信到天涯。如今歲晏從羈滯，心喜彈冠事不賒。

方回：此詩附見樊川集，唐歙州刺史邢羣寄睦州刺史杜牧之。三、四言歙州風土，佳句也。五以江左猶遠嶺南，乃無瘴之地。六言唐都長安，歙州自當難得京書耳。

紀昀：未見其佳。

查慎行：三、四與牧之風調相似。

紀昀：五、六開合笨滯。

無名氏（甲）：郡中，指徽州。睦州，在嚴州。○前半聊記風土，後半更弱。

正初奉酬〔三六〕

杜牧之

翠巖千尺倚溪斜，曾得嚴光作釣家。越瘴〔三七〕遠分丁字水，臘梅遲見二年花。明時刀尺君須用，幽處田園我有涯。一壑風煙陽羨里，解龜休去路非賒。

方回：此牧之用韻酬歙州刺史邢羣也，臘中得詩、正初奉酬二詩皆是。前四句言各州之景，後四句言情，皆佳句也。

紀昀：亦是草率應酬，不見小杜本領。○「生也有涯」雖出莊子，然去「生」字，不妥。

無名氏（甲）：小杜詩有慷慨磊落之致，在晚唐中要爲出羣。

長安雜題

洪河清渭天池濬，太白終南地軸横。祥雲輝映漢宮紫，春光繡畫秦川明。草妬佳人鈿朵色，風回公子玉銜聲。六飛南幸芙蓉苑，十里飄香入夾城。

方回：詩人於四方風土皆能言之，至於長安、洛陽、鄴都、金陵帝王建都之地，則多見於懷古之作，而述今者少。牧之長安六詩，於五詩之末，各寓閑中自静之意。獨此詩前誇形勢，後敍侈麗，亦足以形容天府之盛，故取之。五詩内如「韓嫣金丸莎覆緑，許公韉汗〔三八〕杏粧紅」、「投釣謝家池正雨〔三九〕，醉吟隋寺日沉鐘」、「白鹿原頭回獵騎，紫雲樓下醉江花」，又街西長句云：「遊騎偶同人鬭酒，名園相倚杏交花。」皆艷冶而不流。當其時，郊、島、元、白下世之後，張祜、趙嘏諸人皆不及牧之，蓋頗能用老杜句律，自爲翹楚，不卑卑於晚唐之酸楚湊砌也。

馮班：牧之正與元、白、郊、島同時。

紀昀：評小杜確。

陸貽典：「投釣」句，集作「偷釣侯家池上月」，似更佳。

何義門：渾成精妙。○如此山川，宜孕毓英賢，乃惟見紛紛游童妖女，所以刺也。此篇不減工部。

紀昀：風格自遒。

許印芳：史稱牧之自負才略，喜言兵事，時無援者，怏怏不平而終。爲人疎儁，不拘細行。其詩情致豪邁，高出晚唐之上。劉後村亦云：晚唐詩體柔靡，牧之於律詩中常寓拗峭以矯時弊。許丁卯與牧之同時而詩各自爲體，丁卯律詩麗密或過牧之，而抑揚頓挫不及也。愚觀牧之樊川集，古體常病猥雜率易，惟近體可取。近體中七言最工，七絶佳篇尤夥，七律亦多可採者。虚谷此書，但選五首，佳者又止二首。操選家往往不愜人意，如虚谷之淺陋，其棄取益難諦當矣。又按：此詩三、四，分之皆拗句，合之則上下不黏，乃古調也。牧之七律每有此格，所謂寓拗峭以矯時弊者，即此可見。

無名氏（甲）：長安，在西安。

洛陽長句

草色人心相與閑，是非名利有無間。橋横落照虹堪畫，樹鎖千門鳥自還。芝蓋不來雲杳杳，仙舟何處水潺潺？君王謙讓泥金事，蒼翠空高萬歲山。

方回：唐自天寶以後不復駕幸東都，此詩有望幸之意。「樹鎖千門」一句極佳。「芝蓋」、「仙舟」乃指緱氏山王喬事及李、郭事，亦切。

紀昀：寫盛衰之感則有之，不見望幸之意。

陸貽典：落句妙，蓋傷久不見天寶承平時事也。通首皆是此意。虛谷以爲「有望幸之意」，失之迂矣。

查慎行：結句得體，辭亦典贍風華。

紀昀：中四句近丁卯。

無名氏（甲）：洛陽，在河南。

題宣州開元寺小閣

六朝文物草連空，天澹雲閑今古同。鳥去鳥來山色裏，人歌人哭水聲中。深秋簾幕千家雨，落日樓臺一笛風。惆悵無因見范蠡〔四〇〕，參差煙樹五湖東。

方回：唐以昇州屬浙西，而節度使在潤州。江東則宣歙觀察府在宣州，是爲大鎮，故其詩特繁盛。宋析置太平州，移本路監司於江寧建康，而宣州寂如矣。

查慎行：第二聯不獨寫眼前景，含蓄無窮。

何義門：寄託高遠，不在逐句寫景，若爲題所牽，便無味矣。

何義門：六朝不過瞬息，人生那可不乘壯盛立不朽之功？然而此懷誰可與語？「風」、「雨」二句，思同心而莫之致也。我思古人功成身退如范子者，雖爲執鞭，所欣慕焉。五、六正爲結句。

紀昀：趙飴山極賞此詩，然亦只風調可觀耳，推之未免太過。

無名氏（甲）：此詩妙在出新，絶不沾溉玄暉、太白剩語。

許印芳：杜牧，字牧之，號樊川，萬年人，官中書舍人，詩家稱小杜，以别於少陵，配以義山，亦稱李杜云。○此詩全在景中寫情，極脱洒，極含蓄，讀之再三，神味益出，與空講風調者不同。學者須從運實於虚處求之，乃能句中藏句，筆外有筆。若徒揣摩風調，流弊不可勝言矣。

趙熙：風調好。

杭州呈勝之

王平甫

游觀須知此地佳，紛紛人物敵京華。林巒臘雪千家水，城郭春風二月花。彩舫笙歌吹落日，畫樓燈燭映殘霞。如君援筆宜摹寫，付與塵埃北客誇。

方回：此王安國詩，今王校理集行於世，誤入其兄荆公集中。

馮舒：宋起宋結。

馮班：起句劣。

紀昀：中四句是風土，不是人物。五、六稍似杭州。三、四不免通用。

無名氏（甲）：亦復自然，但次句與汴京對照，乃無意中詩讖也。

送張仲容赴杭州孫公辟

王半山

萬屋相誇漆與丹，笑歌長在綺紈間。綵船春戲城邊水，畫燭秋尋寺外山。憶我屢隨游客入，喜君今趁辟書還。遥知曼倩威行久，赤筆應從到日閑。

方回：李參政注：「孫公，沔也。」杭州之盛，自五代至宋，繁華久矣。百五十年行都，詩愈多而佳者愈不少，未能盡得之也。

陸貽典：未爲半山佳作，起句亦率。

查慎行：起句是杭州，亦眼前景也。脂粉氣，見笑半山矣。

紀昀：此不宜入「風土類」，詩亦不佳。

夷陵歲暮書事呈元珍表臣

歐陽永叔

蕭條雞犬亂山中，時節峥嶸歲已窮。游女髻鬟風俗古，野巫歌舞歲年豐。平時都邑今爲陋，敵國江山昔最雄。荆楚先賢多勝迹，不辭携酒問隣翁。

方回：元注：「夷陵風俗朴陋，惟歲暮祭鬼，則男女數百相從而樂飲，婦女競爲野服以相游嬉。」

馮班：自是大手。

陸貽典：筆意平順，出劉、柳之下。

查慎行：第三聯俯仰有情，不作遷謫語，頗足自豪。

紀昀：五、六沉着。

許印芳：六句是逆挽法，篇中「歲」字、「時」字、「山」字皆複。

無名氏（甲）：夷陵，今改宜昌府。

寄梅聖俞

青山四顧亂無涯，雞犬蕭條數百家。楚俗歲時多雜鬼，蠻鄉言語不通華。繞城江急舟難泊，當縣山高日易斜。擊鼓踏歌成夜市，邀龜卜雨趁燒畬。叢林白晝飛妖鳥，庭砌非時見異花。惟有山川爲絶勝，寄人堪作畫圖誇。

方回：公夷陵書事寄謝三舍人有云：「道途處險〔四一〕人多負，邑屋臨江俗善泅。臘市漁鹽朝暫合，淫祠簫鼓歲無休。風鳴燒入空城響，雨惡江崩斷岸流。訟庭畫地通人語，邑政觀風間俚謳。」皆於風土如畫。讀歐公詩，當以三法觀。五言律初學晚唐，與梅聖俞相出入。其後乃自爲散誕。七言律力變「崑體」，不肯一毫涉組織，自成一家，高於劉、白〔四二〕多矣。如五、七言古體則多近昌黎、太白，或有全類昌黎者，其人亦宋之昌黎也。出其門者，皆宋文人巨擘焉。馮舒：歐詩兼用六朝及唐，乃云學晚唐，非也。彼固自成一家，然謂其高於劉、白，亦非也。

馮班：歐亦止用唐格。○歐詩的是如此。

陸貽典：歐詩定評。

許印芳：論歐詩不錯。

馮班：妙。○何減白太傅？

紀昀：通體穩稱，七言長律之工者。○收得好，再入悲感，便落窠臼。

淇：「畬」讀奢。

許印芳：「時」字複。「山」字凡三見。○七言長律較五言長律其難百倍，蓋爲對偶所拘，聲律所限，氣易傷而格易弱，非如七古之可任意馳騁，舉重若輕也。古人於此體多不作，間有作者，亦不出色。以老杜之才力，集中僅有數篇，却無一篇出色。其他可知。歐公古文大手，才力本富，此詩韻數不多，故筆能健舉，而較前數詩，究竟寡色。曉嵐評爲穩稱，恰合分量矣。

戲答元珍

春風疑不到天涯，二月山城未見花。殘雪壓枝猶有橘，凍雷驚笋欲抽芽。夜聞歸雁生鄉思，病入新年感物華。曾是洛陽花下客，野芳雖晚不須嗟。

方回：此夷陵作，歐公自謂得意。蓋「春風疑不到天涯」一句，未見其妙，若可驚異；第二句云「二月山城未見花」，即先問後答，明言其所謂也。以後句句有味。

馮班：歐公本佳，説出「問答」二字，便欲嘔矣。

馮舒：亦自工緻。

馮班：名作。

陸貽典：句法相生，對偶流動，歐公得意作也。

查慎行：起句得鬆快。

紀昀：起得超妙。○不減柳州。

許印芳：歐陽修字永叔，號醉翁，又號六一居士，謚文忠。○「花」字、「不」字俱複。○起句妙在倒裝，若從未見花説起便是凡筆。

戲詠江南風土

黄山谷

十月江南未得霜，高林殘水下寒塘。飯香獵户分熊白，酒熟漁家擘蟹黄。橘摘金包隨驛使，米舂玉粒送官倉。踏歌夜結田神社，游女多隨陌上郎。

方回：此詩見山谷外集，亦非他人所能及也。

馮舒：都無藴藉。○不成句。○七、八二句，直駡而俚，真不成詩。

馮班：第三句，少此物。○「江西」蠻子，可惡。

紀昀：意摹柳州諸作，而骨韻神采不及遠矣。

入秭歸界

范石湖

山根繫馬貨漿家，深入窮鄉事可嗟。蚯蚓祟人能作瘴，茱萸隨俗强煎茶。幽禽不見但聞語〔四三〕，野草無名却着花。窈窕崎嶇殊未艾，去程方始問三巴。

方回：淳熙二年乙未，石湖自桂林移帥四川，年五十矣。入峽諸詩多佳者，惟選此篇及入鮓甕詩，如擬劉夢得竹枝歌，亦不減劉也。

入鮓甕

懷沙祠下鐵色磯，中流束湍張禍機。與齊去俱入彼可弔，乘流而行吾亦危。江河難犯一至此，天地好生安取斯。朝歌勝母古尚諱，我其舞醢〔四四〕航秭歸。

方回：元注：「在歸州郭下，長石截然，據江三之二，水盛時濆淖極大，號峽岸中至嶮處。自此登舟至巫山。」「王者之法如江河，易避難犯」，以「天地好生」爲對，亦奇矣。此「吴體」。
馮班：詩不必以宋爲諱，但如此惡模樣，自宜痛戒。○第八句，石湖語，可厭。
查慎行：「與齊俱入」，語出南華。○五、六妙於用虚字。
紀昀：恣而不野，峭而有韻，「江西」派中之佳者。

杭州喜江南梅度支至二詩

陳文惠

淡薄交情老更濃，爲君彈瑟送金鍾。苧羅香徑無時到，姑射仙姿在處逢。鸞鶴品流慚晚達，煙霞門户憶先容。公餘莫放西湖景，步步蒼苔翠翠松〔四五〕。
方回：陳公「秋風斜日鱸魚鄉」之句，膾炙人口，謂錢塘風物。第四句切題。
紀昀：四句何以切題？再詳之。
馮舒：第四句，宋人谿徑。

公望當年最得君，畫圖城郭喜同羣。門前碧浪家家海，樓上青山寺寺雲。松下玉琴邀鶴聽，溪邊臺石共僧分。情多景好知難盡，且倒金樽任半醺。
查慎行：二、三兩聯上二字作對，犯重。

紀昀：二詩局度頗整齊，但無深意耳。○第二首第三句不及對句自然。○「門前」「樓上」「松下」「溪邊」，字法太複。

守嚴述懷

陸放翁

桐君故隱兩經秋，小院孤燈夜夜愁。名酒過於求趙璧，異書渾似〔四六〕借荊州。溪山勝處身難到，風月佳時事不休。安得連雲車載釀，金鞭重作浣花游。

方回：放翁淳熙丙午、丁未、戊申在嚴州，二考滿，其去年六十四矣。「求酒」、「借書」之聯，可發一笑。大抵太守自不當借書於寓公，趙守汝愚借滕元秀詩集三千首，竟掩有不還，遂致其家不傳，以一入太守宅難取故也。予爲此郡初，自造「至清堂酒」，却絶妙，但亦未嘗借人書看。七年宿留，八年而歸，爲一寠人云。

紀昀：自述清標，其辭殊陋。

查慎行：用事必如此超脱，方稱作家。

紀昀：悶語以豪宕結之，尚不落套，通體則未免平熟。

無名氏（甲）：此等亦非放翁至處。

校勘記

〔一〕然則　按：「則」原作「此」，據康熙五十二年本、紀昀刊誤本校改。　〔二〕一夜雨　何義門：「一」一作「半」。　〔三〕漂泊　馮班：「漂」一作「淹」。　〔四〕海客　馮班一作「海南客」。　〔五〕海上去　馮班：「去」一作「歸」。　〔六〕桂府　馮班：「府」一作「浦」。　〔七〕獻寶　馮班：「寶」一作「錦」。　〔八〕却歸　馮班：「歸」一作「迴」。　〔九〕乘舟　馮班：「舟」一作「船」。　〔一〇〕詩景　馮班：「景」當作「境」。　〔一一〕今君　馮班：一作「君今」。　〔一二〕杜宇　許印芳：「宇」一作「魄」。　〔一三〕雨外　馮班：「外」一作「夜」。　〔一四〕鯨吞　許印芳：「鯨」一作「龍」。　〔一五〕却回　許印芳：一作「歸老」。　〔一六〕無城　按：「無」原作「蕪」，據康熙五十二年本、紀昀刊誤本校改。　〔一七〕陰火　按：「陰」原作「煙」，據康熙五十二年本、紀昀刊誤本校改。　〔一八〕還家　馮班：「家」一作「歸」。　〔一九〕戲新船　馮班：「戲」一作「試」。　〔二〇〕又逢衰蹇老　按：原作「不逢寒便老」，據康熙五十二年本、紀昀刊誤本校改。　〔二一〕巫山峽　李光垣：「高」訛「峽」。　〔二二〕泉聲異　馮班：「異」字，集作「落」，不如「落」字佳。　〔二三〕謝朓　按：「朓」原作「眺」，據本集校改。　〔二四〕開宴　馮班：「開」當作「閑」。　〔二五〕黔人　馮班：「人」當作「中」。　〔二六〕天根　馮舒「天」一作「大」，不好。　〔二七〕輟省曹　按：「輟」原作「輒」，據康熙五十二年本、紀昀刊誤本校改。　〔二八〕興時　李光垣：應作「時

「秋」興」。〔二九〕覺勝　馮班：「覺」當作「絶」。〔三〇〕争戰　馮班：「争」當作「征」。

〔三一〕盡爲　馮班：「盡」當作「必」。何義門：「必」字精神。〔三二〕秋來　許印芳：「秋」與下句複，當作「朝」。〔三三〕秋露　馮班：「露」一作「雨」。〔三四〕風流　查慎行：集作「風光」。〔三五〕柿葉　查慎行：一作「柿蒂」。〔三六〕紀昀：題再校。〔三七〕越瘴　馮班：「瘴」一作「嶂」。〔三八〕鞴汗　按：「汗」原作「污」，據本集校改。〔三九〕投釣謝家池正雨　陸貽典：集作「偷釣侯家池上月」，似更佳。〔四〇〕見范蠡　馮班：「見」當作「逢」。〔四一〕處險　按：原作「險處」，據康熙五十二年本、紀昀刊誤本校改。〔四二〕劉白　許印芳：當作「楊劉」，愚爲更正。蓋此句指宋初「崑體」諸人，不指唐之劉、白也。〔四三〕但聞語　紀昀：「但」作「惟」則諧調，再校本集。〔四四〕我其舞醖　紀昀：「舞醖」不解，再校本集。〔四五〕蒼苔翠翠松　李光垣：「翠翠松」再校。〔四六〕渾似　查慎行：「渾」當作「難」。

瀛奎律髓彙評卷之五　昇平類

詩家有善言富貴者，所謂「笙歌歸院落，燈火下樓臺」、「梨花院落溶溶月，柳絮池塘淡淡風」是也，然亦必世道昇平而後可。李太白謂〔一〕唐明皇盛時奉詔作宮中行樂詞，雖漁陽之亂未萌也，而其言已近乎誇矣。今取凡言富貴者，不曰「富貴」而曰「昇平」，必有昇平而後有富貴。羽檄繹騷，瘡痍憔悴，而曰君臣上下、朋友之間，可以逸樂昌泰，予未之信也。

馮班：天寶可言昇平矣。

紀昀：此論却正。

五言　六首

宮中行樂詞　八首取五

李太白

小小生金屋，盈盈在紫微。山花插寶髻，石竹繡羅衣。每出深宮裏，常隨步輦歸。只愁歌舞散，化作彩雲飛。

紀昀：麗語難於超妙，太白故是仙才。○結用巫山事無迹。

柳色黄金嫩，梨花白雪香。玉樓巢翡翠，金殿鎖鴛鴦。選妓隨雕輦，徵歌出洞房。宮中誰第一，飛燕在昭陽。

紀昀：此首純用濃筆，而氣韻天然，無繁縟冗排之迹。

玉樹春歸日，金宮樂事多。後庭朝未入，輕輦夜相過。笑出花間語，嬌來竹下歌。莫教明月去，留着醉嫦娥。

紀昀：此首除「玉樹」、「金宮」外純是淡寫，而濃艷鮮秀之氣溢於句外，直是神思不同。

寒雪梅中盡，春風柳上歸。宮鶯嬌欲醉，簷燕語還飛。遲日明歌席，新花艷舞衣。晚來移綵仗，行樂泥光輝。

許印芳：「泥」，去聲。

紀昀：此首亦清而艷。

水緑南薰殿，花紅北闕樓。鶯歌開太液，鳳吹繞瀛洲。素女鳴珠佩，天人弄綵毬。今朝風日好，宜入未央游。

方回：今按太白集有清平調詞三首、宮中行樂詞八首，皆應詔之作。杜子美所謂「天子呼來不上船，自稱臣是酒中仙」〔二〕，又曰「龍舟移棹晚，獸錦奪袍新」，皆指此也。高力士懷脱韡之恥，以「飛燕在昭陽」之句摘語楊妃，終不得官者，亦坐此也。太白之卒年六十二，在代宗初年。其召也在天寶初年，必長於子美。味子美「憐君如兄弟」之句，則亦忘年交也。子美天寶十三載方進三賦召試，則太白去國久焉。兩賢一時俱不遇，而詩名俱千古不朽。彼暫遇而速朽者，又何足多云！

馮舒：天然富貴。

馮班：亦似晚唐。

何義門：未央，正皇后所居，歸之於正，且并諷之視朝於前殿也，却仍以「游」字結，不脱行樂，得主文譎諫之妙。

紀昀：此首亦艷而清。○五首穠麗之中別餘神韻，覺後來宮詞諸作，無非翦綵爲花。

無名氏（甲）：凡濃麗之詞，最易生厭，惟太白本宗宣城，有清新俊逸之氣。故雖華艷，不害天然。幾此者難矣。

許印芳：「吹」，去聲。

駕幸河東

王昌齡

晉水千廬合，汾橋萬國從。開唐天業盛，入沛聖恩濃。下輦迴三象，題碑任六龍。睿明懸日月，千載此時逢。

方回：昌齡，唐明皇時人，開元二十年十一月如汾陰祠后土，詩當是時作。用事造句皆典實，然昌齡律詩甚少，惟三、四篇。寒食詩有云：「雨滅龍蛇火，春生鴻雁天。」甚佳，而缺第五句。

馮班：非獨昌齡一人少律詩也。於時律體雖成，未必人人爲之，故摩詰七言不以失黏爲忌，老杜亦間有不黏平仄者。

紀昀：自是當時應制體，而語乏警策，非少伯佳處。

無名氏（甲）：尚是初唐餘氣，然較疏通矣。

七言 四十五首

寄太原李相公

白樂天

聞道北都今一變，政和軍樂萬人安。綺羅二八圍賓榻，組練三千夾將壇。蟬鬢應誇丞相少，貂裘不覺太原寒。世間大有虛榮貴，百歲無君一日歡。

方回：第五句頗於戲語中存規戒，第六句對得妙。

紀昀：結太淺、太盡，香山慣病。

無名氏（甲）：唐以太原爲北都，世推重鎮。出守節度，每用大臣。作詩氣象，亦得冠冕，方與題稱也。

送裴相公赴鎮太原

張司業

盛德雄名遠近知，功高先乞守藩維。銜恩暫遣分龍節，署勑還同在鳳池。天子親臨樓上送，朝官齊出道傍辭。明年塞北清蕃落，應起生祠請立碑。

馮班：「維」字湊。

紀昀：俗不可耐。

送君貺宣徽太尉歸洛　元章簡

萬釘還帶照龜緺，冠蓋郊西送使華〔三〕。去國正逢梁苑雪，探春先得洛城花。樓臺紫府神君館，松石平泉太尉家。四紀交游驚晚暮，白頭分袂一咨嗟。

馮舒：真不減唐。

馮班：送行之極則。

許印芳：元絳，字厚之，謚章簡。

冲之相公拜相

天聖年中桂籍人，而今二十五回春。親逢舜燭圖隣弼，首見堯龍秉化鈞。百辟望公承約束，四方多士仰經綸。爲儒富貴皆隆極，惟祝功名日日新。

馮舒：無不好。

紀昀：塵氣撲人。

無名氏（甲）：造語視唐人較密，而體格則卑。

禁林春直

李文公〔四〕

疎簾摇曳日輝輝，直閤深嚴半掩扉。一院有花春晝永，八方無事詔書稀。樹頭百囀鶯鶯語，梁上新來燕燕飛。豈合此身居此地，妨賢尸禄自知非。

方回：李昉此詩，合是宋朝善言太平第一人，故不以入「朝省類」，而置之「昇平」選中。

馮班：宋初氣象如此。

查慎行：第四句道盡太平氣象。

紀昀：三、四真太平宰相語，其氣象廣大、太和之意盎然，此故不在語言文字之間。○「鶯鶯」、「燕燕」全抄唐句，嫌太現成。

趙熙：五、六纂唐。

上吕相公

劉禹謨

重名清望徧華夷，恐是神仙不可知。一舉首登龍虎榜，十年身到鳳凰池。廟堂只似無言者，門館長如未貴時。除却洛京居守外，聖朝賢相復書誰？

方回：此必爲吕蒙正作。劉昌言，泉州人，仕至同知樞密。中二聯世所共稱。

查慎行：第二句輕率語。

紀昀：三、四俗極，五、六作意形容而語未高妙。

無名氏(甲)：華詞無古骨，便入庸音，唐人不然也。

上李相公

王 操

弱冠登龍入粉闈，少年清貴古來稀。袖中詔草朝天去，頭上宮花侍宴歸。卓筆玉堂寒漏迴，捲簾池館水禽飛。三台位近猶謙遜，閒聽秋霖憶翠微。

方回：詩話或以「詔草」爲病，爲無携草以朝天子者。予謂不然，凡詔雖寫真本，豈不以草本袖而同行乎？又或有以草本密進者，此無害也。

馮班：「詔草」、「宮花」正好對，嫌者固腐而辨者亦呆也。

紀昀：應酬詩之秀雅者，惟起二句俗耳。

洛陽春

帝里山河異莫裁，就中春色似先來。暖融殘雪當時盡，花得東風一夜開。艷日綺羅香上苑，沸天簫鼓動瑶臺。芳心只恐烟花暮，閑立高樓望幾回。

方回：此乃宋有天下，始盛將泰之日也。
紀昀：「異莫裁」三字不妥，餘俱遒警。
許印芳：紀批云「首句不妥，餘俱遒警」。次句「就」字、「似」字皆稚氣，七句「花」字與四句複，「暮」字亦湊，愚皆改之，首句改爲「帝里山河錦繡堆」，次句改爲「年中春色最先來」，七句改爲「客心只恐芳菲歇」，而通體俱遒警矣。

兄長莒公赴鎮道出西苑作詩有長楊獵近寒熊吼太液歌餘瑞鵠飛〔五〕語警邁予輒擬作一篇

宋景文

寶樓斜倚闕西天，北轉樓陰壓素漣。白雪久殘梁複道，黄頭閒守漢樓船。塵輕未損朝來霧，樹暖才容臘外煙。弭節不妨饒悵戀〔六〕，待歌魚藻記他年。

方回：「黄頭閒守漢樓船」，「閒」作「空」，詩話謂經改定。
紀昀：三、四精神色澤不減「長楊獵近」一聯。
李光垣：「樓」字凡三見。

寄題相臺太尉韓公晝錦堂

瑞節前驅晝錦身，堂成署榜示州民。遷鶯賀燕翩翻集，嘉樹甘棠次第春。漳岸夕波通沼溜，魏臺暾日弄梁塵。君看千古青編上，得意如公有幾人。

方回：左昭二年：「敢不封殖此樹，以無忘角弓，遂賦甘棠。」〇富貴將相，惟韓魏公無愧此堂，此詩非誇非諛。

紀昀：此殊淺俗，六句尤不妥。

寒食假中作

九門煙樹蔽春廛，小雨初晴潑火前。草色引開盤馬地，簫聲催暖賣餳天。縈絲早絜輕無着，弄袖和風細可憐。鼇署侍臣貪出沐，珉廛珠餡愧頒宣。

方回：景文宋公嘗知壽州，再入翰苑，又詔知杭州，才出國門，追還〔七〕本職，此所謂「鼇署侍臣貪出沐」者，殆慶曆五年乙酉、六年丙戌間事。詩二、四風味特甚，足見昇平。五、六尤潤，末句宣賜事候考。

紀昀：究竟三、四勝五、六。

紀昀：二詩皆「崑體」，而不礙氣骨之雄渾，詩亦安可以一格拘？

許印芳：題中「假」字，去聲。

送致政太師文潞公

羅正之

曾將故老較量看，五福如公信是難。潞國封來多有歲，太師以上更無官。應留妙算安神器，必得人才薦將壇。他日宋家青史上，始終臣節雪霜寒。

方回：羅適，天台人。五首取一。尚有「貝州陰德即仙資」一句佳。

紀昀：粗俗乃爾，何以入選？

駕幸西太一宫道傍耕桑者皆以茶絹賜之

韓魏公

杪春時澤未全滂，西禱真祠徯福祥。蠶女捨籠驚法從，耕夫投耒目天光。勤勞率有優恩及，拜賜皆知佚道長。海内承風誰不勸，何須躬籍與躬桑。

方回：此甲辰治平元年英宗出郊時詩，昇平之象可掬，魏公爲太平宰相無愧矣。時耕者叱牛聲甚厲，駕前衛士咸以爲笑，公亦以詩紀之也。

紀昀：語殊拙鄙，不必以魏公之故爲之詞。

馮班：七、八二句，禮豈可廢？此禮也，何勸天子廢禮？

駕幸金明池

西池風景出塵寰，春豫方乘禁坐閒。庶俗一令趨壽域，從官齊許燕蓬山。樓臺金碧交輝外，舟楫笙歌浩渺間。與衆盡歡宫漏促，萬花香裏屬車還。

方回：此太平宰相之言，英宗時。

紀昀：此亦平平，結尤少意致。

初會晝錦堂

重向高堂舉宴盃，四年牽强北門回。故園風物都如舊，多病襟懷逐一開。白髮恥誇金絡騎，緑陰欣滿鐵梁臺。因思前彦歸榮者，未有三會晝錦來。

紀昀：三詩皆平鈍，虚谷特以晝錦佳事，魏公名人存之耳。然選詩只合論詩，詩不可廢，雖宋之問之邪佞，不能删而不存；詩苟不佳，雖名臣大儒，不宜遷就標榜，使後學循名而誤效也。

再　題

爲郡偏榮晝錦歸，再容鄉任古來稀。邸人祇駭新章貴，仙表誰瞻舊鶴飛？浹境士民增慰悦，一軒風物起光輝。鑱詩又志君恩重，鼎鑊捐軀報亦微。

方回：公初有古詩，不以快恩讐、矜名譽爲然，見諸歐陽公記中。此熙寧初元〔八〕自長安再領鄉郡時，後遂改鎮北門，得請歸判相州，凡三衣錦云。

紀昀：第四句詞不達意。

初登休逸臺

休逸臺高復凭闌，依然風月喜生顔。城頭仰視新栽柳，天外微分舊見山。草色且無歸後怨，禽飛同到倦時還。欲知恩許三年幸，錦爛裘輕白晝閒。

馮舒：五、六自謂耶？語甚不快。

陸貽典：馮已蒼云五、六語不快，愚謂五、六佳句也。詩不可執一論，要在讀書論世者。

紀昀：次句「喜生顔」三字鄙，三句拙，五句費解。

癸丑燈夕

争放紅蕖燎紫沉，勝游誰肯惜千金？人和更有笙歌助，酒美應無巷陌深。化國光陰方甚永，洞天風物不難尋。如何可致吾民樂，長似熙熙此夜心。

方回：熙寧六年相州作。

紀昀：第四句費解，五句「方甚永」三字稚甚。

賞花釣魚御製

昭　陵仁宗

晴旭輝輝苑籞開，氤氳花氣好風來。游絲罥絮縈行仗，墮蘂飄香入酒杯。魚躍文波時撥剌，鶯留深樹久徘徊。青春朝野方無事，故許游觀近侍陪。

馮班：此種詩不如用「崑體」，富艷而雅。

查慎行：御製詩難得如許熨貼。

紀昀：氣象雍容，自是太平帝王吐屬，然以爲高作，則未也。

和御製賞花釣魚

韓　琦

花簇香亭萬朵開，瑚輿高自九關來。輕陰閣雨留天仗，寒色凝春送壽杯。仙吹徹雲終縹渺，恩魚逢餌久徘徊。曾參二十年前會，今備台司得再陪。

紀昀：「寒色」如何「凝春」？不妥。第五句費解。

和前韻

鄭穀夫

輦路鮮雲五色開，一聲清蹕下天來。水光翠繞九重殿，花氣濃薰萬壽杯。繡幕烟深紅會合，文竿風引緑徘徊。蓬山絶頂無人到，詔許羣仙盡日陪。

查慎行：「會合」二字牽强而嫩。

紀昀：二詩皆無可採。〇「紅會合」、「緑徘徊」皆嫌造作。

和前韻

禁籞平明帳殿開，華芝初下未央來。人間彩鳳儀韶曲，天上流霞滿御杯。花近赭袍偏照爛，魚窺仙仗亦徘徊。蓬萊絶景何曾到，自愧塵蹤此一陪。

紀昀：三詩皆和「徘徊」字，當時伶人用以爲嘲。楊升菴丹鉛總録遂掇拾諸生僻字如「徊徊」之類，以譏宋人之不學。夫詩之工拙，不在韻之新否，遇不可改押之字，還其自然，猶不失大方。必欲搜索奇僻，則轉落小家矣。

奉詔赴瓊林苑燕餞太尉潞國文公出鎮西都

都門秋色滿旌旗，祖帳容陪醉御卮。功業迥高嘉祐末，公至和中首陳建儲之策。精神如破貝州時。白居易獻裴晉公詩云：「聞説風情筋力在，只如初破蔡州時。」匣中寶劍騰霜鍔，海上仙桃壓露枝。公之子近有登瀛之命。昨日更聞褒詔下，別看〔九〕名姓入烝彝〔一〇〕。

紀昀：三、四質語，却不傷雅。

無名氏（甲）：穀夫詩亦未完美，然稍得唐人蹊徑，頗少瑕疵耳。

送公闢給事自青州致政歸吳中

青瑣仙人解玉符，秋風一夜滿江湖。曾歌郢水非凡曲，未掃旄頭負壯圖。公昔北使，憤然屢抑虜人。終日望君天欲盡，平生知我世應無。扁舟應約元宮保，瀟灑蓮涇二丈夫。採蓮涇在蘇州南園後。

馮舒：三句「水」字湊。

紀昀：此較流逸。〇三句湊。

許印芳：此詩情致圓足，不但流逸而已。三句合前後看，全無意味，曉嵐又病其湊句，故改作：「曾批勅尾傳荒塞」。七句「應」字與六句犯複，改作「好」。○鄭獬，字毅夫。

送程公闢給事出守會稽兼集賢殿修撰

越州太守何瀟灑，應爲能吟住集仙。雪急紫濛催玉勒，公奉使方歸。紫濛，虜中館名也。日長青瑣聽薰絃。一時冠蓋傾離席，半醉珠璣落彩牋。自恨君恩渾未報，五湖終負釣魚船。

方回：「紫濛」二字甚新，人所未用，亦所未知。

查慎行：晉書載記慕容廆傳：「世居東夷，邑於紫蒙之野。」詩中所用當出此。「蒙」與「濛」字體稍異，音義相同，乃地名，非館名也。注恐訛。

紀昀：此較脱灑，然頭緒不清。○楊升菴譏「紫濛」説注，不知此非虚谷注，乃原注也。同時人記同時事，必不謬誤，升菴自誤耳。

寄程公闢

念昔都門手一携，春禽幾向苧蘿啼。夢回金殿風光別，吟到銀河月影低。舞急錦腰迎十八，酒酣金盞照東西。何時得遂扁舟去，雪棹同君泛剡溪。

方回：「迎十八」、「照東西」，全是「迎」字、「照」字，有工。

查慎行：黄山谷詩：「佳人斗南北，美酒玉東西。」「玉東西」，酒杯也。今既曰「金盞」，又曰「東西」，於義何居？上句亦太纖，不足取。

紀昀：爽朗無庸鈍之氣。

無名氏（甲）：蔡琰有胡笳十八拍。霓裳有六么滚爲十八。「玉東西」，酒盞名。

恭和御製上元觀燈

王和甫

鑾輿清曉出瑶臺，羽衛瞻迎扇影開。鳳闕張燈天上坐，雞林獻曲海邊來。修文可笑秦無策，能賦休誇楚有才。星漢未斜鈞樂闋，君王宣示萬年杯。

方回：此即王禹玉「雙鳳」、「六鰲」之韻，足見太平盛世。

紀昀：後四句淺弱。○五句「可笑」二字欠鍊。

瓊林苑賜宴餞留守太尉輒繼高韻呈

名德曾來重四夷，朝廷今日見官儀。陪祠自冠三公位，分陜猶爲百辟師。金谷望塵多眷舊，瓊林賜餞盡巫疑。都人喜見旆旌美，寧識勳名在鼎彝？

陸貽典：「金谷望塵」非佳事也，何以引用？

查慎行：「巫疑」未詳。

紀昀：「巫疑」二字再考。

上巳游金明池

王立之

游絲墮絮惹行人，酒肆歌樓駐畫輪。鳳管遏回雲冉冉，龍舟衝破浪粼粼。日斜黄繖歸馳道，風約青簾認别津。朝野歡娱真有象，壺中要看四時春。

方回：選此詩以爲汴京昇平之盛，可夢不可見，恐亦不可夢也，嗚呼痛哉！

紀昀：何嘗非應制體？而句外自有遠神。

無名氏（甲）：北宋之盛，大抵在太宗之世，而真、仁又次之，然何能及唐朝之半？即文章氣象，自不同耳。

許印芳：王直方，字立之。

金明池

王平甫

霓旌遠遠拂樓船，滿地春風錦繡筵。三島路深浮閬苑，九霞觴滿奏鈞天。仗歸金闕浮雲外，人望池臺〔二〕落日邊。最引平生江海趣〔三〕，波瀾一段草如煙。

紀昀：金明池繁華之景，只用輕點。後四句全於空處著筆，善於避實擊虚，此運意之妙。

許印芳：「滿」字、「浮」字俱複。○王安國，字平甫，安石少弟。

上元從駕至集禧觀次沖卿韻　王介甫

昭陵持橐從游人，更見熙寧第四春。寶扇初開移玉座，華燈錯出映朱塵。樓前時看新歌舞，仗外還如舊徼巡。投老逢時追往事，却含愁思度天津。

紀昀：有作意而語殊草草。

次韻陪駕觀燈

繡節含風下玉除，宮商挾奏斐然殊。福祥周室流爲火，恩澤堯樽散在衢。伏枕但能知廣樂，揮毫何以報明珠？但留巾篋歸田日，追詠公歡每自娛。

馮班：中四句宋甚。

陸貽典：立言得體。中四句皆爲定遠批抹，以爲句法宋甚。夫詩必取唐，唐以後皆可不存矣。固哉！言詩也。

紀昀：「斐然殊」字本漢書禮樂志。○三、四拙甚。

謁曾魯公

翊戴三朝冕有蟬，歸榮今作地行仙。且開京洛蕭何第，未泛江湖范蠡船。老景已憐周吕尚，慶門方似漢韋賢。一觴豈足爲公壽？願賦長鯨吸百川。

馮班：中四句俱用事，似覺竇實。

陸貽典：中四句連用四人名，亦詩之一病。

查慎行：中兩聯疊用四人姓名，板重無味。

紀昀：直似後人屏幛之辭。○四人名不合格。

上元喜呈貢父

車馬紛紛白晝同，萬家燈火暖春風。别開閶闔壺天外，特起蓬萊陸海中。盡取繁華供俠少，祇分牢落與衰翁。不知太一游何處，定把青藜獨照公。

紀昀：後四句佳。

和賞花釣魚

蔭幄晴雲拂曉開，傳呼仙仗九天來。披香殿上留朱輦，太液池邊送玉杯。宿蕊暖含風浩蕩，戲鱗清映日徘徊。宸章獨與春爭麗，恩許賡歌豈易陪？

查慎行：兩兩分對，又屬次韻，雖作手難於出色。

紀昀：清出和詩古法。

車駕幸玉津園晚歸進詩

洪景盧

五更猶自雨如麻，無限都人仰翠華。翻手作雲方悵望，舉頭見日共驚嗟。天公的有施生妙，帝力堪同造化誇。上苑春光無盡藏，何須羯鼓更催花。

方回：淳熙中阜陵宿戒，車幸玉津園，夜大雨，曉而晴。景盧進此詩後兩日，宇文价內引，上舉以此詩，曰：「洪待制用『雨如麻』，偶思得『桑麻』可答。其末句用『羯鼓』事，故以『華清車騎爛如花』答之。」世人以爲榮遇，此亦一時之太平也。然三、四用儷語熟套，蓋四六者乃三洪之所長。

馮班：宋人四六不佳，正坐此輩語，更以作詩，惡道也。宋人四六只取切對，不論用得用不得，洪氏尤甚，直惡文也。

馮班：三、四不通，四六惡語，二事用不得。

陸貽典：「誇」字湊。○「翻手作雲」是何等語！而可用於「車駕臨幸」題乎？

紀昀：豈不用意，無奈頭巾氣耳。五句「的有」字不雅。

秋日臨幸秘書省因成近體詩一首賜丞相史浩以下

阜陵孝宗

玉軸牙籤煥寶章，簪紳侍列映秋光。宴開芸閣儒風盛，坐對蓬山逸興長。稽古右文慚菲德，禮賢下士法前王。欲臻至治觀熙洽，更罄嘉謀爲贊襄。

方回：淳熙五年戊戌九月十二日，駕幸秘書省。翌日賜丞相史浩以下此詩。自建炎丁未至庚戌，閱四年，無非寇賊充斥之日。自紹興辛亥至壬午三十二年，梗以姦相秦檜者十七年。天下學士大夫切齒於忘讐議和之事，貶逐相望。辛巳，完顏亮背盟臨江，東南震動，幸而再安，天也。中間錢塘一隅，謂之小康則可矣。至阜陵立，歷隆興、乾道以至淳熙，始可謂之昇平。故取孝宗此詩，以見當時稽古右文、禮賢下士之盛。宋之極治，前言仁祖，後言孝宗，漢、唐英主有不逮也。朝廷治而天下富樂謂之昇平，天下雖尚富樂而朝廷不治，則有亂之萌，不足以言昇平也。選詩之意，又在乎此。

紀昀：湊泊而成，氣象狹少，不及仁宗遠矣。

無名氏（甲）：孝宗承大亂之後，不能復中原寸土，僅免稱藩，何足謂之昇平？亦不足謂之小康！區區文飾，於詞章曾何補耶？

寓意

晏元獻

油壁香車不再逢，峽雲無迹任西東。梨花院落溶溶月，柳絮池塘淡淡風。幾日寂寥中酒後，一番蕭索禁烟中。魚書欲寄何由達？水遠山長處處同！

馮舒：自然美麗，然所寓之意與昇平無干。○第二聯亂離時人決道不出。

馮班：次聯自然富貴，妙在無金玉氣。腹聯清怨，妙在無脂粉氣。此艷體中之甲科也。○此首宜編「風懷類」。○「崑體」多用富貴語，此却自然不寒儉，勝楊、劉也。

陸貽典：艷麗無脂粉氣。

查慎行：晏工於填詞，鍊句每輕倩。

紀昀：此不宜入「昇平類」。○中、晚唐人不用意詩。

許印芳：「中」字複，惟義不同耳。○晏殊，字同叔，謚元獻。

恭和御製秋月幸秘書省近體詩

吕東萊

麟閣龍旂日月章，中興再見赭袍光。仰觀焜燿人文盛，始識扶持德意長。功利從今卑管晏，浮華自昔陋盧王。願將實學酬天造，敢效明河織女襄。

方回：東萊時爲著佐兼權禮郎國史編修，十月十七日除大著，十二月十四夜，感末疾，給假，明年三月二十四日遂歸婺州，不復再起。淳熙八年辛丑七月二十九日卒，年四十五。集中詩僅一卷，率多挽章。今以類選公詩，僅得五首。秘書省三挽汪聖錫，一如福州城樓。五言詩亦佳，有云「棊聲傳下界，雁影没長空」、「島嶼秋江裏，樓臺海氣中」，蓋少作也。

馮舒：親至福州，方知其佳，因城樓猶是舊物耳。

紀昀：不免腐氣，此爲宋儒之詩。

賀車駕幸秘書省二首

麟臺高柳識琱輿，共記中興幸省初。黄道再傳天子蹕，青編重入史臣書。需雲下際君恩盛，晨露高張樂節舒。若寫鴻猷參大雅，定非周鼓頌畋漁。

方回：「畋漁」善用韻。

紀昀：此却無道學氣，不礙詩格。

無名氏（甲）：此首稍雅飭。其前後二首，卑之無甚高論也。

許印芳：「高」字複。○吕祖謙，字伯恭，學者稱東萊先生。

紫清丹極與天鄰，閶闔乾坤係笑顰。獨爲斯文回一顧，坐令吾道重千鈞。先王舊物參差見，列聖明謨次第陳。墨客區區感榮遇，豈知深意在彝倫。

方回：淳熙五年戊戌九月十二日阜陵車駕幸秘書省，公時爲著作佐郎兼權禮部郎官。上有詩見前。公和外，又有此二詩，穩重端整，過於無益空言者萬萬矣。

馮舒：道學餘波及人。

查慎行：東萊不以詩名，而應制乃爾稱題，有專家所不及者。合前後三章觀之，儒者氣象可見。

紀昀：亦腐語，此於儒者爲格言，而於詩家爲厲禁，言各有當，勿以名儒所作而效之。

入城至郡圃及諸家園亭游人甚盛　陸放翁

老子何曾慣市塵，今朝也復入城闉。太平有象人人醉，造物無私處處春。九陌鶯花娛望眼，一竿風月屬閑身。不緣興盡回橈早，要就湖波照角巾。

方回：三、四好。

馮舒：以下三首都非放翁佳處，不勞入選。○末句牽强。

查慎行：劍南詩非不佳，只是蹊徑太熟，章法、句法未免雷同，不耐多看。

紀昀：三、四竟是巷市春聯！

乍晴出游

八十山翁病不支，出門也喜賦晴詩。小樓酒旆闌街處，深巷人家曬練時。本借微風欹帽影，却乘新暖弄鞭絲。歸來幸有流香在，剩伴兒童一笑嬉。

方回：流香，所賜酒名。

馮班：詩亦好，但味薄。

紀昀：淺而有姿。

武林

皇輿久駐武林宮，汴洛當時未易同。廣陌有風塵不起，長河無凍水常通。樓臺飛舞祥烟外，鼓吹喧呼明月中。六十年間幾來往，都人誰解記衰翁？

方回：此嘉泰六年壬戌詩，頗能道錢塘風物。元注：「紹興癸亥，予年十九，以試南省來臨安，今六十年矣。」

馮班：胸中不能忘汴、洛，並模寫武林處亦覺忠憤之氣拂拂行墨中。

紀昀：如以「飛舞」連下讀，則祥烟可飛舞，明月豈解喧呼？如以「喧呼」連上讀，則鼓吹可喧呼，樓臺豈解飛舞？

無名氏（甲）：遠不逮杜牧長安。豈詩人才力亦與時世爲升降耶？

西村暮歸

天氣清和修禊後，土風淳古結繩前。村村陂足分秧水，户户門通入郭船。亭障〔三〕盜消常息鼓，坊場酒賤不論錢。行人争看山翁醉，頭枕槐根卧道邊。

方回：此景未易得也，故取之。

馮舒：此首放翁本色。

陸貽典：不減香山。

紀昀：此近長慶門户。○末句太質。○此卷多館閣之作，原無深意，其工拙可一覽而定。

無名氏(甲)：此首亦不爲佳。點染南宋，與平時議論不合，而氣體亦卑。

校勘記

〔一〕李太白謂　馮班：「謂」當作「爲」。　李光垣：「當」訛「謂」。　〔二〕中仙　按：「中」原作「家」，據元至元本校改。　〔三〕郊西送使華　紀昀：「送使華」不成語，恐是「送使車」之訛，再考。　〔四〕李文公　李光垣：「正」訛「公」。　〔五〕李光垣：題次行「飛」字下脱「造」字。　〔六〕悵戀　馮班：「戀」，王抄本作「孌」。　〔七〕迫還　馮班：「迫」當作「追」。　〔八〕初元　馮班：「元」當作「年」。　〔九〕别看　李光垣：「刊」訛「看」。　〔一〇〕烝彝　李光垣：「周」訛「烝」。　〔一一〕池臺　許印芳：「池」一作「瑶」。　〔一二〕江海趣　許印芳：「趣」一作「興」。　〔一三〕亭障　按：「障」原作「帳」，據康熙五十二年本、紀昀刊誤本校改。

瀛奎律髓彙評卷之六　宦情類

出將入相，行道得時，仕也。乘田委吏，州縣徒勞，亦仕也。今所選詩，不於其達與不達之異，其位高，取其憂畏明哲而知義焉；其位卑，取其情之不得已而知分焉。驕富貴、歎貧賤者，咸黜之，是可以見選詩之意矣。

馮舒：可厭甚。

紀昀：此論亦是。

五言　四十三首

南還湘水言懷

張九齡

拙宦今何有，勞歌念不成。十年乖夙志，一別悔前行。歸去田園老，儻來軒冕輕。江間稻正熟，林裏桂初榮。魚意思在藻，鹿心懷食苹。時哉苟不達，取樂遂吾情。

方回：似韋蘇州。

馮舒：反云似韋，猶高、曾之似雲、礽也。

紀昀：此詩猶帶初體。

郡内閒齋

郡閤晝常掩，庭蕪日復滋。簷風落鳥毳，窗葉掛蟲絲。拙病宦情少，羈閒秋氣悲。理人無異績，爲郡但經時。惟有江湖意，沉冥空在兹。

方回：張曲江詩有韋蘇州滋味，三、四、五、六俱高爽沉着，而句句婉美也。

馮舒：曲江相玄宗，韋尚爲三衛，何得反云有韋滋味？

馮班：曲江名反在左司下耶？

陸貽典：曲江詩遠過左司，名亦在韋上。

紀昀：此詩諧婉。

許印芳：律體而含古意，風格自高，惟聯數畸零，不可爲式。○「郡」字複。

使至廣州

昔年長不調，茲地亦邅迴。本謂雙鳧少，何知駟馬來。人非漢使橐，郡見越王臺。去去雖殊事，山川常在哉。

方回：此爲嶺南黜陟使時詩，所謂衣錦者也。三、四工，布衣仕至王朝，人才衆多，江湖之雙鳧乘雁也〔一〕。駟馬而歸，不亦榮乎。張雖丞相，亦驕矣。

馮舒：「雙鳧」恐不如此解。

紀昀：亦未見工。

馮班：一團元氣。

陸貽典：元氣渾淪。

紀昀：此詩無可採處，一結尤不成語。

無名氏(甲)：廣州，在廣東。

初至犍爲作

岑參

山色軒楹内，灘聲枕席間。草生公府静，花落訟庭閒。雲雨連三峽，風塵接百蠻。到來能幾日，不覺鬢毛斑。

方回：頗似老杜詩，而無其悲憤。末句亦不堪遠仕矣，然爲刺史，則勝如爲客之流離也。

陸貽典：「犍爲」直起，落句點出「初至」。

查慎行：以下二首亦可入「風土類」。

何義門：三、四已極貌荒遠，非兩省重臣所堪處也，却不露，便紆餘有味。

紀昀：嘉州詩難得如此清圓。

許印芳：後半亦壯浪。

無名氏（甲）：犍爲，四川嘉定州。

郡齋平望江山　時牧犍爲

水路東連楚，人煙北接巴。山光圍一郡，江月照千家。庭樹純栽橘，園畦半種茶。夢魂知憶處，無夜不京華。

方回：知嘉州所作。岑後竟不能入長安，卒於蜀，其節義有可稱者。

紀昀：無甚警策，五、六亦弱。

無名氏（甲）：唐人作詩，雖不盡佳，然多可諷詠，覺有餘味。此宋人所不及也。

宿岐州北郭嚴給事别業

郭外山色暝，主人林館秋。疏鐘入卧内，片月到牀頭。遥夜惜已半，清言殊未休。君雖仕青瑣，心不忘滄洲。

方回：仕宦而常欲退者必吉人，尾句不急而有味。

紀昀：通體清遠，後四句尤好。

無名氏（甲）：岐州，陝西鳳翔。

題永樂韋少府廳

大河南郭外，終日氣昏昏。白鳥下公府，青山當縣門。故人是邑尉，過客駐征軒。不憚煙波闊，思君一笑言。

方回：三、四好，晚唐人多用之。

紀昀：後四句是老筆，信手流出。無其老而效之，便入俚詞率調。

題元録事開元所居　　劉長卿

幽居蘿薜情，高卧紀綱行。鳥散秋鷹下，人閒春草生。冒嵐歸野寺，收印出山城。今日新安郡，因君水更清。

方回：長卿之稱新安，皆唐睦州。開元必城外之古寺，如送張栩之睦州首句，云「遥憶新安舊」，然則新安爲睦州無疑也。第二句好，高卧而法自行，「行」字乃是有力字。

紀昀：「自行」者自然而行，不是「有力字」。

查慎行：太白詩「清溪三百曲，摇櫓上新安」，亦睦州也。

紀昀：第四句好，三句不自然。

無名氏(甲)：居在浙江嚴州府。

罷郡姑蘇北歸渡揚子津　　劉賓客

幾度悲南國，今朝賦北征。歸心渡江勇，病體得秋輕。海闊石門小，城高粉堞明。奎山舊游寺，過岸聽鐘聲。

方回：俗諺云：「於仕宦謂賀下不賀上。凡初至官者乃任事之始，未知其終也，故不賀。解官而去，則所謂善終者也，故賀。」夢得於此詩句句佳，三、四尤緊。
紀昀：此段與詩無涉。

查慎行：次聯着力在句末兩字。○奎山當在京口，失考。恐是金山之訛字。

紀昀：結句在有情無情之間，極有分寸。

和裴僕射移官言志

張司業

身在勤勞地，常思放曠時。功成歸聖主，位重委羣司。看疊臺邊石，閒吟篋內詩。蒼生正瞻望，難與故人期〔二〕。

方回：此和裴晉公也。爲上公而用心常常如此，所以善終。如蔡京、史彌遠、賈似道則不然矣。

馮舒：第四句不應以事對志，五、六言事不妨。

查慎行：頸聯莊重。

何義門：第四是移官。

紀昀：三、四好，五、六句格太弱，遂支不起，此又非濃淡相間之謂。

晚歲　　白樂天

壯歲忽已去，浮雲何足論。身爲百口長，官是一州尊。不覺白雙鬢，徒言朱兩幡。病難施郡政，老未答君恩。歲暮別京洛，年衰無子孫。惹愁諳世網，因苦賴空門。攬帶知腰瘦，看燈覺眼昏。不緣衣食繫，尋合返丘園。

方回：此在杭州作，殆初至郡時。

查慎行：長慶集中拗句絶少，此首是其變體。

紀昀：此詩如删爲八句曰：「不覺白雙鬢，徒言朱兩幡。病難施郡政，老未答君恩。歲暮別京洛，年衰無子孫。不緣衣食繫，尋合返丘園。」亦未嘗不括全詩之意，何必敷衍如斯？○三、四鄙。○結却真切，東坡「有田不歸如江水」，亦是此意。

無名氏（甲）：以下幾首率直少味，並非樂天佳處，可以不選。

自詠　在蘇州作

公私頗多事，衰憊殊少歡。迎送賓客懶，鞭笞黎庶難。老耳倦聲樂，病口厭杯盤。既無可戀者，何以不休官？

查慎行：中間雖屬對，乃古詩也，不應入律。

紀昀：拗而不健，真而太直，此香山本色語，却非得手之作。

六十拜河南尹

六十河南尹，前途足可知。老應無處避，病不與人期。幸遇芳菲日，猶當强健時。萬金何假借，一盞莫推辭。流水光陰急，浮雲富貴遲。人間若無酒，盡令鬢成絲。

方回：三、四，韓子蒼一聯出此。

紀昀：若「一盞」句竟住，却佳。元、白詩多失之好盡。

七年春題府廳

潦倒守三川，因循涉四年。推誠廢鉤距，示恥用蒲鞭。以此補公事，將何銷俸錢。雖非好官職，歲久亦妨賢。

方回：河南尹在當時想非要路，故曰「雖非好官職」。

查慎行：末聯達人口吻，與嘆老嗟卑者不同。

紀昀：語殊潦倒，三、四自譬，尤不合。香山往往有此。

罷府歸舊居

陋巷乘籃入，朱門掛印回。腰間抛組綬，纓上拂塵埃。屈曲閒池沼，無非手自開。青蒼好竹樹，亦是眼看栽。石片擡琴匣，松枝閣酒杯。此生終老處，昨日始歸來。

方回：第三、四韻自作隔對，亦一體也。罷河南尹歸家，故云爾。

馮班：别是一體。

紀昀：通體淺滑。

寄武功縣姚主簿

賈浪仙

居枕江沱北，情懸渭曲西。數宵曾夢見，幾處得書批[三]。驛路穿荒坂，公田帶淤泥。静棋功奥妙，閒作韻清凄。鋤草留叢藥，尋山上石梯。客迴河水漲，風起夕陽低。空地臺連〔四〕井，孤村火隔溪。卷簾黃葉落，鎖印子規啼。隴色澄秋月，邊聲入戰鼙。會須過縣去，況是屢招攜。

方回：大是用工。

紀昀：浪仙詩難得如此流利。○寄姚即作姚體，古人多如是。○「黃葉」「子規」一聯天然有韻。昔人謂借「子」爲「紫」以對「黃」，詩家雖有此法，然「黃葉」對「子規」自可，如此説轉成小樣。

許印芳：借對雖是小樣，大家亦嘗爲之，但不多耳。其格有二：如老杜「愛酒晉山簡，能詩何水曹」、「子雲清自守，今日起爲官」，此借字面爲對也。太白「水春雲母碓，風掃石楠花」、襄陽「廚人具雞黍，稚子摘楊梅」，此借字音爲對。以「楠」影「男」，以「楊」影「羊」也。浪仙此詩即是借音爲對，此皆偶一爲之，故不傷格。

無名氏(甲)：武功縣，在西安府。○造語自有深思，頓矯樂天之平易。然氣局甚窄，不能開暢，此其病也。

題皇甫荀藍田廳

任官經一年，縣與玉峯連。竹籠拾山果，瓦瓶擔石泉。客歸秋雨後，印鎖暮鐘前。久别丹陽浦，時時夢釣船。

方回：前輩歐、梅論詩，頗不然此三、四，然賈島、姚合非如此不能奇，不可棄也。

馮班：三、四細玩終不好。

紀昀：歐、梅時門户未興，尚存公論。

紀昀：此非奇語，乃太僻、太碎、太狹小、太寒儉耳，此二語虚谷一生歧誤之根。

無名氏（甲）：藍田，在西安府長安。

題長江

玄心俱好静，廨署落暉空。歸吏封宵鑰，行蛇入古桐。長江頻雨後，明月衆星中。若任遷人去，西浮與剡通。

紀昀：三、四十字連讀，乃吏散之後，公庭闃寂，故蛇敢出行耳。此詩雖僻而賴上句大方，遂不覺其鄙瑣。

武功縣中

姚合

縣去帝城遠，爲官與隱齊。馬隨山鹿放，雞雜野禽棲。繞舍惟藤架，侵階是藥畦。更師嵇叔夜，不擬作書題。
方回：三、四好，五、六似張司業而太易，太易則淺。三十詩中選此十二首。「四靈」之所學也。此可學也，學賈島不可及矣。
馮班：知言。
紀昀：此評最確。
馮班：「四靈」學武功。
紀昀：武功詩語僻意淺，大有傖氣，惟一、二新異之句，時有可採，然究非正聲也。
無名氏（甲）：武功縣，在西安府。
簿書多不會，薄俸亦難消。醉臥慵開眼，閒行懶繫腰。移花兼蝶至，買石得雲饒。且自心中樂，從他笑寂寥。
方回：五、六最工。
紀昀：五、六自好，三、四太俚。
無名氏（甲）：姚監詩亦無大氣局，比之浪仙亦淺，但稍覺開明耳。

曉鐘驚睡覺，事事便相關。小市柴薪貴，貧家砧杵閒。讀書多旋忘，賒酒數空還。長羨劉伶輩，高眠出世間。

方回：五、六〔五〕最細潤。

紀昀：第四句言無衣可擣也。

一日看除目，終年損道心。山宜衝雪上，詩好帶風吟。野客嫌知印，家人笑買琴。只應隨分過，已是一作「定」。錯彌深。

方回：起句舊改「終」作〔六〕「三年」，讀之遂成話柄。

紀昀：起二句不貫通篇。

日出方能起，庭前看種莎。吏來山鳥散，酒熟野人過。歧路荒城少，煙霞遠岫多。同官數相引，下馬上西坡。

方回：三、四句平正，尾句亦可取。

紀昀：三、四最好，不止平正。

朝朝眉不展，多病怕逢迎。引水遠通澗，疊山高過城。秋燈照樹色，寒雨落池聲。好是吟詩夜，披衣坐到明。

閉門風雨裏，落葉與堦齊。野客嫌杯小，山翁喜枕低。聽琴知道性，尋藥得詩題。誰更能騎馬，閒行衹杖藜。

方回：前四句閒適之味可掬。

紀昀：起二句好，三、四亦俚。

腥羶都不食，稍稍覺神清。夜犬因風吠，隣雞帶雨鳴。守官常卧病，學道不稱〔七〕名。小有洞中路，誰能引我行。

方回：第三句好，第四句似乎因而成對。

假日多無事，誰知我獨忙。移山入院宅〔八〕，種竹上城牆。驚蝶遺花蘂，游蜂帶蜜香。唯愁明早出，滯坐〔九〕吏人傍。

一官無限日，愁悶欲何如。掃舍驚巢燕，尋方落壁魚。從僧乞浄水，憑客報間書。白髮誰能鑷？年來四十餘。

紀昀：三、四好。○中四句調複。

朝朝門不閉，長似在山時。賓客〔一〇〕抽書讀，兒童斫竹騎。久貧還易老，多病懶能醫〔一一〕。道友應相怪，休官日已遲。

紀昀：三、四小樣。

長憶青山下，深居遂性情。壘堦溪石浄，燒竹竈煙輕。點筆圖雲勢，彈琴學鳥鳴。一作「聲」。今朝知縣印，夢裏百憂生。

方回：曾以簿權邑來，自唐已苦作邑之難也。

李光垣：十二首中，凡用馬、雞、藥、酒、琴、竹、花、石、詩、書、風、雨、山、水、病、貧字樣，多複。

縣中秋宿

鼓絶門方掩，蕭條作吏心。露垂庭際草，螢照竹間禽。棋罷嫌無月，眠遲聽盡砧。還知未離此，時復更相尋。

方回：老杜「月明垂葉露」，此句古今無敵。今此句非有意竊取之，亦佳句也。詳味合詩輕而淺，頗有沾沾自喜之意，實有愛官職之心焉。

查慎行：「月明垂葉露」，因垂葉之露，非月明不見，且夜景晶熒，恍在言外。若此詩「露垂庭際草」，單薄無意味。

紀昀：三、四有幽致。○末句不解，恐題有脱字，再校。

縣丞廳即事

王　建

宫殿半山上，人家高下居。古廳眠愛魘，老吏語多虚。雨水洗荒竹，溪沙填廢渠。聖朝收外府，皆自九天除。

方回：建爲昭應丞，故有丞廳即事之作。姚合集有是詩，題曰書縣丞舊廳，非也。合爲武功簿而題趙縣丞舊居，於義不通。又第二句作「人家高下居」亦非是。今定爲王建詩。三、四新。

查慎行：三、四警聯。警聯不在多，可壓武功三十首。

紀昀：三、四境真語鄙，五、六亦太質。○末句慨丞雖卑秩，亦朝廷除授之命官，不應居此荒涼也。

無名氏(甲)：次聯名句。

贈李主簿　　周賀

稅時兼主印，每日得閒稀。對酒妨科吏，爲官亦典衣。案遲吟坐待，宅近步行歸。見說偏論道，應愁判是非。

方回：賀詩格與姚合、王建相類，而此一詩尤近之。

紀昀：五、六亦境真語鄙。○觀首末四語，李蓋爲上官任用之人，有微規以干預是非之意。

僑居二首　　宋景文

抱病苦憂幽〔二〕，都城困倦游。身抛禿翁板，言入稗家流。世路風波惡，天涯日月遒。危心正無泊，時底〔三〕喻窮愁。

紀昀：後四句太直。

公宇静寥寥，居然俗意銷。屐閒誰記齒，帶適自忘腰。畝首秋殘穫，城西日暮樵。比來行樂熟，隨意度溪橋。

方回：前篇三、四善用事。宋公少年高科，平生宦達，乃有此窮作。士大夫有先困而後亨者少，公又詩云：「長安舉頭近，溢浦竄身危。」後篇三、四工。

紀昀：「士大夫」句有脱訛。○似武功派耳，終是小樣。

紀昀：此較渾融。

入壬辰新歲

五十爲衰始，仍餘五歲衰。雙眸不明鑒，殘鬢已紛絲。銅虎雖頻剖，荷囊信濫持。何須依老格，先作故山期。

方回：壬辰乃仁宗皇祐四年也，景文是年五十五，初爲壽州，時十一年矣。此則再自翰苑出知亳州，蓋公生於真宗咸平元年戊戌。「老格」字極新。新詔，七十不致仕，許彈劾。

紀昀：三句拙。○「荷囊」用錯。

郡齋宴坐

張公庠

爲州容散誕，真慰野人情。撼膝禪初悟，摇頭句未成。試香秋院静，鬭墨午窗明。已有東歸計，柴扉掩姓名。

方回：公庠字元善，有張泗州集。皇祐元年馮京榜進士。五、六好。

馮舒：句句無宋氣。

紀昀：三、四俚。

除棣學　　陳後山

老作諸侯客，貧爲一飽謀。折腰真耐辱，捧檄敢輕投。早作千年調，中懷萬斛愁。暮年隨手盡，心事計盟鷗。

方回：至棣未久，即除正字，乃韓忠彦爲相，復用元祐時人，所以明年改爲建中靖國，僅一年改崇寧，而後山以其年卒。更二十年不死，何限好詩垂世！亦恐無處着身耳。

查慎行：五、六與起句調同。

紀昀：三、四句人不肯道，彌見其真，彌見其高。○五、六接得挺拔，勢須有此一拓一振。○宋時俚語有「人作千年調，鬼見拍手笑」之句，後山此句蓋用之雞肋編云。

許印芳：「作」字、「年」字俱複。

除官

扶老趨嚴召，徐行及聖時。端能幾字正，敢恨十年遲。肯着金根誤，寧辭乳媪譏。向來憂畏斷，不盡鹿門期。

方回：或云，得一正字，遽云「嚴召」，所以止於此官。後山以建中靖國元年辛巳十二月二十九日卒，年四十九。此除在元符三年庚辰冬，寧既崇矣，蘇、黄之文且禁矣，敢疵後山俗態也。

紀昀：此論却是虚谷以門户之見，曲爲左袒耳。凡崇奉一人之詩，即其詩其人不許有一疵瑕，此最文人習氣。

馮班：死用事，無作用，拙甚。

無名氏（甲）：韓文公子昶改「金根車」爲「金銀車」。○渾瑊少時，從父任。人戲之曰：「當同乳媪來耶！」是年遂立功。

書直舍壁

陸放翁

道山西下路，杳杳歷重廊。地寂聞傳漏，簾疏有斷香。渠清水馬健，屋老瓦松長。欲出重欹枕，無何覓故鄉。

方回：「水馬」、「瓦松」，詩人罕用，此一聯可喜。

紀昀：總搜索此種以爲新，而詩之本真隱矣。夫發乎情止乎禮義，豈新字、新句足謂哉？

無名氏（甲）：「水馬」，水上浮跳者，兒童亦稱「水先生」。

致仕述懷

彈冠紹興末，解組慶元中。灧滪危途過，邯鄲幻境空。閒傳相牛法，醉喚鬭雞翁。衝雨歸來晚，山花滿笠紅。

馮班：首四句無限感慨。

陸貽典：久歷仕途，飽嘗憂患，一旦解組歸去，迴思往事，真如夢覺耳。首四句無限感慨！

查慎行：「山花滿笠」，從「衝雨」得來，故非支湊。

紀昀：結得好，再作曠語，便套矣。

韋布還初服，蓬蒿卧故廬。所慚猶火食，更恨未巢居。叱叱驅黄犢，行行跨白驢。交親各强健，不必問何如。

紀昀：此亦清穩。

秋日偶書

趙師秀

官事何曾曉，閒名苦要簽。大書公吏恐，直語衆人嫌。俸少貧如故，醫慵病却添。秋風牆下菊，相對憶陶潛。

方回：詩亦平妥，但三、四俗，五、六有樂天語意。筠州推官時作。

馮舒：以字面爲雅俗，誤甚。

馮班：第三句好。

紀昀：結亦套，固趁韻耳。

七言 三十八首

寄李儋元錫

韋蘇州

去年花裏逢君别，今日花開又一年。世事茫茫難自料，春愁黯黯獨成眠。身多疾病思田里，邑有流亡愧俸錢。聞道欲來相問信〔一四〕，西樓望月幾回圓。

方回：朱文公盛稱此詩五、六好，以唐人仕宦多誇美州宅風土，此獨謂「身多疾病」「邑有流亡」，賢矣。馮班：論詩不在此。

馮舒：圓熟却輕蒨。

查慎行：村學小兒皆能讀此詩，不可因習見而廢也。

紀昀：上四句竟是閨情語，殊爲疵累。五、六亦是淡語，然出香山輩手便俗淺，此於意境辨之。

○七律雖非蘇州所長，然氣韻不俗，胸次本高故也。

許印芳：曉嵐譏前半爲閨情語，雖是刻覈太過，然亦可見詩人措詞各有體裁，下筆時檢點偶疎，便有不倫不類之病，作者不自知其非，觀者亦不覺其謬，病在詩外故也。

書　懷〔一五〕

自小〔一六〕難收〔一七〕疎懶性，人間萬事〔一八〕總無功。别從仙客求方法，曾到僧家問〔一九〕苦空。老大登朝如夢裏，貧窮作話〔二〇〕是村中。未能即便〔二一〕休官去，慚愧南山採藥翁。

方回：五、六好一箇窮朝士！

紀昀：淡語亦健。○凡作真語，以不俚爲妙，如五、六語極平易，而却極警切。

趙熙：親切有味。

酬秘書王丞見寄

相看頭白來城闕，却憶漳溪舊往還。今體詩中偏出格，常參官裏每同班。街西借宅多臨水，馬上逢人亦説山。芝閣〔二〕水曹雖最冷，與君常喜〔三〕得身閒。

方回：此與王建酬倡者。

馮班：與王仲初「脱下御衣偏得著」一類。

紀昀：竟是樂天，再考本集，恐誤署名耳。

無名氏（甲）：張文昌詩，韓文公評爲「古淡」，律中亦復見此意。

微之就辭尚書居易續除刑部因書賀意兼述離懷

白樂天

我爲憲部入南宫，君作尚書鎮浙東。老去一時成白首，别來七度换春風。簪纓假合虛名在，筋力銷磨實事空。遠地官高親故少，些些笑語與誰同。

紀昀：三、四自然。○結太鄙。

解蘇州自喜

自喜天教我少緣，家徒行計兩翩翩。身兼妻子都三口，鶴與琴書共一船。僮僕減來無冗食，資糧算外有餘錢。攜收貯作丘中費，猶免饑寒待幾年。

方回：道是白詩平易，三、四都如此，奇哉異哉！出律破格，本是自然胸懷，無粉飾也。

查慎行：第二聯，有對句則出句不覺其淺易。

紀昀：已全是宋調，然不俗。○後四句不成語。

喜罷郡

五年兩郡亦堪嗟，偷出游山走看花。自此光陰爲己有，從前日月屬官家。樽前免被催迎使，枕上休聞報坐衙。睡到午時歡到夜，迴看官職是泥沙。

方回：久困仕宦，方知此詩之妙，樂天真樂天哉！

紀昀：粗率之極。

從同州刺史改授太子分司

承華東署三分務，履道西馳〔二四〕七過春。歌飲優游聊卒歲，園林蕭灑可終身。留侯爵秩誠虛貴，疏受生涯未苦貧。月俸百千官二品，朝廷雇我作閒人。

查慎行：結得趣。

紀昀：二詩俱平穩。

無名氏（甲）：同州，在西安府。○東野太苦，香山太樂，非獨性情，亦由境遇耳。

贈皇甫六張十五李廿三賓客

昨日三川新罷守，今年四皓盡分司。幸陪散秩閒居日，好是登山臨水時。家未苦貧常醞酒，身雖疾病尚吟詩。龍門泉石香山月，早晚同游報一期。

方回：家常得醞酒，唐以來仕宦之家皆然。

和高僕射罷節使讓尚書授太保分司喜遂游山水之作

暫辭八座罷雙旌，更作登山臨水行。能以忠貞酬重任，不將富貴礙高情。朱門出去簪纓從，絳帳歸來歌吹迎。鞍馬鬧裝光滿路，何人信道是書生。

方回：誇美高公富貴，似乎譏之。其少起於書生，當考。

馮班：已讓官游山水矣，何譏？

查慎行：高郢，樂天之座主也，詩中亦無刺譏意，原評謬。

紀昀：此太應酬。

贈秋浦張明甫〔三五〕

杜荀鶴

君爲秋浦三年宰，萬慮關心兩鬢知。人事旋生當路縣，吏才難展用兵時。農夫背上題軍號，賈客船頭插戰旗。他日親知問官況，但教吟取杜家詩。

方回：語俗而事或切，唐末之亂如此，縣令之難可知也。

查慎行：第四句名言。○五、六近俚。

何義門：第二句涵下聯。

紀昀：「知」字好。○三、四自是真語，然苦太質。五、六更粗野。

無名氏（甲）：秋浦，在池州。

書懷簡孫何丁謂

王元之

三入承明已七年，自慚蹤跡久妨賢。吾子幾時歸鳳閣，老夫方欲買魚船。季路旨甘知已矣，潘安毛鬢更皤然。舉人自代何由得，歸去東皋種水田。

方回：王元之平生重孫、丁，相期甚至。然丁謂不如所期，官有餘而行不足。

查慎行：吴體非此老所長。

紀昀：作折腰格，欲摹盛唐而殊淺弱。○「旨甘」二字倒用，不自然。

書懷寄劉五

楊文公

風波名路壯心殘，三徑荒凉未得還。病起東陽衣帶緩，愁多騎省鬢毛斑。五年書命塵西閣，千古移文愧北山。獨憶瓊林苦霜霰，清樽歲宴强酡顏。

方回：「崑體」之平淡者。

馮舒：妥貼多姿。

紀昀：此評是。

無名氏（甲）：宋初「崑體」，却無累句。

世事悠悠未遽央，虚名真意兩相忘。休誇失馬曾歸塞，未省牽牛解服箱。四客高風驚楚漢，五君新詠棄山王。秋來安有〔二六〕漁樵夢，多在箕峯潁水傍。

方回：五、六甚佳，「崑體」未嘗不美。

紀昀：諸體各有所長，各有所短，在學者別白觀之，概毁概譽，皆門户之見也。此評甚公。

馮舒：「四客」未解，豈四皓耶？

查慎行：五、六固佳，但「楚漢」亦湊對「山王」耳，「楚」字少着落。

紀昀：「四客」當指四皓，然四皓與楚無涉，未免添出。

許印芳：顔延之取竹林七賢作五君詠以寄意，山濤、王戎以貴顯被斥，六句用此事。○楊憶字大年，謚曰文。

寄子京

宋元憲

八年三郡駕朱輪，更忝鴻樞對國鈞。老去師丹多忘事，少來之武不如人。車中顧馬空能數，海上逢鷗想見親。唯有弟兄親隱者，共將耕鑿報堯仁。

方回：是時士大夫風俗渾厚，如元憲名德，後豈易及？此詩三、四絶佳，世所稱者。元注：「爲郡八年，榮顯已息，朝恩念舊，復假相印莞内樞，然思歸之心已切〔二七〕怛矣。」

馮舒：委婉潤澤。

馮班：頷聯似東坡語。

紀昀：語却深致。

許印芳：「忘」，去聲。○七句語既不佳，「親」字又與六句犯複，因爲易作「何日夷山尋舊隱」。○宋庠，原名郊，字公序，一作伯序，封莒公，謚元憲，一作元獻。

把酒

宋景文

歌管嘈嘈月露前，且將身世付酡然。謾誇鼷鼠機頭箭，不識醯雞甕外天。青史有人譏巧宦，黄金無術治流年。君看醉趣兼醒趣，始覺靈均更可憐。

方回：此出知亳社所作，在兩入翰林之後，所諷亦不無意，必立朝爲人所不容故爾。

紀昀：三、四宋調，嫌其太直。五、六雖亦宋調，然流美可頌。

予既到郡有詔仍修唐書寄局中諸僚

一章通奏領州麾，詔許殘書得自隨。吾黨成章真小子，官中了事是癡兒。昏眸視久花争亂，倦首搔餘雪半垂。所願韋吴皆傑筆，劉生當見汗青期。

方回：知幾論史，嘗言「頭白有期，汗青無日」。三、四佳。作郡而修史，亦文士之至榮矣，蓋亳州也。

馮班：病處似「江西」，漸啓「江西體」。

陸貽典：以下二首皆白體也。

紀昀：三、四獷氣太重。

真定述事

莫嫌屯壘是邊州，試聽山河説上游。帳下文書三幕府，馬前韡鞢五諸侯。王藩故社經涂國，俠窟餘風解報仇。四十年來民緩帶，使君何事不輕裘？

方回：部署安、撫二司并府事，故曰「三幕府」。所管洺、洴〔三八〕、磁、相、趙五州，故曰「五諸侯」。公自亳州改知真定府，古之鎮州常山郡也。元微之詩「會稽旁帶七諸侯」，此近之。

馮班：白體。
紀昀：體近香山而風骨勝之，蓋子京讀書多，根柢厚耳。
無名氏（甲）：真定，在北直隸。

擬杜子美峽中意

天入虛樓倚百層，四方遥謝此登臨。驚風借壑爲寒籟，落日容雲作暝陰。峴井北拋王粲宅，楚衣南逐女嬃砧。十年不識長安道，九籥宸開紫氣深。

方回：擬老杜亦頗近之，此乃在成都時作。富貴之至而無一毫驕態，唯寫羈思，則知遠大者不以井蛙自矜也。
陸貽典：次聯有諷託。
查慎行：三、四全不是少陵家法。
紀昀：起二句不佳，首句韻亦太借。○「借」字、「容」字刻意鍊出，然可偶然得之，不可刻意效之。
無名氏（甲）：峽中，在四川。

罷學士出守還拜承旨

十八年前玷玉堂，當時綠鬢已蒼蒼〔二九〕。傷禽縱奮愁瘡重〔三〇〕，廄馬雖還笑齒長。薰罷山爐飄暗燼，漱餘銅椀冰寒漿。須慚清切鑾坡地，不是吾人得擅場。

方回：晉侯戲荀息曰：「屈產之齒長矣。」五、六句法響。公又詩云：「五腰守印十寒温。」蓋守許昌、亳社、真定、成都、莆田，凡五郡。

紀昀：本作「馬齒加長」。

查慎行：左傳「馬齒長」乃少長之「長」，此借爲長短之「長」，句雖工，亦不容敲磕。「齒長」，「長」字上聲，如何叶平韻？

紀昀：「冰」，去聲。「長」字不應作平聲，再校。○結淺率。「吾人」字俗。

和公齊臨替有感見寄

王彥霖

孤宦邊城遇衆賢，及瓜能不動依然。風號古木葉堆地，雲攪遥山水拍天。籬菊開時寒有信，賓鴻過後暑無權。古今惜别君須念，乘暇何妨到酒船。

方回：三、六絶好。

紀昀：「動」字、「攬」字俱不妥。

海陵春雨日

曾子開

公事無多使客稀，兩時衙退吏人歸。沉煙一炷春陰重，畫角三聲晚照微。桑雉未馴慚報政，海鷗相近信忘機。只將宴坐收心念，懶向人間問是非。

馮班：結得舊。

紀昀：三、四大似晚唐，格不高而有致。○結意太盡，六句已包此意矣。

無名氏（甲）：海陵，即泰州。

送推官王永年致仕還鄉

張宛丘

爲憶田園便拂衣，休官退隱似君稀。塵埃擺脱青衫去，閭里驚嗟白髮歸。南畝稻粱仍歲熟，舊山芝朮入秋肥。百年從此皆閒日，寄語人間浪是非。

方回：三、四最佳。以其年四十而致仕，故曰「驚嗟白髮歸」。

馮舒：據注應是「白髮歸」，第二句又不合重此字。白髮自應歸，作「稀」字少致。

紀昀：亦是結太盡。

和即事

溪如垣塹木如城，魚鳥從游信有情。啅雀踏枝飛尚裊，仰荷乘雨側還傾。彈琴廢久重尋譜，種藥多求旋記名。干世久知無妙策，直應歸學老農耕。

方回：此詩全似唐人，高於張司業也。

馮舒：真似唐人，然未必高於張司業。

紀昀：此評太過，且不言似唐何人，而混稱全似唐人，尤爲鶻兀，張司業非唐人乎？

查慎行：三、四曲折細潤。「裊」字稚，「側還傾」小韻致。

紀昀：晚唐小樣。

和范三登淮亭

身如客雁寄汀洲，北望休登王粲樓。殘雪騰風驚歲晚，早梅新柳動春愁。免遭斤斧甘無用，敢向波濤較善游。奔走塵埃欲歸去，勒移恐作故山羞。

方回：「游」字押得甚新，三、四詩中不可少。

馮舒：六句「游」宜作「泅」，「泅」、「游」不同，不應混。

紀昀：馮氏譏「游」字誤用，云當作「泗」，然毛詩已作此「游」字。

紀昀：起得超脱。

入都

陸放翁

葵莧登盤酒可賒，豈知扶病又離家。朝行打岸濤頭惡，夜宿垂天斗柄斜。不恨山林淹歲月，但悲道路困風沙。隣翁好爲看耕隴，行矣東歸一笑譁。

方回：放翁嘉泰〔三一〕壬戌致仕，出領史局，年七十八矣。明年除秘書監，再奉祠告老。此壬戌入都詩也。

紀昀：筆路圓熟，但無深致。

無名氏（甲）：以下諸首亦非放翁之佳者。

史院晚出

已乞殘骸老故丘，誤恩重作道山游。龍津雨過橋如拭，鳳闕烟銷瓦欲流。直舍少眠鐘報午，歸途微冷葉飛秋。心知伏櫪無千里，縱有王良也合休。

方回：此時行都猶太平，故有三、四之句〔三二〕。

馮班：如此又何必作唐詩耶？
紀昀：六句有味，七、八句説得和平。
許印芳：此篇之前有入都詩，虚谷批云：「放翁嘉泰壬戌致仕，出領史局，年七十八。明年除秘書監，再奉祠告老。」此詩即在史局時晚歸旅邸而作。末二語已有告老意。〇「舍」，去聲。

上章納禄恩畀外祠遂以五月東歸

身似霜松老不枯，乞骸猶得侍清都。百錢濁酒渾家醉，六月飛蝱徹曉無。美睡不愁閒客攪，出游自有小兒扶。買山尚恐巢由笑，敢向君王覓鏡湖。

紀昀：此首潦倒純似香山。〇結二句好。

黄紙淋漓字似鵶，即今真箇是還家。園廬漸近湖山好，鄰曲來迎鼓笛譁。籩實傍籬收豆莢，盤蔬臨水採芹芽。皇家養老非忘汝，不必〔三〕青門學種瓜。

方回：士大夫老而歸，有村人鼓笛迎之，不亦樂乎！
紀昀：此首清穩。
李光垣：種瓜事有上一句，遂用得好。

許印芳：「傍」，去聲。

羣玉峯頭孤夢斷，五雲溪上野舟回。傍人鷗鳥自然熟，到處藕花無數開。麥飯不饜猶面槁，柴門閒閉自心灰。雨來正作盆池地，不怕冥冥半月梅。

查慎行：此亦放翁集中别調也。

紀昀：三、四好，五、六粗野。

身是風前一斷蓬，經年竊食竟何功。倚天青嶂迎船出，撲馬紅塵轉眼空。網户餉魚勝丙穴，旗亭送酒等郫筒。死前幸作扶犂叟，免使淮南笑發紅。

方回：丙穴、郫筒，大犯老杜。

紀昀：結句劣。

無名氏（甲）：放翁仕蜀，故有「丙穴」「郫筒」之喻。

此身唯有一躬耕，乞得餘年樂太平。東觀並游驚昨夢，西湖重到付來生。一堤草露明晨照，半浦荷香颭晚晴。歷歷歸途皆勝事，江亭先聽櫂歌聲。

方回：去年公出領史局，以今嘉泰三年癸亥得歸，年七十九矣。此五詩皆妙絶。仕而歸，樂也；老而出，出而復歸，其樂可知。

查慎行：甚似香山。

紀昀：四句好，一句而中含兩意。

許印芳：「觀」，去聲。

明發南屏

楊誠齋

新晴在在野花香，過雨迢迢沙路長。兩度立朝今結局，一生行客老還鄉。猶嫌數騎傳書劄，剩喜千山入肺腸。到得江頭上船處〔三四〕，莫將白髮照滄浪。

方回：誠齋平生實三度立朝，此乃秘少出知筠州時詩也。第六句絶妙。

馮舒：常談耳。

查慎行：第六句妙在何處。

查慎行：三、四上句俗，下句好。

紀昀：通體警策，誠齋難得此雅善。

無名氏（甲）：此等不過樂天剩語，無足多也。

次韻傳惟肖

蕭千巖

竹根蟋蟀太多事，喚得秋來籬落間。又過暑天如許久，未償詩債若爲顔。肝腸與世苦相反，巖壑嗔人不早還。八月放船飛樣去，蘆花叢外數青山。

方回：蕭海藻字東夫，三山人。初與楊誠齋湖湘同官，誠齋盛稱其詩爲尤、蕭、范、陸。止於福建帥參。使不早死，雖誠齋詩格猶出其下。其詩苦硬頓挫而極其工。五、六一聯，諸公並不能及。起句奇峭。姜堯章乃其婿云。詩板舊在永州，傳者罕焉。

馮舒：起語決非唐。〇惡詩。

馮班：次聯宋人可厭語。

查慎行：南渡詩家初稱尤、蕭、范、陸，今蕭詩罕傳者，唯劉後村詩話中及兹集所載數篇而已。

紀昀：起二句好，中四句太粗野。

呈方叔

姜梅山

聱牙落魄一閒官，職事何嘗見一斑。不是論松須説劍，若非尋壑即觀山。閒看落葉隨風去，冷笑奔雲送雨還。更有劉巖楊處士，方叔。伴渠癡坐老花間。

方回：楊方叔即姜公之客，常相倡和者。
馮班：「論松」何出？○第八句自稱「渠」，可厭。
淇：杜詩「松高疑對説生論」。
紀昀：此亦野調。
無名氏（甲）：「江西」不過枯硬之體，而無昌黎古字，故不足觀。

夏日奉天台祠禄

青天揮箑卧藤床，翠袖擕壺過酒漿。蝟腹出波烹芡實，裹蹄和露擘蓮房。相呼時入雞豚社，獨坐曾無雁鶩行。便是赤城真隱吏〔三五〕，不須劉阮更相將。
方回：中四句皆工。
紀昀：三、四不佳。
馮班：「腹」字未渾成。
查慎行：三、四太作意，落晚唐習氣。

肅客借重金紫綬

袁説友

平生青紫濫紆身，更冒金章肅使賓。何以假爲誠豈敢，烏知非有笑無因。猿狙自是羞華服，鵷鷺姑容接後塵。回首紛紛天下事，有時宜假不宜真。

方回：建安袁説友，隆興癸未進士，仕至樞密大資，自號東塘居士。此時借官接伴金使，詼諧有味。

馮舒：假章服伴館使，頗非小事，乃作此謔語可乎？總之，胸中少學耳。

陸貽典：假章服伴使館，此何等事，而作詼諧語可乎？昧於大體，何必更論其工拙也。

馮班：此則誹矣。○穩熟，但似油腔。觀此詩知南宋朝廷真無人物也。○惡詩。

紀昀：野調而加以鄙語，殊不可耐。

寒夜

鞏仲至〔三六〕

瓦欲飛霜水欲冰，蒲團今夜有塵凝。爐寒閒取薪添火，窗暗時將燭助燈。久欲歸田游宦客，未能忘肉在家僧。於書更覺心情懶，病眼愁看細字蠅。

方回：在官所思歸之詩。

紀昀：恪意不脱宋人，尚不甚野耳。

無名氏（甲）：第四句究不妥。

中旬休日呈巖老

近見東郊出土牛，燒燈已過又旬休。酸風鱗面慵開眼，細雨毛空怯上樓。百歲光陰真蟻穴，一年寒燠未鴻溝。偷閒文字聊遮眼，勳業悠悠且掉頭。

方回：「鱗」字、「毛」字下得有眼，第六句絶妙。

查慎行：中二聯對句俱勝出句。　諺有毛雨，「毛」字下得老。

紀昀：三、四所謂下劣詩魔，五、六却好。○此卷多粗野之作，所謂宋人習氣。

無名氏（甲）：此等弊病，宋初所無，令人又思「崑體」矣。

校勘記

〔一〕乘雁　淇：「乘」下原缺一字，應是「雁」字。　〔二〕故人　馮班：「人」一作「山」。

〔三〕書批　馮班：「批」一作「披」。　李光垣：「題」訛「批」。　〔四〕臺連　馮班：「臺」一作「苔」。　〔五〕五六　按：康熙五十二年本、紀昀刊誤本俱作「三四」。　〔六〕終作　李光垣：「終」下脱「年」。　〔七〕不稱　馮班：「不」一作「别」。　〔八〕院宅　馮班：「院」一作「縣」。　〔九〕滯坐　查慎行：「滯」當作「端」。　〔一〇〕賓客　馮班：「客」一作「旅」。　〔一一〕懶能醫　查慎行：「懶」疑當作「賴」。　〔一二〕苦憂幽　李光垣：「幽憂」訛「憂幽」。〔一三〕時底　李光垣：「持」訛「時」。〔一四〕問信　李光垣：「訊」訛「信」。〔一五〕何義門：本詩作者當爲張司業。〔一六〕自小　許印芳：「小」一作「少」。〔一七〕難收　馮班：一作「信成」。〔一八〕萬事　馮班：「萬」一作「是」。〔一九〕曾到僧家　馮班：「曾」一作「時」，「家」一作「房」。〔二〇〕作話　馮班：「話」當作「活」。〔二一〕即便　馮班：一作「便即」。〔二二〕芝閣　馮班：「芝」一作「芸」。〔二三〕常喜　馮班：「常」一作「長」。〔二四〕西馳　查慎行：「馳」當作「池」。〔二五〕張明甫　李光垣：「府」訛「甫」。〔二六〕安有　紀昀：「安」字恐誤，再校。許印芳：當從別本改「正」字。〔二七〕已切　馮班：一本「已」上有「日」字，「切」作「忉」。〔二八〕洛汧　按：康熙五十二年本、紀昀刊誤本俱作「邢洛」。〔二九〕緑鬢已蒼蒼　馮班：「已」字原缺。紀昀：「鬢」下或是「已」字。〔三〇〕瘡重　李光垣：「創」訛「瘡」。〔三一〕嘉泰　按：「泰」原作「定」，據宋史卷三九五陸游傳校改。〔三二〕三四之句　李光垣：「之」字衍。〔三三〕不必　許印芳：「必」一作「用」。〔三四〕上船處　按：「處」字原作墨釘，據康熙五十三年本、紀昀刊誤本校補。〔三五〕隱吏　按：康熙五十二年本，紀昀刊誤本作「吏隱」。〔三六〕鞏仲至　按：「至」原作「玉」，據兩宋名賢小集改。

瀛奎律髓彙評卷之七　風懷類

晏元獻類要有「左風懷」、「右風懷」二類，男爲左，女爲右，今取此義以類。凡倡情冶思之事，止於妓妾者流，或託辭寓諷而有正焉，不皆邪也。其或邪也，亦以爲戒而不踐可也。

馮舒：此一類非虚谷所解。唐末艷詩義山爲首，意思深遠而中間藏得諷刺，「西崑」諸子不及也。「西崑」高在有學問，非空腹所辨，若義山則不止用學問爲高矣。千古以來爲此體者只此一人，備十分才情也。○「西崑」盛矣，麗矣，然麗而清則不及義山。元之「艷體」傷於脂澤，韓之「香奩」傷於褻昵，亦似遜李。唐彦謙學得像，然畢竟是門下人。義山以用事寫情，故曲曲能新，段柯古專用僻事，是不能爲義山而别出一奇者。○讀此卷知半細定非韻物。

馮班：此一類方君殊憒然也。○艶詩妙在有比興，有諷刺。離騷以美人喻君子，國風好色而不淫是也。直作麗語，不關教化，最爲詩家一病，方公於此少功夫也。○唐香艶詩必以義山爲首，有粧裹，意思遠，中間藏得諷刺，「西崑」諸君不及也。

五言 十二首

失婢

白樂天

宅院小牆庳，坊門帖榜遲。舊恩慚自薄，前事悔難追。籠鳥無常主，風花不戀枝。今宵在何處？惟有月明知。

方回：三、四乃失婢之主，罪己而不責婢之爲淫奔，亦近厚矣。末句尤深而不露，失鶴詩所謂「想應只在秋江上」，蓋本於此。

馮班：俗本白集失此篇。

紀昀：觀起二句及劉詩和題此乃誚人之失婢帖榜，非香山失婢也，而三、四句乃似自失，未詳。

和樂天誚失婢榜者

劉賓客

把鏡朝猶在，添香夜不歸。鴛鴦分瓦〔一〕去，鸚鵡透籠飛。不逐張公子，即隨劉武威。新知正相樂，從此脱青衣。

馮班：似勝白。

紀昀：出手淺滑，更不及白詩。

韓弼元：第五句太直露，落句尤輕薄傷雅。

無名氏（甲）：此等唱和俱可删。

夜過盤石隔河望永樂寄閨中效齊梁體

岑參

盈盈一水隔，寂寂二更初。波上思羅襪，魚邊憶素書。月如眉已畫，雲似鬢新梳。春物知人意，桃花笑索居。

方回：波、魚、月、雲，所覩之四物也，襪、書、眉、鬢，所思之四事也，可謂工矣。

馮舒：首句：「夜」；「隔河」：起。○三句：「河」。○五句：「夜」。

馮班：中四句竟用四物，若出自今人，定謂之板矣。

紀昀：嘉州何以列白、劉之後？考嘉州詩，勁調居多，此小詩乃爾纏綿。然此自憶所當憶，不得入之「風懷」，虚谷殊誤。○中四句本爲小巧，然題自明言「效齊、梁體」，則竟以齊、梁體論，不以盛唐法論矣。文各有體，言各有當，不以一例拘也。

無名氏(甲)：出筆高雅，無私褻意。

幽窗

韓致堯〔一〕

刺繡非無暇，幽窗自鮐歡。手香江橘嫩，齒軟越梅酸。密約臨行怯，私書欲報難。無憑諳鵲語，猶得暫心寬。

方回：致堯〔三〕筆端甚高。唐之將亡，與吴融詩律皆不全似晚唐。善用事，極忠憤，惟「香奩」之作詞工格卑，豈非世事已不可救，姑留連荒亡以紓其憂乎？

紀昀：致堯詩格不高，惟不忘忠憤，是其高於晚唐處。「紓憂」云云，論似是，然考致堯本敍，香奩集實作於未遇之前。

馮舒：能作「香奩體」者定是情至人，正用之決爲忠臣義士。

何義門：五、六爲「幽」字寫神。三、四承「鮐歡」意。結句反激，暗寓「喜」字。止聞「鵲語」，仍見其「幽」。

紀昀：此真正淫詞，非義山有所寄託者比，就彼法論之，亦自細微。

無名氏(甲)：此首猶可，後作應汰。

馬上見

驕馬錦連乾〔四〕，乘騎是謫仙。和裾〔五〕穿玉鐙，隔袖把金鞭。去帶懵騰醉，歸應困頓眠。自憐輸廐吏，餘暖在香韉。

方回：「香奩」之作，爲韓偓無疑也。或以爲和凝之作，嫁名於韓，劉潛夫誤信之。攷諸同時，吴融集有依韻倡和者，何可掩哉？誨淫之言，不以爲耻，非唐之衰而然乎！

馮班：五、六好，落句太褻，「香奩體」如此。

紀昀：結句猥極，然此種體裁不必繩之過刻。

春詞

吴融

鸞鏡長侵夜，鴛衾不識寒。羞多轉面語，妬極定睛看。金市舊居近，鈿車新造寬。春期莫相誤，一日百花殘。

方回：三、四非十分着意，何以説得至此？

紀昀：三、四極真，然而近鄙。

觀翟玉妓

李　愿

女郎閨閣春，抱瑟坐花茵。艶粉宜斜燭，羞娥慘向人。寄情摇玉柱，流盼整羅巾。幸以芳香袖，承君宛轉塵。

方回：愿，李晟之子，李愬之弟。昌黎送歸盤谷，假借太過。愿屢爲節度使，皆以貪婪敗事。此詩見御覽集。曰「未見好德」可也。

馮舒：何見即李晟子？○御覽集此一類較穩細可法，方君去取不可詳。

馮班：未必一人。

紀昀：此尚是六朝常語，未至如香奩之鄙褻，虚谷譏之太固。

馮班：匀浄可愛。

紀昀：李愿何以在韓、吴後？○尚是玉臺遺意。

新春

劉方平

南陌春風早，東鄰曙色斜。一花開楚國，雙燕入盧家。眠罷梳雲髻，粧成上錦車。誰知如昔日，更浣越溪紗。

方回：此蓋賦所謂莫愁者，用驪姬、西子事遺意。
馮舒：方評於莫愁事不知所出。
馮班：全謬，不是驪姬事。
陸貽典：批誤。
紀昀：此評全不可解。
紀昀：此乃麗而不俗。〇末二句譏其遊冶，却不露骨。
李光垣：末言富貴之餘，不復追憶貧賤事。

春日有贈

楊巨源

堤暖柳絲斜，風光屬謝家。晚心應戀水，春恨定因花。步遠憐芳草，歸遲見綺霞。由來感情思，獨自惜年華。

方回：中四句極細潤緩慢，有意味，末句尤不迫。
紀昀：此評最是。

美人春怨

妾家巫峽陽，羅幌寢蘭堂。曉日臨窗久，春風引夢長。落釵仍掛鬢，微汗欲銷黄。縱便〔六〕朦朧覺，魂猶逐楚王。

馮班：以下三首梁鍠作。

紀昀：此詩一作梁鍠，題曰觀美人卧。○雖非高作，然亦玉臺古格，必以淫詞斥之，未免已甚。

名姝詠

阿嬌年未多，體弱性能和。怕重愁拈鏡，憐輕喜曳羅。臨津雙洛浦，對月兩嫦娥〔七〕。獨有荆王殿，時時暮雨過。

方回：兩詩俱流麗，可配「香奩」。

馮班：此二詩風骨大勝「香奩」。

紀昀：三、四鄙，五、六俗。

艷女詞

露井桃花發，雙雙燕並飛。美人姿態裹，春色上羅衣。自愛頻開鏡〔八〕，時羞欲掩扉。心知〔九〕行路客，遥惹五香歸。

方回：五、六工甚，亦句法也。

馮班：「掩扉」亦稍重。

紀昀：五、六却是習語，亦未見句法何在。

馮舒：三、四乃佳句。

紀昀：起二句興也。三、四深妙，不着艷而艷極。

七言 二十四首

次韻張公遠二首

張宛丘

襄王坐上徵詞客，子建車前步水妃。瞥過低鬟流盼處，争先含笑獨來時。東邊日下終無雨，闕上書時合有碑。腸斷吴王烟水國，扁舟何日逐鴟夷？

馮舒：原詩意在情字，然未亮。〇第六句未合。

馮班：生拙，字字不妥。〇第六句不成語。

紀昀：五句用劉夢得語，六句用子夜歌語。

平淡春雲捧額浮，秋光劍戟〔一〇〕近人流。無腸可斷方爲恨，有藥能治不是愁。可待挑琴知有術，未曾驅豆更無謀。遥知添得春窗夢，猶在樽前燭下羞。

馮舒：用景純事，字字不妥。

馮班：亦非當行，下句多不成語。「無腸」句不通，是蟹耶？第六句拙劣。

查慎行：「驅豆」未知出處。

張載華：蒿廬夫子云：「『驅豆』疑即郭璞事。」

紀昀：次句用「清暉射劍戟」語，不妥。三、四語真而格太卑。六句用郭璞事拙滯。

夔州竇侍郎使君見示悼妓詩顧余嘗識之因命同作

劉賓客

前年曾見兩鬟時，今日驚吟悼妓詩。鳳管學成知有籍，龍媒欲換歎無期。空廊月照常行地，後院花開舊折枝。寂寞魚山青草裏，何人更立智瓊祠？

紀昀：劉賓客何以在張文潛後？○殊爲平淺。

寶夔州見寄寒食日憶故姬小紅吹笙因和之

鸞聲窈眇管參差，清韻初調衆樂隨。幽院粧成花下弄，高樓月好夜深吹。忽驚暮槿〔二〕飄零盡，惟有朝霞夢想期。聞道今年寒食日，東山舊路獨行遲。

馮舒：秀貼道地。

何義門：結有不盡之味。

紀昀：亦非高格。

和楊師皐給事傷小姬英英

幼學胡琴見藝成，今年追想幾傷情。撚絃花下呈新曲，放撥燈前謝改名。但是好花皆易落，從來尤物不長生。鸞臺夜直衣衾冷，雲雨無因入禁城。

馮舒：五、六率，然語必是唐人。

紀昀：此小有致。

懷　妾

三山不見海沉沉，豈有仙蹤更可尋？青鳥去時雲路斷，嫦娥歸處月宫深。紗窗遥想春相憶，書幌誰憐夜獨吟。料得夜來天上鏡，只應偏照兩人心。

馮班：想是生離，非死别。

紀昀：此不免俗。

偶　見

韓　偓

千金莫惜早憐〔二〕一作「蓮」。生，一笑從教下蔡傾。仙樹有花難問種，御香聞氣不知名。愁來自覺歌喉咽，瘦去誰憐舞掌輕？小疊紅牋書恨字，與奴方便送卿卿。

方回：意有餘而不及於褻，則風懷之作猶之可也。書婦人之言於雅什，不已卑乎？故香奩之作惟取七言律六首。此詩似〔三〕三、四佳，尾句太猥。○首句「早憐生」一作「買娉婷」〔四〕。

查慎行：三、四艷不傷雅。○末句近俗。

何義門：三、四可望而不可親，故曰「莫惜早蓮生」，寄語移步相近也。

春盡

樹頭初日照西簷，樹底蔫花夜雨沾。外院池亭聞動鎖，後堂欄檻見垂簾。柳腰入户風斜倚，榆莢堆牆水半淹。把酒送春惆悵在，年年三月病懨懨。

方回：此詩只尾句佳，宋人用以爲小詞者。

馮舒：尾句正未佳。

查慎行：尾句亦嫌俗韻。

無名氏（甲）：義山無題，妙在別有託諷，自覺意味深長。若「香奩」，只是靡詞，不作可也。

五更

往年曾約鬱金床，半夜潛身入洞房。懷裏不知金鈿落，暗中唯覺繡鞋香。此時欲別魂俱斷，自後相逢眼更狂。光景旋銷惆悵在，一生贏得是淒涼。

方回：前四句太猥、太褻，後四句始是詩。

馮舒：此公都不解。不如此終未盡興，豈病在猥褻耶？「猥」字直至楊鐵崖方可加，唐人決下不得此評語。

紀昀：亦不以詩論。

詠浴

再整魚犀攏翠簪，解衣先覺冷森森。教移蘭燭頻羞影，自試香湯更怕深。初似洗花難抑按，終憂沃雪不勝任。豈知侍女簾帷外，賸取〔一五〕君王幾餅金。

方回：趙后外傳：「昭儀浴，帝竊觀之，令侍兒勿言，投贈以金，一浴賜百餅。」此詩當有〔一六〕所諷，謂世之爲君者，亦惑乎此也。

馮舒：如此癡見識，何事取鴨遺半細也！

馮班：胡説。

紀昀：曲解。

馮班：落句妙，人都不解。第三聯意已盡，若説到浴罷着衣而起，便索然矣；却説簾外潛窺，較有餘味，此落句所以佳也。方公全不解此輩語。

何義門：若無落句，便是獃詠也。通篇爾許情態，皆從簾外眼中傳出，定翁語得其一半。○第二便含恐人窺見，第四并將侍女亦遺出。「洗花」、「沃雪」，百態俱露矣。呼應緊密，在死法之外。

紀昀：此亦太猥褻。

席上有贈

矜嚴標格絶嫌猜，嗔怒難逢[一七]笑靨開。小雁斜侵眉柳去，媚霞横接眼波來。鬢垂香頸雲遮藕，粉着蘭胸雪壓梅。莫道風流無宋玉，好將心力事粧臺。

方回：五、六雖褻，然止形容其貌，如「巧笑」、「美目」之詩，不及乎淫也。

馮舒：謬。「香奩」自是一體，不必與他回護。

紀昀：五、六俗甚，評亦曲説。

馮舒：五、六不如三、四。

查慎行：「雲遮藕」、「雪壓梅」語氣欠雅。

何義門：第二句「難」或改作「雖」，改了「雖」字，句便活妙。

紀昀：結尤佻而褻。

倚醉

倚醉無端尋舊約，却憐[一八]惆悵轉難勝。静中樓閣春深雨，遠處簾櫳夜半燈。抱柱立時風細細，繞廊行處思騰騰。分明窗下聞裁剪，敲徧闌干喚不應。

方回：此詩方有味而不及乎猥。

紀昀：此評是。

馮舒：如此詩設景言情，幾入神矣，正不病其猥褻。若忌猥褻，則亦更無可加。

馮班：第三聯亦未雅。

查慎行：三、四有景、有情、有味。

紀昀：三、四空中淡寫，何嘗不有餘於情？虚谷譏致堯五更詩太猥褻，未爲不是。馮氏乃曰不猥褻不盡興，何哉？

趙熙：淡寫有味。

天平公座中呈令狐公時蔡京在坐

李商隱

罷執霓旌上醮壇，謾裝嬌樹水晶盤。更深欲訴蛾眉斂，衣薄臨醒玉艷寒。白足禪僧思敗道，青袍御史擬休官。雖然同是將軍客，不敢公然子細看。

方回：京嘗爲僧司徒〔一九〕，故有第五句。

馮班：此體不得不右「西崑」。如「香奩」太褻，元氏傷膩。都不及温、李清麗，義山尤奇。唐彦謙效温有其一體，亦高手也。若使僻事，則宜效段少卿。○義山以用事寫情，故曲曲能新。段柯古專用僻事，是不能爲義山而別出一奇者。

紀昀：唐時御史不得與宴會，觀李栖筠傳可見，故有「休官」之句。

無題

昨夜星辰昨夜風，畫堂西畔桂堂東。身無彩鳳雙飛翼，心有靈犀一點通。隔坐送鬮春酒暖，分曹射覆蠟燈紅。嗟余聽鼓應官去，走馬蘭臺類轉蓬。

馮舒：妙在首二句，次聯襯貼流麗圓美，「西崑」諸公一世所效，義山高處不在此。

馮班：起二句妙。

紀昀：觀此首末二句實是妓席之作，不得以寓意曲解義山。「風懷」詩注家皆以寓言君臣爲説，殊多穿鑿。虚谷收入此類，却是具眼。○「通犀」乃犀病所致，此特言病耳，元人始誤用爲褻語。

颯颯東南細雨來，芙蓉塘外有輕雷。金蟾齧鎖焚香入，玉虎牽絲汲井迴。賈氏窺簾韓掾少，宓妃留枕魏王才。春心莫共花争發，一寸相思一寸灰。

何義門：第五句，年不如。○第六句，勢不逮。

紀昀：興也。○後四句言賈氏窺簾以韓掾之少，宓妃留枕以魏王之才，自揣才貌不及二人，無垂盼之理，可不必更爲癡憶，此自遣之詞也。

相見時難別亦難，東風無力百花殘。春蠶到死絲方盡，蠟炬成灰淚始乾。曉鏡但愁雲鬢改，夜吟應共〔二〇〕月光寒。蓬山此去無多路，青鳥殷勤爲探看。

馮舒：第二句畢世接不出。次聯猶之「彩鳳」、「靈犀」之句，入妙未入神。

馮班：妙在首聯。三、四亦楊、劉語耳。

查慎行：三、四摹寫「別亦難」，是何等風韻？

何義門：「東風無力」，上無明主也。「百花殘」，己且老至也。落句具屈子遠游之思乎？

紀昀：三、四究非雅語。

楚宫

月姊曾逢下彩蟾，傾城消息隔重簾。已聞珮響知腰細，更辨絃一作「琴」。聲覺指纖。暮雨自歸山峭峭〔二一〕，秋河不動夜厭厭。王昌且在〔二二〕牆東住，未必金堂得免嫌。

查慎行：五、六用巫山及牛、女事，琢句極工，蓋若不用「暮」字，安知爲巫山之行雨？不用「秋」

字，安知爲牛、女之渡河？作者尚恐語晦，於「暮雨」襯「山」字，則巫山愈明；於「秋河」襯「夜」字，則銀河不混。而於數虚字足消息相隔之意，可謂窮工極巧。

何義門：題應改「水天閑話舊事」。愈寬愈緊，得主文譎諫之妙。○三、四虚虚實實，五、六起「免嫌」，言神女天孫當如是也。此必賦當年貴主之事而不可曉矣。

紀昀：通首從次句生出。○不曰及亂而曰不免嫌，忠厚之旨。

次韻和王員外雜游〔三〕四韻

吴　融

一分難減亦難加，得自溪頭浣越紗。兩槳慣邀催去艇，七香曾占取來車。黄昏忽墮當樓月，清曉休開滿鏡花。誰見王郎腸斷處，露床風簟半欹斜。

方回：三、四句好。

紀昀：五、六好。

馮舒：此和王涣悼亡也。

馮班：五、六好。

陸貽典：此和王涣悼亡詩，題作「雜游」，誤。

查慎行：五、六無謂。

紀昀：五句言喜其相見，如月入懷。六句言勿以艷粧惹人别思。七句情出和意。

無題　楊文公億

曲池波暖蕙風輕，頭白鴛鴦占緑萍。纔斷歌雲成夢雨，陡迴笑電作嗔霆。湘蘭自古傳幽怨，秦鳳何年入杳冥？不待萱犀蠲薄怒，閒階鬬雀有餘翎。

馮舒：「西崑」畢竟高，又非後人所及，然用事少新意。

馮班：較拙。讀此諸篇令人思飛卿、柯古。

紀昀：以下六詩皆摹義山無題，時復似之。然此體正不必擬，轉擬轉落塵刦。

合歡蠲忿亦休論，夢蝶翩翩逐怨魂。祇待傾城終未笑，不曾亡國自無言。風翻林葉迷歸燕，露裛池荷觸戲鴛。湘水東流何日竭？烟篁千古見啼痕。

馮班：夫妻反目本非佳事，作此必直敘事方佳，下意便醜，此是詩訣。段柯古夜宴伎相毆詩可法也。○此首落句太真。○「西崑」效玉溪，然有新事而少新意，富麗有餘而新艷不足。○詩話謂兩妓相毆而作。

無名氏（甲）：「西崑」陶鎔古事，猶有温柔敦厚之遺。至「江西派」興，而此意喪失盡矣。

無題

錢思公

誤一作「晤」。語成疑意已傷，春山低斂翠眉長。鄂君繡被朝猶掩，荀令薰爐冷自香。有恨豈因燕鳳去，無言寧爲息侯亡。合歡不驗丁香結，衹得凄涼對燭房。

馮班：俱在義山廊廡間。諸篇使飛卿、柯古爲之，不知作何語？○錢勝楊。○頷聯太褻。

耿耿寒燈照翠羅，看朱成碧意如何？虎頭辟惡無妨枕，犀角涼心更待磨。惟有幽蘭啼月露，可將尺素託雲波。山屏六曲歸來夜，衹恐重拋折齒梭。

走馬章臺冒雨歸，後門猶歎滯前期。荷心出水終無定，蘿蔓從風莫自持。複帳麝輕難辟惡，曲房蠶懶不成絲。漸漸麥隴藏鳴雉，更恨如臯一箭遲。

簾聲燭影浪多疑，仙穀何能爲解迷。藻井風高蛛壞網，古梁[二四]春暖燕争泥。更看山遠堆凝黛，縱許犀靈衹駭雞。枉裂霜繒幾千尺，紅蘭終夕露珠啼。

馮班：此首好。

校勘記

〔一〕分瓦　馮班：「分」一作「拂」。　〔二〕〔三〕致堯　紀昀：「堯」原訛作「光」。　〔四〕連乾　李光垣：「錢」訛「乾」。　〔五〕和裾　李光垣：「裙」訛「裾」。　〔六〕縱便　李光垣：「使」訛「便」。　〔七〕嫦娥　馮班：「嫦」一作「姮」。　〔八〕開鏡　馮舒：「開」一作「窺」。　〔九〕心知　馮舒：「心」一作「不」。　〔一〇〕秋光劍戟　按：「劍戟」原訛作「斂戰」，據康熙五十二年本、紀昀刊誤本校改。　〔一一〕暮槿　馮班：「槿」一作「雨」。　〔一二〕早憐　按：「早」字原缺，據康熙五十二年本、紀昀刊誤本校補。　李光垣：「早憐」應作「早蓮」。　〔一三〕此詩似　李光垣：「似」字衍。　〔一四〕首句早憐生一作買娉婷　按：此句原缺，據康熙五十二年本、紀昀刊誤本校補。　〔一五〕賸取　查慎行：「賸」字香奩集作「賺」。　〔一六〕當有　馮班：「當」原訛作「尚」。　〔一七〕難逢　馮班：「難」一作「雖」。　〔一八〕却憐　馮班：「憐」一作「令」。　〔一九〕僧司徒　李光垣：「司」字衍。　〔二〇〕應共　李光垣：「共」應作「覺」。　〔二一〕峭峭　查慎行、許印芳：兩「峭」字當作「悄悄」。　〔二二〕且在　許印芳：「且」一作「只」。　〔二三〕雜游　馮舒：「雜游」字誤，恐是「歎逝」。唐英歌集作「難游」，更不可解。　馮班：恐是「歎逝」。　〔二四〕古梁　李光垣：「杳」訛「古」。

瀛奎律髓彙評卷之八　宴集類

紀昀：唐人「宴集」佳什至多，惟自中唐選此十首，殊不可解。

李光垣：「宴集」亦脱題序。

五言 十首

宴散

白樂天

小宴追涼散，平橋步月迴。笙歌歸院落，燈火下樓臺。殘暑蟬催盡，新秋雁帶來。將何迎睡興？臨卧舉殘盃。

方回：三、四人所共知。

查慎行：三、四即俗所云無不散之筵席也，虚谷引此謂是富貴語，失其旨矣。

紀昀：五、六警。○前人譏三、四非富貴語，乃看富貴語。此就句論耳，此詩原是看富貴也。

許印芳：三、四善寫貴人事，本是傳句，是看與否，勿關得失，何足深辯耶！

無名氏（甲）：上四句不過敍事，却得力於「殘暑」二句，方有歸結。

許印芳：「殘」字複。

萬年縣中雨夜會宿寄皇甫佃

姚　合

縣齋還寂寞，夕雨洗蒼苔。清氣燈微潤〔一〕，寒聲竹共來。蟲移上階近，客起到門迴。想得吟詩處，惟應對酒盃。

方回：頷聯不對，唐人多此體。五、六言雨事巧。蟲上階近人，雨中多有之。客起到門，始知有雨而還，則人之所難言者，故曰巧。

查慎行：宮端周桐埜云：「頷聯不對不妨，但此詩全然不佳。」

紀昀：此種是碎非巧。○唐人原有不對之格，此則誤「燈」爲「澄」。虛谷下批不對，非是。

馮舒：此後五首，俱非「宴集」。

李光垣：此宜入「晴雨類」。

淮上喜會梁川故人

韋蘇州

江漢曾爲客，相逢每醉還。浮雲一别後，流水十年間。歡笑情如舊，蕭疎鬢已斑。何因不歸去？淮上對秋山〔二〕。

查慎行：五、六淺語，却氣格高。

紀昀：清圓可誦。

無名氏（甲）：大抵平淡詩非有深情者不能爲，若一直平淡，竟如槁木死灰，曾何足取？此蘇州三首，極有深情，所謂「看似尋常最奇崛，成如容易却艱難」也。

揚州偶會前洛陽盧耿主簿

楚塞故人稀，相逢本不期。猶存袖裏字，忽怪鬢邊絲。客舍盈樽酒，江行滿篋詩。更能連騎出，還似洛橋時。

方回：韋嘗貳洛陽，有連騎之游。

查慎行：起勢超妙，通首折旋都有情致。好詩如彈丸脱手，良然。

紀昀：此却太薄，不見佳處。

月夜會徐十一草堂

空齋無一事，岸幘故人期。暫輟觀書夜，還題玩月詩。遠鐘高枕後，清露捲簾時。暗覺新秋近，殘河欲曙遲。

方回：蘇州詩淡而自然，此三詩皆是也。

紀昀：此較洒脱，亞於淮上一篇。○五、六好。結二句乃言徹夜未眠，而説來無迹，只似寫景者，然若晚唐、宋人必寫作盡興語矣。此盛唐身分也。

餘干夜宴奉餞韋蘇州使君除婺州

劉長卿

復拜東陽郡，遥瞻北闕心。行春五馬急，向夜一猿深。山過康郎近，星看婺女臨。幸容棲託分，猶戀舊棠陰。

方回：味此詩恐是應物知蘇州時，長卿爲長洲尉也。

紀昀：平近不出色，結二句未能免俗。

宴安樂公主宅

宋之問

英藩築外館，愛主出王宫。賓至星槎落，仙來月宇空。玳梁翻賀燕，金埒倚晴虹。簫去秦臺裏，書開魯壁中。短歌能駐日，艷舞欲嬌風。聞有淹留處，山河滿桂叢。

紀昀：仙本在月中，來此地則月中空矣。語雖可解，然太曲。○燕與梁有關合，虹與埒無涉，未免趁韵。○「書開」句無所取義，便爲湊泊，排冗無味，初體之不佳者。

送高判官〔三〕和唐店夜飲

梅聖俞

露宿勤王客，相從月下來。黄流何日漲，緑酒暫時開。風定燈花爛，天高斗柄回。醉言多脱略，吾黨不須猜。

方回：第五遒勁，第六宏壯，亦如燈之爛花、斗之移柄云。

紀昀：此評末有意弄筆，未免欠通。

無名氏（甲）：五、六常語，結亦腐，評語可噱。

查慎行：第五句「爛」字老，亦奇横。

紀昀：語警而氣足。○此詩又見十九卷「酒類」，惟題中「送」字作「答」字，再校本集。評語亦不同，而彼勝於此。

春晏宴北園

宋景文

天意歇餘芳，人間日始長。落花風觀閣，睡鴨雨池塘。稍倦持螯手，猶殘藍尾〔四〕觴。春歸無所預，羈客自回腸。

方回：三、四峭麗，偶然得之乎？其亦思而得之乎？成都時詩。

陸貽典：次聯亦不過唐書筆法，未免晦崛，而評家極贊何也？

十日宴江瀆亭

節去歡猶在，賓來賞更延。悠揚初短日，凄緊乍寒天。霽沼元非漲，秋花自少妍。蟻留新獻酎，蕙續不殘烟。戲鰋銜餘藻，游龜避折蓮。流芳真可惜，從此遂凋年。

方回：「折蓮」一聯好。

紀昀：此一聯「武功派」。
馮舒：極學沈、宋。
紀昀：日不可説「悠揚」，「霽沼」句笨。「秋花」五字意深，「遂凋年」句亦拙。結係用古詩「四座且莫喧」一首，結句意終是彫琢。

七言 十三首

宴周皓大夫光福宅

白樂天

何處風光最可憐？妓堂階下砌臺前。軒車擁路光照地，絲管入門聲沸天。緑蕙不香饒桂酒，紅櫻無色讓花鈿。野人不敢求他事，惟借泉聲伴醉眠。

查慎行：前六句模寫豪華，盡態極妍矣。結處疏淡，微含諷意。
紀昀：五、六亦常意，而倒轉便覺近野。
無名氏(甲)：二詩亦非佳處，可汰。

歲日家宴戲示弟姪兼呈張侍御殷判官

弟妹妻孥子姪甥，嬌癡弄我助歡情。歲盞後推藍尾〔五〕酒，春盤先進膠去聲。牙餳。形骸老倒〔六〕雖堪歎，骨肉團圓亦可榮。猶有誇張少年處，笑呼張丈喚〔七〕殷兄。

查慎行：七實字作句，昌黎古詩中有之，香山用於律詩尤奇。

紀昀：起句乃柏梁法，豈宜入律？通體亦殊潦倒。

燕李録事

韋蘇州

與君十五侍皇輿，曉拂爐烟上赤墀。花開漢苑經過處，雪下驪山沐浴時。近臣零落今誰在？仙駕飄飄不可期。此日相逢思舊日，一杯成喜亦成悲。

方回：前豪誇，後感慨。

紀昀：「誇」字未是。

紀昀：韋在白前。○首句韻太借，通首平衍少力，蘇州佳處在五古，不長於律詩，七律尤非所長。

無名氏（甲）：畢竟不同，自有深韻。

次韻盛居中夜飲

張宛丘

吴衣壓拂〔八〕洛陽塵，夢寐一樽淮海濱。每願託車常貯酒，況逢投轄苦留賓。蒼龍掛斗寒垂夜，翡翠浮花暖作春。上界高真足官府，追隨却逐散仙人。

紀昀：前四句欠渾健，後四句自好。

無名氏（甲）：稍有中唐餘氣，次首亦然。

同周楚望飲花園

杖藜攜手踏青苔，瀟灑池亭爲客開。柳色漸經〔九〕秋雨暗，荷香時爲好風來。斜陽似欲粧詩句，新月邀將入酒盃。身世已甘長寂寞，忘形賴有子徘徊。

查慎行：虚谷雖賞五、六一聯，吾所不取。〔按：方回於五、六兩句加密圈。〕

紀昀：五、六極用意，然是宋句，非唐句。

春宴行樂家園

宋景文

園苆初乾小雨泥，飲壺游屐況親攜。身輕早蝶千回舞，技癢新禽百種啼。乘飲草茵侵坐軟，畏風桃綬向林低。陽暉自有留人意，銜照高樓未遽西。「彴」入去聲。

馮舒：天然清貴。

馮班：「彴」，不解。

查慎行：首句「彴」字亦可讀仄聲耶？第四句「技癢」二字着得生硬，禪家所謂惡趣，學詩者宜以爲戒。

紀昀：次句四字何用圜？三、四亦是宋格，又不及宛丘「斜陽」二句。從此再降，便入惡道，皆不宜效之。結不恨斜陽易盡、遊興未闌，不落窠臼。〔按：方回於次句下四字加密圈。〕

九日水閣

韓魏公

池館隳摧古榭荒，此延〔一〇〕嘉客會重陽。雖慚〔一一〕老圃秋容淡，且看〔一二〕黄花晚節香。酒味已醇〔一三〕新過熟，蟹黄先實不須霜。年來飲興衰難强，謾有〔一四〕高吟力尚强〔一五〕。

紀昀：又見「秋日類」中。○此在魏公詩中爲老健之作，不止三、四爲詩話所稱。

無名氏（甲）：此等甚是卑庸，不及宋初多矣。

辛亥二月十五

倏忽韶光一半過，寒威猶自壓暄和。故摧春色歡終減，屢失花期日旋那。病骨不禁風料峭，衰悰難遏醉吟哦。憑闌更爲芳菲惜，重取輕苫擁舊科。

紀昀：三、四欠渾雅。

辛亥重九會安正堂

斯堂曾許占風光，須到重陽復命觴。坐上半非前歲客，杯中無改舊花香。初晴已過登高事，散慮宜趨自得場。惟有一樽詩酒戰，願開强戶振雄鋩。

紀昀：四句意好而句笨。結傷雅，亦不成句。

即席

蕪音逢節佐賓罍，屬和當筵盡雅才。銅鉢一聲詩已就，金鈴千朵菊争開。月明正有抽毫樂，夜永何妨秉燭回。無酒可嗤彭澤令，東籬空望白衣來。

馮舒：盛世偉人，落筆便如此，不必佳，却不可及。

紀昀：四句欠雅。○以富貴笑貧賤，殊少身分。

無名氏（甲）：首四字即不合。○通體平常，結二語尤蠢。

王龜齡王嘉叟木蘊之同過小園用郡圃植花韻

洪景盧

節到中和暖尚賒，東風隨處起芳華。自慚翳翳松三逕，相對蕭蕭馬五花。老去醉鄉爲日月，年來痼疾在烟霞。午橋別墅歸公手，早定淮西取白麻。

方回：龜齡名十朋，蘊之名待問，皆永嘉人。嘉叟名秬，初寮王安中之孫，寓居泉南。此必饒守、泉守、憲使也。

紀昀：工整可頌。蓋二洪皆久歷館閣，故無山林粗野之氣。亦惟久歷館閣，不脱詞科儷偶之習，故格不高。○結不忘規，猶有古人之意。而其辭藴藉，又不似歐公鐵甲邊兵之直致，故爲佳作。

上巳訪楊廷秀賞牡丹於御書扁榜之齋其東圃僅一畝爲街者九名曰三三徑

周益公

楊監全勝賀監家，賜湖豈比賜書華。回環自斸三三徑，頃刻常開七七花。門外有田聊伏臘，望中無處不烟霞。却慚下手非摩詰，無畫無詩只謾誇。

方回：周益公丞相之四六，楊誠齋秘監之詩，俱名天下，而同郡。此益公老筆。公常問詩法於放翁，對云：「當法子由。」此言深有旨。子由詩勝子瞻，不工、不博、不深，於其間字用力而有幽味。

馮班：宋人四六，古意盡矣，況用以作詩乎？○此是放翁一生得力處。

查慎行：周與楊不但同郡，且同時歸老，集中唱和甚多。

紀昀：此似英雄欺人，子由終不及子瞻也。

馮舒：「三三」「七七」非不工切，然七七事用之少來歷，且與牡丹無與耳。此貪對偶之病，務觀亦時有之。

馮班：「七七」事無謂，只是貪對耳，此最詩家所忌。○前四句四六套。

陸貽典：頃刻花，韓湘事；「七七」自是杜鵑故事，不宜合用。一句中用兩事，詩家忌病，況又不切！

紀昀：格同洪景盧作，而結處不及其有意。四句對法，終病其纖。

示同會

朱灊山翌

無奈春寒老不禁，喜看晴日上窗櫺。羣花半露乾坤巧，百刻平分晝夜停。拄杖有時挑菜甲，桔槔無復問畦丁。逢春不出何爲者，衆醉誰知可獨醒。

方回：朱仲新善詩，而所傳不多。此首第四句言春分，以上一句喚動，而知其春分也。合二句詠之甚齊〔一六〕，當上四下三截斷看。

馮舒：三、四句宋甚。

紀昀：首句韻太借。○三、四宋調。

校勘記

〔一〕燈微潤　紀昀：「燈」原訛作「澄」。　〔二〕對秋山　李光垣：「有」訛「對」。　〔三〕送高判官　許印芳：「送」一作「答」。　〔四〕藍尾　李光垣：「婪」訛「藍」。　〔五〕藍尾　馮班：「藍」當作「婪」。　〔六〕老倒　馮班：「老」當作「潦」。　〔七〕張丈喚　查慎行：「喚」字他本作「與」字，更雅。　〔八〕壓拂　按：康熙五十二年本、紀昀刊誤本「壓」作「厭」。

〔九〕漸經　馮班、李光垣：「經」訛「輕」。　〔一〇〕此延　馮班：「此」一作「比」。　〔一一〕雖慚　馮班：一作「莫嫌」。　〔一二〕且看　馮班：一作「自愛」。　〔一三〕已醇　李光垣：「醇」原訛「成」。　〔一四〕謾有　李光垣：「漫」訛「謾」。　〔一五〕尚强　李光垣：「狂」訛「强」。　〔一六〕甚齊　馮班、紀昀：「齊」字有誤。